반 에이크의
자화상

반 에이크의
자화상

Van
Autoportrait de
Eyck

엘리자베트 벨로르게 | 이주영 옮김

mujintree
뮤진트리

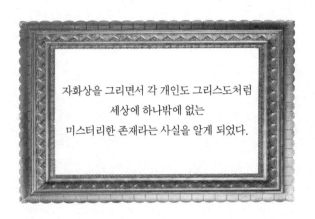

자화상을 그리면서 각 개인도 그리스도처럼
세상에 하나밖에 없는
미스터리한 존재라는 사실을 알게 되었다.

너희는 세상의 소금이니
소금이 만일 그 맛을 잃으면 무엇으로 짜게 할 수 있겠느냐?
(마태복음 5장 13절)

01

눈은 아주 잘 보인다. 하지만 색깔을 구분할 수가 없다. 세상은
온통 회색으로 보일 뿐이다. 짙은 검은색과 흰색을 섞은 회색. 내 몸
을 감싸고 있는 붕대, 내 양손, 침대 둘레의 커튼, 창가에 놓인 제라
늄, 하늘과 버드나무 그림자가 물에 비치는 운하, 모든 것이 누런 원
고처럼 칙칙한 색으로만 보인다. 아무리 슬퍼하고 분노해봐야 달라
지는 것은 없다. 너무나 고통스럽지만 일단 내게 남아 있는 것이 무
엇인지 차근차근 찾아내는 중이다. 하지만 사실 내게 남아 있는 것
은 아무것도 없다. 색깔이 사라져버린 세상이 뭐 그렇게 큰일이냐
고? 나는 화가 반 에이크이기 때문이다. 아니, 지금은 화가가 아니
지. 과거에 나는 화가 반 에이크였다.

베네치아에서 돌아오는 길에 사건이 벌어졌다. 은은한 장밋빛 석양 속에 어우러진 브뤼헤의 탑을 바라보고 있을 때였다. 갑자기 불량배들이 나타나더니 나를 밀어 바닥에 넘어뜨리고는 힘껏 두들겨 팼다. 그리고 내 옷을 뒤지고는 머리에 피가 흥건한 나를 죽든 말든 그대로 놔두고 도망가버렸다. 불량배들이 들고 있던 번쩍이던 단검이 지금도 기억에 생생하다. 당시 나는 서둘러 집으로 돌아가고 싶은 마음에 일행들보다 먼저 훨씬 앞서 가다가 이 같은 변을 당했던 것이다. 사람들 말로는 집으로 옮겨진 내가 피를 아주 많이 흘리고 있었지만 다행히 목숨은 붙어 있었다고 했다. 사람들은 내가 죽음의 신을 비껴갔다며 모두 주 예수 그리스도와 성 크리스토프의 자비 덕분이라고 했다.

눈을 뜨자 나는 양초를 가져다 달라고 했다. 아직도 새벽인지 어두침침해서였다. 치료를 받고 안정을 취하자 조금씩 몸이 회복되어 갔다. 두통도 사라졌고 부러진 갈비뼈도 자연스럽게 붙었다. 집으로 실려 오고 나서 처음 며칠 동안 나는 혼수 상태였다. 그러나 고비를 넘기자 슬슬 걱정되고 불안해지기 시작했다. 부르고뉴의 필리프 공작의 고문이 급히 보내준 앙리 즈볼리의 의료진은 아무 말도 하지 않는다. 내 눈은 형태, 멀리 있는 것, 세밀한 것은 볼 수 있지만 색깔은 더 이상 볼 수 없다는 소리를 들었다. 대체 왜 내 눈이 이런지 의료진은 설명도 하지 못했고, 뚜렷한 치료법도 내놓지 못하고 있다.

눈물이 흘렀고 한숨이 났다. 분노로 온몸이 떨렸다. 그러면서도 기적이 일어날지도 모른다는 희망을 품어봤다. 다마스쿠스로 가던 중 눈이 멀었던 바울도 나중에 시력을 되찾지 않았던가? 하지만 내게 신의 목소리는 전혀 들리지 않았고, 나를 기다리는 예루살렘은 그 어디에도 존재하지 않았다. 왜 내게 이런 일이 일어났는지 생각해봐야 달라지는 것은 아무것도 없다. 혹시 신이 내린 벌이 아닐까? 도대체 내가 베네치아에서 무슨 죽을죄를 지었단 말인가? 저주에 걸린 걸까? 물론 나에게는 적이 많다. 나를 죽이려 했던 사람이 있었다면 과연 누구일까? 그 동안 방황했던 삶에 대한 대가를 이런 식으로 치르고 있는 것은 아닐까? 사람들은 나를 동정하고 눈물을 흘리면서도 그 동안 내가 방탕하게 살아서 이런 일이 생겼다고 쑥덕거렸다. 독실한 신자인 아내 마르그리트는 나를 위로한답시고 야곱이나 토비아스 이야기를 꺼냈지만 오히려 피곤할 뿐이다. 아내는 내 예술에 대해 단 한 번도 귀를 기울인 적이 없었으며, 그림을 통해 환희를 느끼던 나를 이해한 적도 없었다. 그러면서도 그녀는 내 예술이 가져다주는 안락한 생활을 즐겼다. 아내 역시 다른 사람들과 마찬가지로 돈을 좋아한다.

어차피 앞으로 나는 회색 세상밖에 보지 못할 테니 현실을 받아들일 수밖에 없었다. 세상의 색깔을 보지 못하는 나야말로 독방에 갇힌 죄수보다 더 갑갑한 신세다. 내게 모든 영감을 주던 눈은 영원히 상처를 안고 살아갈 수밖에 없다. 차라리 앞을 보지 못하는 것이 색깔을 보지 못하는 것보다 나을지도 모른다는 생각이 든다. 색깔이 보이지 않으니 이제 눈으로 영감을 얻긴 다 틀렸다. 죽을 때까지 색깔을 보지 못한 채 평생을 지옥처럼 살아가겠지. 정말 끔찍하다.

비참한 처지가 되고 보니 신앙심도 약해지려고 한다. 머리가 복잡하다. '차라리 죽어버릴까?' 하루에도 수십 번 드는 생각이다. 그러나 곧바로 이런 생각이 든다. '하지만 자살을 하면 지옥에 떨어지지 않을까?' 왠지 두려워 자살도 못 하겠다. 지옥이 없다면 진작에 독약을 마시고 이승의 고통에서 해방되었을 텐데. 고해성사 때도 마음속 고민을 고백하지 못한다.

"모든 것은 우리에게 달려 있다. 그러면서도 우리 마음대로 안 되는 것이 세상 이치다." 서아시아 프리지 출신으로 로마에서 노예로 생활했던 에픽테투스가 했던 말이다. 좋은 말이지만 내게는 전혀 위안이 되지 않았다. 아무 소용없다는 것을 알면서도 분노가 치밀어 오르다가 이내 체념하게 된다. 이렇게 분노와 체념 사이에서 변덕스러운 줄다리기를 한다. 친구 페트뤼스는 내가 무엇 때문에 괴로워하는지 알고 있지만 워낙에 소극적인 성격이라 힘을 주지는 못한다. 소극적인 태도 역시 어설픈 동정만큼이나 전혀 도움이 되지 않는다.

예술 덕분에 부르고뉴 궁전에서 화려한 특혜를 누렸지만 이제는 다 끝이다. 선물, 여행, 명예, 이 모든 것과도 영원히 안녕이다. 어설프게 동정해주는 사람들 때문에 산 채로 매장당한 기분이다. 값싼 동정은 장애인에게 보내는 차가운 비웃음보다도 잔인하다. 이 지옥 같은 상황을 언제까지 참고 견뎌야 할까? 내게 무슨 희망이 남아 있는 걸까?

이미 나는 불안 속에서 하루하루를 보내며 그저 죽을 날만 기다리는 힘없는 노인처럼 되어버렸다. 아닌가? 내가 무엇을 잃었는지 제대로 아는 사람이 없다. 사랑스런 여동생 마고는 베긴교단의 성 엘리자베스 여신도 수도원에 틀어박혀 기도로 나를 구하겠다고 한다. 생각은 기특하지만 쓸데없는 짓이다. 그나마 페트뤼스와 크리스토퍼의 도움으로 내 아틀리에는 꾸려갈 수 있다. 기운이 다시 나면 그림을 그리거나 조각을 해봐야겠다. 아무것도 안 하고 있으니 우울증만 심해져 정신이 이상해지는 것 같다. 영향력 있는 필리프 공작의 후원 덕분에 굶어 죽을 일은 없을 것이다. 하지만 예술 없이 살아가는 내가 이런 혜택을 받을 자격은 없다. 시간이 지나면 나에 대한 공작의 관심이 줄어들까 봐 두렵다. 아무 희망도 없는 지금 이 상황에서 무엇을 해야 할까?

어제 질 뱅슈아와 체스를 했다. 질 역시 내 괴로움을 경감시켜 주지는 못했다. 질과 나는 서로 오랫동안 아무 말도 하지 않은 채 그대로 있었다. 돌아갈 때가 되자 질은 나를 따뜻하게 안아주고는 프랑스어의 'r' 발음을 또르르 굴려가면서 "사랑하는 얀…… 불쌍한 얀."이라고 말했다. 그리고 질은 이내 눈물을 글썽이며 자리를 떠났다. 질의 무표정한 얼굴이 전보다 더 딱딱해 보였다. 몇 년 전에 질의 초상화를 그려준 적이 있다. 초상화를 그리면서 질은 무뚝뚝해 보이는 얼굴과 달리 마음은 여린 사람이라는 것을 알게 되었다. 아무리 의사, 화가, 연인의 눈으로 봐도 얼굴만 보고는 그 사람의 모든 것을 다 알 수는 없다. 얼굴은 보석 같은 비밀스러운 아름다움을 감춘 채 하나씩 꺼내 보인다.

폴리포니 다성 음악에 심취해 있던 질은 나에게 음악을 해보라고 권했다. 하지만 나는 그의 조언을 거절했다. 음악을 들으면 마음이 더 슬퍼진다. 특히 악기 사투르누스는 그런 음악을 더 구슬프게 만든다. 더구나 나는 음악을 할 만큼 음감도 취미도 없다. 궁전 연회에서 류트를 불던 시각장애 연주가 장 드 코르두를 보며 가슴이 찢어질 듯이 아팠던 적이 있다. 그 연주자의 음악을 들으며 '정말 잔인한 인생이군!' 하고 수도 없이 생각했었다. 운명의 장난인지 내가 그 연주자와 같은 처지가 되고 말았다!

잠시 후 양피지, 거위 깃털로 만든 펜, 은으로 마든 베네치아산 잉크병과 간식이 우리 집에 도착했다. 편지도 있었다. 질이 보낸 것이었다. 편지는 붉은색 잉크로 쓰였다고 하는데 내 눈에는 검은색으로 보일 뿐이었다. 편지의 내용은 이랬다.

너무나 사랑하는 소중한 친구 얀에게

자네와 헤어진 후 나는 말을 타고 들판을 달렸네. 자네의 고통을 느끼면서 집들의 문이 닫힐 때까지 말을 타고 달렸지. 자네를 위해서 오랫동안 기도했네. 그러다가 문득 이런 생각이 들었지. 페르세우스는 거울 겸 방패 덕분에 메두사의 눈을 보고도 죽지 않고 승리하지 않았나. 마찬가지로 이 양피지도 자네에게 거울 겸 방패가 되지 않을까? 색깔이 보이지 않아 죽은 것처럼 살고 있는 자네에게 이 양피지가 싸울 힘을 주지 않을까?

생각해보게. 자네, 음악은 슬프다고 했지? 하지만 글을 쓰면 기운이 나고 고통스러운 마음을 진정시켜 우울증에서 벗어날 수 있을 거야. 자네는 그림의 천재지. 그림 역시 언어와 도형이라고. 우리에게 이야기를 글로 써주게. 자네의 영향력 있는 후원자들, 친구들에 대해 써보고 자네의 감정을 글로 표현해보라고. 이렇게 글을 쓰다 보면 즐거워질 거야. 소극을 써봐도 좋아. 일단은 글 쓰는 일에 몰두해보게.

자네의 예술, 유명한 화가로서의 인생에 대해 글로 들려주면 더욱 좋고……

이 말을 내일 하려고 했지만 내일까지 기다릴 수가 없었네.

신의 축복과 가호가 자네와 함께하길!

우정을 담아
친구 질

너무나도 놀라운 내용의 편지였다. 글재주가 없어 지금까지 '얀 반 에이크'라는 이름으로 글을 써야겠다는 생각을 단 한 번도 해본 적이 없었다. 또한 그림 없는 '얀 반 에이크'라는 이름이 무슨 의미가 있겠는가?

지금은 새벽. 아틀리에에 있다. 노래가 들리지 않는 풍경처럼 썰렁한 아틀리에. 미완성 그림들이 어둠침침한 책으로 보인다. 모든 것이 어두컴컴하게 보인다. 흰색처럼 밝은색은 전혀 보이지 않는다. 안료들도 거무스름한 먼지처럼, 캔버스도 회색 표면처럼, 유화 물감도 흐릿한 덩어리처럼 보일 뿐이다. 모든 것이 어두운색으로만 보인다. 토할 것만 같다. 밤의 장막을 천천히 비집고 나오는 새벽빛을 무척이나 좋아하던 나였는데……. 오렌지를 가득 싣고 즈빈 강을 지나던 작은 배들 위로 갈매기가 하얀 배를 드러내며 날아가는 모습을 보는 것도 좋아했고, 이슬을 머금은 잎사귀들이 파르르 떨던 모습에 감동하며 즐거워했었다. 하지만 지금은 마름모꼴 창문을 통해 밖을 바라봐도 어둠침침한 세상밖에 보지 못하는 처지다. 푸른 하늘을 다시 볼 수 있는 날이 과연 올까? 오지 않을 수도 있을 것 같다.

글을 써보라고 조언해준 질의 편지를 받고 나서 며칠이 지났다. 축제와 행렬이 있었지만 아무리 봐도 전혀 즐겁지 않았다. 하루하루 시간이 너무 느리게 가는 것 같다.

처음에는 플랑드르 지방(중세시대 북해 연안의 남서부에 있던 공국. 오늘날 프랑스 동북부에서 네덜란드 남부 지역까지 해당-옮긴이)의 화가들과 그들의 작품을 전기문학과 비평 형식으로 써볼까 하고 생각했다. 몇 년 전에 알베르티가 이탈리아 미술에 대해 이와 같은 형식으로 글을 쓴 적이 있었다. 베네치아에서 알베르티의 책을 읽은 적이 있는데 정말 훌륭했다. 플랑드르 지방의 아틀리에와 화가들은 이탈리아의 아틀리에와 화가들과 비교했을 때 결코 뒤처지지 않는다. 하지만 플랑드르 지방의 아틀리에와 화가들에 대해 글로 쓰려면 할 일이 많다. 답사 여행을 해야 하고, 화가들이 작업하고 있는 여러 궁전도 봐야 하며 투르네, 겐트, 릴, 리에주, 헤이그의 아틀리에에서 일하고 있는 화가들을 만나야 한다. 엄청나게 많은 돈을 써야 할 텐데 그러다가 파산할지도 모른다는 생각이 든다. 돈이 많이 들 거라는 생각, 말을 타고 여기저기 다니다 보면 피곤할 거라는 생각이 들자 계획을 접고 말았다.

올 여름이 되면 나는 마흔여섯 살이 된다. 그 정도 나이가 되면 만사가 귀찮아지는 법이다. 더구나 지금은 시기도 안 좋다. 여러 도시들에서 소요가 일어나려고 하고, 노동자들은 얼마 안 되는 빵값에 목숨을 걸고 있으며, 권력자들은 서로 싸우느라 도시를 폐허로 만들고 많은 아까운 목숨을 죽음의 전장으로 내몰고 있다. 아니, 솔직히 나는 이제 기운이 없다. 여기에 더 큰 문제가 있다. 그림에 대한 지식이 아직 부족하고 더 이상은 색깔을 구분할 수도 없는 내가 어떻게 그림에 대해 글을 쓴단 말인가? 페트뤼스와 함께 글을 써볼까 하는 생각도 잠시 했지만 지금 상황에서는 그림에 대한 글을 쓸 수가 없다. 페트뤼스는 생각이 분명한 사람이다. 그런 그가 나약한 나에게 도움을 줄 수 있을 것 같아 함께 글을 써볼까 하고 생각한 것이다. 페트뤼스도 내 여동생 마고처럼 여행을 좋아하지 않을까? 마고는 북풍이 불고 추위가 엄습해오면 브뤼헤를 떠나고 싶다는 생각을 남몰래 가슴에 품고 있다.

필리프 공작이 허락만 해준다면 그의 서재에서 연구를 하며 어떤 글을 쓸지 생각해볼 수 있을지도 모르겠다. 공작이 내 뜻에 반대하지 않고 자비를 베풀어준다면 말이다. 아니면 생 도나시앵의 기록실, 혹은 훌륭한 원고들을 보유하고 있는 다른 신심회에 가서 연구를 할 수도 있다. 아니면 내 아틀리에에서 연구해보는 것도 좋겠다는 생각이 들었다. 그 동안 내 아틀리에를 가장 편안한 곳으로 만들기 위해 노력했고, 그 결과 이곳은 이제 나만의 아늑한 정원이 되었다. 따뜻한 불이 있고 양초가 많아 밝으며 물감이 말라가는 그림들에서 나오는 냄새가 좋고 사방의 벽이 익숙하다. 후레게Hout Rege 운하를 흐르는 물도 보인다. 내 아틀리에에 있으면 마음이 편안하다. 글을 써보기는 하겠지만 내 자신에 대한 확신도 없는데 글이 제대로 써질지 모르겠다. 세상이 내가 원하는 대로 바뀌면 기운이 나겠지만……. 휴식이 필요하다. 조용한 아침에 골똘히 생각에 잠겨 있으면 마음이 편하다. 생각을 하면 할수록 나에 대한 생각만으로 끝난다. 머리가 복잡하다. 하지만 그렇게 나는 생각에 잠긴다.

결국 화가들에 대한 책은 쓰지 않기로 했다. 그렇다면 무엇에 대해 쓸까? 요즘은 궁전풍의 모험담이 인기다. 하지만 몇몇 괜찮은 단편을 빼고는 좋은 작품이 없다. 시대의 불운에 대해 써볼까? 아니, 주제가 너무 우울하다.

고통과 유혹의 시대

슬픔, 욕망, 고통의 시대

오만과 욕망으로 가득한 가식적인 시대

명예, 진실한 판단도 없는 시대

생명의 끈을 줄이는 슬픈 시대

데샹이 쓴 이 시는 내 생각을 그대로 표현하고 있다. 지금 내게는 무엇보다도 차분한 마음이 필요하다. 소극, 희가극을 써볼까? 광장 무대에 올라오는 소극, 희가극 공연을 좋아하니까. 아니면 필리프 공작의 인생에 대해 써볼까? 참, 이미 다른 사람들이 공작의 인생에 대해 열심히 쓰고 있지. 특히 평 귀족에서 에샹송(중세 궁중의 와인 담당가) 겸 고문이 된 조르주 샤틀랭은 최고 연대기 작가이다. 조르주 샤틀랭 정도는 되어야 부르고뉴 공작 가문에 대해 쓸 수 있을 것이다. 문제는 그뿐만이 아니다. 부르고뉴 공작 가문에 관한 글을 쓰다 보면 궁전의 은밀한 생활, 탐욕, 복수, 배신, 광기 어린 열정, 영주들의 피로 얼룩진 역사에 대해서도 써야 할 텐데 생각만 해도 우울하고 슬퍼진다. 역시 권력과 인간 이야기는 씁쓸하다. 왜 세속적인 것을 알면 알수록 마음이 차갑게 닫히는지 이해가 된다. 그나마 내게 살아갈 희망을 주는 것은 아름다움이다. 아름다움은 여름철 시원한 물, 겨울철 따끈한 스프처럼 내게 꼭 필요한 존재다.

그레나다의 술탄이 이야기해주었던 아랍 역사책 1,300여 권에 대해 생각해본다. 크리스틴 드 피장, 프루아사르, 페트라르크, 초서,

혹은 샤틀랭의 책들은 물론 훌륭하긴 하지만 이븐 할둔이《역사서설》에서 발표한 논문에 비하면 아무것도 아닌 듯하다. 이븐 할둔에 의하면 모든 사회는 인간의 활동으로 형성된 것이지 성령 또는 전지전능한 신의 도움으로 형성된 것이 아니라고 했다. "이븐 할둔은 펜으로 간단히 플라톤과 카르타고의 아우구스티누스를 부정하고 있습니다." 포르투갈 쿠임브라에서 온 석학 한 명이 플랑드르의 대사에게 설명했던 말이다. 신중한 눈빛을 가진 석학이었다. 여러 가지를 생각하게 하는 말이다. 나는 화가로 활동하면서 부르주아, 귀족, 고위 성직자들을 만났고 서민들과 친하게 지냈다. 마을의 상황이 어렵다는 것도 알게 되었다. 직공들도 알고 지내고 있다. 새로운 시각으로 역사를 써볼까? 한 번 그래보고 싶다. 하지만 새로운 시각으로 역사를 집필하려면 플랑드르를 발칵 뒤집을 정도로 파격적인 생각을 가져야 한다. 그러나 문제는 자칫 잘못하면 이단으로 몰려 화형당할 수도 있다는 것이다. 화형당하는 것은 무섭다. 언젠가 만찬 때 역사를 새로운 시각에서 바라보는 이야기가 나오자 플랑드르 대사는 그 자리에서는 예의 바르게 듣고 있기만 했다. 그러나 만찬에서 돌아오는 길에 그는 새로운 시각에 대해 비판과 거부감을 보였다. 새로운 시각의 역사는 샤틀랭이나 필리프 공작에게는 절대로 해서는 안 되는 대화 주제라고 생각한다. 그래, 역사에 대해 쓰는 일은 포기해야겠다. 내가 감히 역사를 주관하는 뮤즈 클리오처럼 될 수는 없겠지. 그냥 여기까지만 생각하는 게 나을 것 같다. 차라리 화가로서의 내 이야기를 있는 그대로 쓰는 게 낫지.

그런데 이미 앞에서도 말했듯이 나는 글재주가 없다. 나의 생각과 인생, 열정, 현실과 싸우려는 헛된 투쟁을 펜으로 표현할 생각을 하니 기분이 묘하다. 나에 대해 글을 쓴 적이 한 번도 없었다. 하지만 이제는 흰색 종이 위에 검은색 잉크로 글을 쓰는 일, 그것이 내가 할 일이다. 실타래처럼 얽힌 이런저런 추억의 에피소드, 내게 여러 가지 경험을 안겨준 작품들을 추억하며 '인생'이라고 하는 미스테리를 밝혀볼까?

여기저기 쑤시고 약해져가는 육체보다는 오히려 글이 내게는 불멸의 분신이 될 것이다. 습관적이었든 열정적이었든 또는 의무적이었든 내가 해왔던 일 모두를 글로 쓸 생각이다. '글'은 과거를 비춰주는 거울이다. 글을 쓰면서 과거를 돌아본다면 아무리 몸이 아프고 죽음이 다가와도 씁쓸한 기분은 좀 가라앉지 않을까?

창가에 있는 커다란 책꽂이가 어서 글을 쓰라고 부추긴다. 자, 내가 살아온 삶을 써볼 것이다. 장님을 안내해주는 손처럼, 펜도 나를 안내해줄 것이다. 그리고 나는 펜의 안내를 받으며 내 이야기를 글로 쓸 것이다. 펜은 팔레트로 나를 데려갈 것이고 나는 그 팔레트의 물감으로 과거의 내 이야기를 그려볼 수 있게 되겠지. 비록 내 눈은 색깔을 볼 수 없지만 머릿속에는 여러 가지 색깔로 이루어진 기억들이 떠오른다. 그 기억을 끄집어내 펜으로 적을 것이다. 문득 색깔을 볼 수 없는 지금의 내 처지가 다행이라는 이상한 생각까지 든다. 사고로 색깔을 볼 수 없게 되니까 이렇게 집필이라는 새로운 경험을 하니 말이다. 나 같은 경험을 할 수 있는 사람이 세상에 또 누가 있을까? 눈을 감기만 하면 즐거워진다! 나중에는 눈을 감고도 더 많은 것을 보며 저절로 글을 쓸 것만 같다. 손을 보지 않고도 글을 쓸 수 있을 것 같다. 마음속 깊이 잠자고 있는 기쁨을 다시 끄집어낼 수 있을까? 절망에 굴복하지 않을 수 있을까? 또 다른 나를 찾을 수 있을까? 현재 나는 세상을 회색으로밖에 보지 못하는 답답한 처지이지만 절대로 이대로 머물지는 않겠다.

내게 글을 쓰라는 말을 하다니…… 역시 질 뱅슈아는 똑똑한 친구다!

02

플랑드르에서 내 이름은 반 에이크라고 불리지만 그 외의 지역에서는 '얀 드 브뤼헤' 혹은 '조반니 다 브뤼지아'라고 불린다. 항구 도시 브뤼헤는 내 덕에 유명해졌다. 하지만 나는 브뤼헤에서 태어나지는 않았다. 내가 태어난 곳은 '에이크'라는 도시였다. 상업도시로 유명한 에이크는 옛 루즈 백작령의 랭부르 주와 리에주 시 끝에 있는 뫼즈 쪽에 위치해 있다.

먼저 아버지 자비에의 이야기를 해야겠다. 아버지는 젊었을때 페스트를 피해 고향인 브라반트 주를 떠났다. 1370년 당시에는 독일과 네덜란드 전역에 페스트가 창궐하고 있었다. 사람들은 페스트를 마녀의 짓이라고 생각하여 죄 없는 아름다운 여성들을 마녀로 몰아 부아 르 뒤크 광장에서 화형시키곤 했다. 아버지는 맨발 차림에 손에 양초를 든 채 거리거리를 다니며 성모 마리아와 모든 성인들에게 가족과 도시를 페스트에서 구해달라고 기도했다. 두건을 쓰고 붉은 십자가 무늬가 있는 반팔 옷을 입은 고행자들이 자신에게 채찍질을 하며 고행을 했지만 페스트는 수그러들지 않았다. 고행자들이 사용하는 채찍 끝에는 십자가 모양의 철사가 뾰족하게 나 있었다. 고행자들의 몸은 상처투성이었다. 하지만 이렇게 고행하고 난리를 쳐봐야 아무 소용없었다. 그래도 여전히 대성당 앞에는 회개와 고해성사하는 사람들로 가득했다. 그러나 신은 침묵했다. 고행자들은 노래를 부르며 다시 이동했고 그 뒤를 신도들이 따르고 있었다. 신도들은 세상의 종말이 멀지 않았다고 믿고 있었다. 아버지는 이들 무리를 지나쳐 달렸다. 죽음을 앞둔 가족들을 위해 기도해줄 사람을 찾기 위해서였다. 목숨을 잃은 아버지의 가족들은 이미 시신으로 가득한 공동묘지에 묻혔다. 또 다른 시신들이 놓인 여러 손수레에서는 지독한 악취가 풍겼다. 손수레에 누워 있는 시신들은 자신들이 무덤에 묻힐 순서를 기다리는 것 같았다. 약탈, 강간 등 범죄들이 끊이지 않았다. 사람들은 유태인이 우물에 독을 넣어 페스트를 퍼뜨렸다며 유태인이 사는 동네에 불을 질렀다. 하지만 페스트는 사라지지 않았다.

모든 것을 잃은 아버지는 부아 르 뒤크를 떠났다. 아버지는 조용한 빙판길을 따라 뫼즈 연안까지 갔고 다시 그곳을 지나 리에주로 갔다. 떠돌이 아버지를 딱하게 여긴 사공이 리에주까지 배를 태워

준 덕분이었다. 아버지는 발트해의 청어와 양파, 흑빵으로 버티며 계속 길을 재촉했다. 추위가 매서웠다. 뫼즈 곳곳에는 얼음이 얼었다. 잎사귀가 떨어진 헐벗은 나무들 위로 바람이 불었고 나뭇가지들이 흔들렸다. 마침내 아버지는 증조부 에티엔이 살고 있는 리에주에 도착했다. 혹독한 여정을 견딘 덕에 아버지는 단단해져 있었다. 아버지의 증조부(내게는 고조부) 에티엔은 환전상이었지만 연금술을 가끔 사용하기도 했다.

아버지는 어느 채색가의 도제로 들어갔다. 생-람베르트 지역의 참사회 일을 맡고 있던 채색가였다. 아버지는 건장해졌고 와인과 파티를 알게 되었다. 쾌락에 푹 빠진 아버지는 도제 일을 게을리했고 성당에도 잘 나가지 않았으며 돈버는 일에 무관심했다. 고조부는 게으른 아버지가 영 못마땅했다. 그래도 고조부는 아버지의 꼼꼼한 성격과 미소는 마음에 들어 했다. 당시 자식도 없이 홀아비로 살아가고 있던 고조부는 우리 아버지를 친아들처럼 대하며 애정을 쏟았다. 고조부는 아버지가 현명해졌으면 하고 바라기는 했지만 그렇다고 혈기왕성한 아버지를 억압하려고 하지는 않았다. 고조부는 무사태평하게 연금술 실험을 하며 즐거워할 뿐이었다. 고조부와 아버지는 와인을 함께 마시며 음담패설을 나누고 낄낄대면서 성직자들의 축첩(니콜라이즘)에 대해 열심히 이야기를 나누었다. 아버지가 사창가에 가면 고조부는 혼자 남아 연금술 관련 책을 읽으며 시간을 보냈다. 고조부와 아버지는 한 집에 같이 살았지만 각자 외로움은 커져만 갔다.

그러던 3월 화창한 어느 날이었다. 아버지는 어느 화가의 아틀리에에 있는 초상화를 보고 그림 속 여성에게 한눈에 반했다.

"저, 결혼하고 싶은 여자가 생겼습니다!"

얼마 후 아버지가 큰 소리로 말했다. 아버지가 사랑에 빠진 여성은 계란형 얼굴, 에메랄드빛 호수처럼 부드럽게 빛나는 눈, 높이 올라간 가느다란 눈썹, 얇고 신중한 느낌의 입술을 가진 미인이었다.

그날 저녁, 아버지는 사랑하는 여자의 집에서 운영하는 가게 앞으로 고조부를 데려가더니 꼭 좀 도와달라고 부탁했다. 고조부는 무슨 뜻인지 알겠다는 표정을 지으며 인자하게 미소를 지었다.

아버지가 마음에 담아둔 그녀는 부두에 있는 부친의 직물 가게에서 일하고 있었다. 그녀는 그림도 그릴 줄 알았다. 고조부와 아버지 자비에가 알아낸 정보였다. 고조부는 중매를 서보겠다고 약속했다.

그녀의 이름은 에를랜드. 훗날 우리 어머니다. 고조부가 찾아와 중매를 하고 싶다고 하자 여자 쪽의 아버지는 딸을 유리 세공인과 결혼시킬 생각이라고 했다. 그런데 다행히 유리 세공인은 아직 청혼하지 않은 상태였다. 우리 아버지의 조건도 신랑감으로는 나쁘지 않았다. 고조부는 아버지가 재능 있고 몸과 정신이 건강하다며 칭찬을 늘어놓았다.

고조부는 아버지의 교육을 맡고 있기는 했지만 연금술을 가르쳐 주지는 않았다. 고조부는 아버지가 방탕한 생활을 했고 카바레에 드나들었다는 이야기는 여자 쪽 아버지에게 일체 하지 않았다. 아직 젊은이었던 우리 아버지는 가진 돈이 별로 없었다. 하지만 고조부는 이번 결혼만 성사되면 우리 아버지의 재산을 불려주겠다고 여자 쪽 아버지에게 말했다. 고조부의 설득이 통했는지 여자 쪽 아버지는 후처와 침대에서 오랫동안 결혼문제를 상의했다. 여자 쪽 아버지는 딸의 의사를 존중하고 싶어했다. 이제 당사자인 여자의 결정만 남았다.

고조부는 여자 쪽 가족을 초대해 응접실에서 점심을 대접했다. 성당의 응접실처럼 웅장한 곳이었다. 고조부는 아내를 먼저 저세상으로 보낸 뒤 그 동안 이 응접실을 방치했었다. 이날은 부활절이었다. 날씨가 너무 습해 창문을 열 수밖에 없었다. 고조부는 일 때문이라기보다는 연금술 때문에 여기저기 여행 다닌 이야기를 꺼냈다. 여자 쪽 아버지는 고조부가 들려준 여행 이야기에 관심을 보였다. 특히 마법사 니콜라 플라멜 이름이 나오자 눈을 반짝였다. 니콜라 플라멜은 수은을 황금으로 바꿔 그 황금을 아내 페르넬과 함께 가난한 사람들에게 나눠준 것으로 유명했다. 그 동안 여자 쪽 계모는 게걸스럽게 음식을 먹으면서 머릿속으로는 열심히 응접실의 태피스트리와 조각상, 은그릇의 시세가 얼마나 나가는 것인지 따져보고 있었다.

당시 쾌활한 처녀였던 어머니의 나이는 열여섯 살이었다. 어머니는 가슴 부위 아래에 주름이 풍성한 짙은 녹색 드레스를 목까지 올라오게 입고 있었다. 어머니는 의연함과 명랑함을 갖춘 아름다운 처녀였다. 어머니의 목은 가늘었고 핑크빛 얼굴은 부드러운 인상을 풍겼다. 고조부는 '에를랜드가 기사처럼 건장한 자비에의 혈기왕성함을 잡아줄 수 있을까? 오히려 활기찬 자비에가 조용한 에를랭드의 마음을 어지럽힐 것만 같군.' 이라고 생각했다. 젊은이었던 아버지는 아름다운 젊은 처녀인 어머니를 황홀하게 바라보았다. 아버지와 어머니는 성격이 정반대라 오히려 서로의 부족한 점을 잘 채워줄 것 같았다. 아버지는 쾌활하고 유쾌했으며 어머니는 차분하고 생각이 깊었다. '결혼하면 즐겁게 살아가겠어.' 고조부는 생각했다. 아버지와 어머니는 서로에게 더욱더 끌리고 있었다. 식사로는 라인산 부드러운 와인과 파이, 뜨거운 곤들매기, 버섯 파이가 나왔다. 문득 고조부는 너무나 일찍 하늘나라로 가버린 아내를 생각하며 슬픔에 잠겼다. 그 동안 고조부는 연금술에 몰두하며 아내의 빈자리를 견뎌냈고 환전 일과 여행에서 기쁨을 찾았지만 밤이 되면 홀로 차가운 침대에 누워 외로움을 느꼈다. 고조부는 죽은 아내를 생각하며 한숨을 지었다.

아름다운 처녀였던 어머니의 진줏빛 뺨은 웃을 때면 장밋빛으로 빛났다. 그때 아버지는 갑자기 테이블 맞은편에 있는 어머니의 손목을 덥석 잡더니 청혼을 했다. 청혼하는 소리가 어찌나 컸던지 자리에 있던 모두가 들을 수 있었다. 처음 한눈에 어머니에게 반했던 아버지는 어머니야말로 평생 반려자라고 생각했다. 아버지는 어머니에게 청혼하던 그날의 에피소드를 훗날 우리 형제에게 자주 들려주었다.

아버지의 의지와 뜨거운 열정에 압도된 어머니는 당황하여 시선을 아래로 향한 채 몸을 가볍게 떨었다. 어머니는 아버지의 애를 태우려는 듯 아무 말도 하지 않더니 이내 눈을 깜빡이며 조그맣지만 분명한 소리로 "예"라고 대답했다. 어머니는 수줍은 유리 세공인 대신 적극적인 아버지를 남편으로 택했다. 아버지는 매력적이고 열정적인 방법으로 어머니를 사로잡은 것이었다. 어머니 또한 아버지 때문에 마음이 설레는 것이 좋았다.

장래를 약속한 두 사람은 양가로부터 박수를 받았고 양가는 신의 가호를 바란다며 서로 덕담을 나누었다. 건배가 이어졌다. 고조부는 방정식을 해결한 수학자보다 더 기분이 좋아 눈을 빛내며 턱을 쓰다듬었다. 아버지는 은으로 세팅된 반지를 그 자리에서 꺼냈다. 앞으로 어머니가 평생 손가락에 끼게 될 반지였다. 양가는 젊은 커플에게 다시 한 번 축하해주었다. 결혼 성사를 축하하는 의미로 구운 양고기가 나왔다. 아버지와 어머니는 생-장에서 결혼식을 올렸다. 어머니는 아버지와의 결혼생활이 좋았다. 실제로 아버지는 어머니에게 다정하게 애정을 쏟았다.

여기저기 도시에서 폭동이 일어나 플랑드르를 뒤흔들었다. 리에주도 폭동의 불길에 휩싸였다. 직공들이 네덜란드 백작 바이에른 요한 주교의 혹독한 통제에 반대해 자유로운 권리를 주장하며 들고 일어난 것이었다. 어머니와 신혼생활을 즐기던 아버지는 폭동과 전투가 두려웠다. 카바레에 모인 사람들은 이번 폭동으로 흥분했다. 혹시 전투가 일어날지도 모른다는 불안감에 미리 서둘러 떠나는 사람들도 있었다. 얼마 후 '오테' 평야에서 벌어진 전투에서 아버지의 스승이 목숨을 잃었다. 바이에른 요한 주교가 다시 리에주를 탈환하면 성직자들과 아르티장(기술적인 예술가)들, 심지어 여성들도 뫼즈로 쫓겨나게 될 상황이었다.

이 당시 아버지와 어머니는 네덜란드 마스트리히트를 뒤로 한 채 뫼즈를 지나 에이크에 정착했다. 에이크는 알베넥 수도원 주변에 있는 조용한 도시였다. 강 주변에는 포플러나무들이 있고 연안에는 풀이 무성한 평화로운 도시였다. 아버지와 어머니는 조용하고 평화로운 도시 에이크가 마음에 들어 이곳에 둥지를 틀기로 했다.

그들 사이에서 맏아들 후베르트가 태어났다. 형 다음에 아이들이 여러 명 태어났지만 모두 어린 나이에 세상을 떠나 아동 묘지에 묻혔다. 그로부터 10년이 지났다. 하지만 더 이상 아이가 생기지 않아 초조했던 부모님은 열심히 노력했다. 마침내 1395년 7월 31일, 숨이 막힐 정도로 더운 여름 새벽에 내가 세상에 태어났다. 나는 태어날 때 양막을 쓴 아이라고 해서 행운의 아이라고 축복을 받았다. 그러나 축복이 무색하게도 나는 어릴 때부터 몸이 허약했다. 너무 허약해서 잔열과 부스럼을 달고 살았다. 나에게 축축한 강바람은 독이었고 햇볕은 약이었다. 이후 내 아래로 여동생 마고와 남동생 람베르트가 태어났다.

요새로 둘러싸인 에이크의 거리들은 생 카트린 성당과 크루아지에 성당 주변에 미로처럼 얽혀 있었다. 3층짜리 우리 집은 예술가들이 모여 있는 동네에 위치해 있었다. 우리 집 한쪽 면은 붉은 벽돌로 되어 있었고 그 위에는 박공이 장식되어 있었다. 마당에는 과수원이 있었는데, 과수원을 따라 끝까지 가다보면 강이 나왔다. 너도밤나무 두 그루, 오래된 밤나무, 주홍색 과일이 주렁주렁 달린 나무들, 흰색 라일락 수풀, 버찌나무, 배나무와 사과나무들이 가득한 과수원은 우리들의 천국이었다.

집 옆에는 아버지의 아틀리에가 있었다. 아틀리에는 꽤 넓었다. 그 곳에는 아버지 가문과 어머니 가문의 문장이 문 위에 매달려 있었다. 아버지가 매달아놓은 것이었다. 아버지 가문의 문장은 바다의 닻 세 개가 그려져 있었고, 어머니 가문의 문장은 끝부분이 뱀 머리 모형으로 되어 있는 십자가가 그려져 있었다. 어머니 가문의 문장은 뫼즈 주변 가문들 사이에서 유행하던 문장이었다. 아버지의 아틀리에는 빌헬름 드 코롱의 아틀리에, 혹은 엑스 라 샤펠의 아틀리에와는 비교가 안 되었지만 그래도 나름 우리가 사는 지역에서는 유명했다. 아버지의 동료로는 한스 쿠퍼와 에르망 드 통그르가 있었다. 한스는 과묵하고 믿음직스러웠으며, 에르망은 음식과 주사위 놀이를 좋아했다. 그들은 즐겁게 아버지를 도왔다. 한창 바쁠 때는 아버지가 도제 두 명을 더 들이기도 했다. 사람들이 아버지의 아틀리에에 주문하는 작품은 주로 종교화였다.

일 년에 한 번 아버지는 안트베르펜 시장에 가곤 했다. 아버지로서는 유일하게 집과 아틀리에를 떠나 멀리 가는 일이었다. 그런데 뭐가 그렇게 걱정이 많은지 아버지는 새벽 기도 때까지 보따리를 뒤지고 또 뒤졌다. 사실 아버지는 어머니와 편안한 침대가 있는 집을 떠나는 것을 싫어했다. 아버지에게 집의 침대는 배부른 고양이처럼 기지개를 켜며 누워 있을 수 있는 가장 편안한 장소였다. 평화롭게 살아가는 일, 아버지가 원하는 것은 그것뿐이었다. 아버지는 나름대로 만족하며 살았던 것 같다. 아버지는 이런저런 연회에 자주 참석했고, 술과 노래 실력은 나날이 늘었다. 어머니는 그런 아버지를 어쩔 수 없는 아이처럼 취급하며 관대히 이해했다. 내가 기억하는 에티엔 고조부는 얼굴이 누렇게 뜨고 주름이 자글자글했으며 독수리 같은 표정에 늘 털모자를 쓰고 있었다. 고조부는 나이가 아주 많았지만 시력도 좋았고 정신도 또렷했다. 고조부는 우리 아버지에게 좀더 절도 있게 생활하거나 그림에 대한 연구를 더 하라고 했지만 그때마다 아버지는 그런 훈계를 교묘히 피해갔다.

"저는 사람을 모욕한 적이 없어요. 마음도 너그럽고 시편집에 나오는 주일에는 기도도 열심히 하고 있습니다. 부활절 기간에는 영성체도 합니다. 하느님이 사람들에게 슬프게 살라고 하셨던가요? 아니죠. 자신에게 만족하는 장인의 삶은 따뜻합니다." 아버지는 《전도서》에 나오는 말을 인용하며 변명했다.

말재주가 좋았던 아버지는 채색가, 화가, 거울 제조인들이 회원으로 가입해 있는 작은 길드의 대표를 몇 년 동안이나 맡기도 했다. 동료들은 아버지를 가리켜 사교술이 뛰어나고 평의회에서 길드의 권리를 제대로 대변한다고 평가했다. 아버지는 농담을 즐기는 유쾌한 성격이었고 협상 능력도 뛰어날 뿐만 아니라 문제도 잘 해결했다. 또한 아버지의 작품은 세심하다는 평가를 받았다. 아버지는 도제 시절 리에주에서 배운 형식을 좋아해 작품에 그대로 살려냈다. 아버지는 고객들과도 잘 지냈다. 아버지는 초상화보다는 풍경화 분야에서 인정받는 화가였지만 초상화도 나름 잘 그리는 편이었다. 아버지는 납품 기한을 잘 지켰고, 필요할 경우에는 외주를 맡기기도 하며 융통성 있게 작업했다. 아버지의 작품은 그리 비싸지 않아 구입하기에 부담이 없었다. 삽화가 끝나면 짙은 푸른색과 황금색을 되살려 고객들을 만족시키는 것이 아버지의 작품 스타일이었다. 작품에 만족한 고객들이 간혹 아버지에게 선물을 보내기도 했다. 아버지는 아주 뛰어난 예술가는 아니었지만 나름대로 만족해했다. 그림으로 고민하는 나, 신앙으로 고민하는 후베르트 형과 달리 아버지는 고민이란 것을 하지 않았다. 아버지는 현재가 만족스러웠던 것일까, 아니면 연륜이 쌓이다 보니 현명하게 사는 법을 알았던 것일까? 잘 모르겠다.

한편, 어머니의 살림 솜씨는 야무졌다. 어머니는 거실과 주방을 장식했다. 기침이 심해 주로 집에 틀어박혀 있던 나는 그런 어머니를 도왔다. 어머니는 내게 간단한 문장을 베껴 색칠하라고 했다. 내 작품을 본 어머니는 조용히 칭찬해주었다. 나는 조용한 어머니가 좋았고 이런저런 잔걱정으로 눈썹 사이에 생긴 어머니의 주름살도 좋았다. 어머니는 당신의 작품을 진지하게 감상했다. 그런 어머니의 모습은 수태고지의 신성한 빛을 가슴에 받으며 성경을 앞에 두고 있는 성모 마리아만큼 진지했다. 어머니는 태피스트리의 꽃무늬

를 작업할 때도, 자수를 놓을 때도, 식탁을 차릴 때도 섬세함을 발휘
했다. 어머니는 은행가의 딸들이 맡긴 옷에 모노그램을 자수로 놓
기도 했다.

마스트리흐트의 부르주아들이 가지고 있는 고귀한 느낌의 문장
들도 어머니의 작품이었다. 우리가 사는 도시 에이크와 그 주변 지
역의 군인들이 들고 다니는 방패 위에 새겨진 생생한 사자 문양도
어머니의 작품이었다. 어머니는 행정관들로부터는 연회의 깃발 장
식 작업을, 조합인들로부터는 화려한 시트 장식 작업을 의뢰받았
다. 나는 그림을 그릴 때 참을성을 길러야 한다는 것을 어머니로부
터 배웠다. 어머니는 옷 만드는 일도 좋아해서 에이크 카니발 때에
는 가장 아름다운 옷을 만들어 보여주었다. 또한 어머니는 취미로
템페라화를 그리기도 했다. 지금도 나는 어머니의 작품을 간직하고
있다. 하나는 생트 바르브 성당과 탑이 그려진 작은 그림인데, 당시
유행하던 분위기의 그림이다. 어머니는 내가 에이크를 떠나기 전날
이 그림을 그려주었다. 어머니의 담채 화법은 너무나 정교해서 그
림 속의 성당과 탑이 진짜처럼 보였다.

아버지는 아틀리에의 살림도 전부 어머니에게 맡겼다. 어머니는
아버지에게 늘 성녀처럼 관대했다. 살림을 어머니에게 맡긴 아버지
는 마음 편하게 돈을 썼다. 어머니는 그런 아버지를 보면서 살짝 미
소를 짓기도 했다.

즐거웠던 어린 시절이 또렷하게 떠오른다. 나이가 들어서 그런

것인가? 어린 시절을 더 즐겁게 만들어주었던 사람은 특히 유모 마들렌이었다. 마들렌과 보낸 어린 시절이 그립고, 지금도 마들렌 생각만 하면 즐거워진다. 랭부르 출신의 마들렌은 뚱뚱했다. 마들렌은 우리들을 잘 돌봐주었다. 마들렌이 만들어주던 검은 버찌 파이의 맛은 지금도 기억에 생생하게 남아 있다. 또 마들렌은 양배추를 곁들인 뿔닭, 맥주로 맛을 낸 토끼 요리를 만들어주었다. 주방의 벽난로에 놓인 묵직한 냄비에 담긴 김이 모락모락 나던 따끈한 요리가 생각난다. 우리는 아궁이 위에 닭꼬치를 놓고 돌리며 즐거워했다. 사소하지만 즐거운 추억이었다. 반들반들 윤기 흐르는 기름, 반짝이는 구리 그릇, 요리에서 모락모락 피어오르는 김, 투명한 그릇의 광택, 잘 어울리는 따끈한 요리들…….

마들렌은 와인을 사랑했다. 마들렌이 와인을 마시고 의자에서 잠드는 일도 가끔 있었다. 우리를 감시하는 줄 알았더니 의자에서 졸고 있는 것이었다. 마들렌은 불독처럼 불그스름한 얼굴에 머리는 산발을 하고 코를 골며 졸았다. 코를 어찌나 크게 골던지 바닥의 타일이 들썩이는 것만 같았다. 아버지는 그런 마들렌을 조용히 나무랐다. 그러던 어느 날 마들렌은 단식을 하고 채찍질을 하며 고행을 하겠다고 결심했다. 그녀는 마치 광신도처럼 보였다. 어머니는 마들렌을 말렸지만 후베르트 형은 좋은 생각이라며 오히려 마들렌을 부추겼다. 마들렌은 며칠 동안 요리를 하면서 몸을 흔들고 중얼거리며 기도를 했다. 아버지는 마들렌이 이상한 행동을 하자 못마땅해하며 짜증을 냈다. 마들렌은 기분이 우울해지면 화이트 와인을 마시면서 하셀트에 살고 있는 조카들을 자주 만나지 못한다며 넋두리를 해댔다.

행복했던 소소한 추억을 떠올리며 글을 쓰니 기분이 좋다. 자비로운 신은 행복한 과거를 회상하며 글을 쓸 수 있도록 힘을 주신다. 어린 딸기나무 아래에서 마고와 숨바꼭질을 하던 기억도 있다. 무성한 잎사귀들 사이로 빛이 들어와 숲속을 밝게 해주었지! 우리는 개미들, 사지를 떠는 벌레들을 보며 깔깔거렸다. 가까이에 있던 아버지의 아틀리에에는 고통스러워하는 그리스도가 그려진 그림들이 벽에 걸려 있었다. 테레벤틴 냄새가 계속 났다. 참, 테레벤틴은 내가 준비한 것이었다. 람베르트는 마고와 나를 찾으려고 가시덤불을 휘젓고 다니다가 그만 넘어져 상처를 입기도 했다. 고리 바구니 한 귀퉁이에서 집을 짓는 거미, 소심한 무당벌레들, 시냇물에 있는 거무스름한 올챙이들, 거칠거칠한 나무껍질 등 모든 것이 좋았다. 시간은 그렇게 흘러갔고 우리가 부르던 노랫소리가 버찌나무 꼭대기와 푸른 하늘까지 울려 퍼졌다. 생기 있는 분위기가 가득했고 꽃이 피었으며 바람은 따뜻했다. 마고와 나는 개양귀비와 수레국화 사이를 헤치며 신나게 뛰어 놀았다. 양가죽을 쓰고 있는 세례 요한의 조각상이 그런 우리의 모습을 지켜보고 있었다.

에티엔 고조부는 여름이면 우리 집에서 지내곤 했다. 그러던 어느 여름, 고조부는 내게 별자리와 그 전설에 대해 가르쳐주었다. 그 덕분에 오리온자리, 오리온자리를 이루는 용사의 띠, 몽둥이, 사자

가죽 모양을 알게 되었다. 전설에 따르면 오리온은 술에 취해 자고 있는 중에 두 눈을 뽑혀 시력을 잃었지만 동쪽으로 계속 가다가 결국 시력을 회복했다고 한다. 오리온은 아틀라스의 일곱 명의 딸을 쫓아갔지만 실패하고 말았는데, 아틀라스의 딸들은 오리온을 피하기 위해 별로 변했고 그 별이 플레이아데스 성단이라고 한다. 고조부는 지구 주변을 일곱 행성이 둘러싸고 있고 순수한 영혼들의 왕국인 천국이 존재하며 우주 밖에는 신이 있다고 코맹맹이 소리로 설명해주었다. 고조부는 검버섯이 핀 두 손으로 노을진 허공에 기다랗게 선을 그었다.

"오로지 하느님만이 미래를 알고 계세요. 아무리 인간이 자유 의지가 있고 자신의 운명을 개척할 수 있다고 해도 결국은 하느님의 피조물에 지나지 않아요. 지식은 천문학이 아니라 성경에서 배워야 해요."

후베르트 형은 고조부의 가르침이 세속적이라며 시비를 걸었다.

후베르트 형은 신앙심이 독실해지면서 이론가보다 더 심각한 사람으로 변해갔다.

"너야 그렇게 생각하겠지!"

고조부가 냉소적으로 대답했다. 고조부는 종교를 가질 마음이 없었다.

"지루한 설교 좀 그만해라."

아버지가 진을 마시며 후베르트 형의 말을 가로막았다.

어머니는 람베르트에게 자장가를 불러주었고 마고는 아기 인형으로 유모놀이를 하고 있었다. 뫼즈 강에서 횃불을 밝힌 채 느릿느릿 지나가는 배들을 보고 있노라면 그 너머에서는 환상의 모험이 벌어지고 있을 것이라는 생각이 들었다. 상상의 바다에 빠지곤 했다. 탑에 갇힌 아름다운 여성이 누군가가 구해주기를 애타게 기다리고 있지는 않을까? 마고와 나는 작은 폐선에 들어가 와자지껄 떠들며 놀기도 했다. 어머니는 얼른 집으로 들어오라며 큰 소리로 말했다. 그해 여름은 참 빨리도 지나갔다.

후베르트 형은 아버지의 아틀리에에 들어갔고 나와 마고는 생 카트린 교구가 운영하는 작은 학교에 다녔다. 어머니는 여자도 배워야 한다는 생각을 갖고 있었다.

"여자가 순종만 한다고 되는 건 아냐. 여자도 이것저것 배워야 해."

어머니가 말했다.

어머니는 마고도 읽고 쓰고 계산하고 그림을 그릴 줄 알아야 좋은 아내가 될 수 있고, 또 나중에 남편을 잃어도 스스로 살아갈 수 있다고 했다. 실제로 거리로 내몰려 빵값을 구걸하는 불쌍한 여자들이 많았다. 무지한 이 여자들은 결국 비천한 동네의 목욕탕으로 흘러 들어가 생을 마감했다. 모든 도시마다 이런 목욕탕이 숨겨져 있었다.

그러나 마고와 나에게 목욕탕은 따뜻한 물로 아로마 향을 맡으며 몸을 닦을 수 있는 휴식 공간이었다. 마들렌은 매주 방에서 목욕을 할 수 있게 목욕물을 준비해주었다. 당시 우리는 목욕탕에 얽힌 어두운 이야기는 알지 못했다!

같은 반의 못된 아이들이 나와 마고를 괴롭혔다. 나와 마고는 서로 힘을 합했다. 비록 우리 둘은 약하긴 해도 용기는 있었다. 못된 아이들은 짓궂은 생각을 할 때만 상상력을 발휘할 줄 아는, 정말 꼴도 보기 싫은 놈들이었다. 어머니는 우리에게 특정 문구가 적힌 종이를 목에 두르라고 했다. 붉은 잉크로 적힌 문구의 내용은 이랬다.

주 예수 그리스도가 늘 나와 함께하니 두려운 것이 없어라. 누가 감히 내게 고통을 줄 수 있을까?

이 문구가 적힌 종이를 목에 두르고 있으면 우린 왠지 든든했다. 어려운 일이 있을 때마다 이 종이를 삼키면 힘이 솟는다고 어머니는 말씀하셨다. 나는 집으로 돌아오면서 성스런 문구가 적힌 종이를 우물우물 씹었다. 종이의 씁쓸한 맛은 악동들에 대해 품는 울분의 맛과 같았다. 못된 아이들은 나의 첫 사회 경험이기도 했다. 첫 경험은 불쾌했다. 글을 쓰고 있는 지금도 여전히 불쾌하다. 그 못된 아이들이 보여주었던 잔인함, 거짓말, 질투, 오만, 게으름, 비겁함……

어느 날 슬픈 소식이 들려왔다. 리에주에 사는 외할아버지가 가게에서 그리 멀지 않은 곳에서 익사체로 발견된 것이었다. 그러나 돌아가신 지는 벌써 두 달이 되었고, 외할아버지는 땅에 묻힌 지 이미 오래라고 했다. 외할아버지의 가게는 새로운 주인이 인수했다. 이어서 우리 어머니의 계모, 그러니까 내게는 의붓 외할머니 되시는 분도 세상을 떠났다. 외할아버지는 살아생전에 직물과 비단 장사에서 성공을 거두었고, 고리대금업도 하면서 쏠쏠하게 이익을 챙겼다.

외할아버지의 죽음에 대해 이런저런 소문이 많았다. 어느 독일인 감독이 우리 외할아버지에게 진 빚을 값을 수 없게 되자 외할아버지를 물에 빠뜨려 살해했다는 소문도 있었다. 정말로 채무자가 높은 이자 때문에 앙심을 품고 외할아버지를 죽인 것일까? 경쟁자가 외할아버지를 죽였다는 소문도 있었다. 하지만 외할아버지가 어떻게 익사하게 되었는지 그 진상은 끝내 밝혀지지 않았다. 어머니의 눈에는 슬픔이 가득했다. 외할아버지는 우리 어머니를 무척이나 아꼈다. 당시에는 외할아버지처럼 딸을 아끼는 상인은 거의 없었다.

학교에 다니면서 글자를 배울 때가 즐거웠다. 기초 단계에서는 글자를 사물의 형태로 생각하며 배웠다. 예를 들어 H는 사다리, E는 갈고리, T는 십자가의 상징, Y는 인간이 선과 악 사이에서 갈등하는 로터리에 해당되었다. 각 글자마다 이미지와 사연이 있었다. 그림이 의미를 갖게 되면서 세련되어졌다. 글자와 그림의 조합은 현재도 내게 즐거움을 선사한다. 마고와 나는 눈 위에서 사냥감을 쫓는 사냥꾼처럼 글자의 모양들을 따라갔다. 그렇게 해서 글자를 배웠다. 한스가 사과를 사용해 알파벳 외우는 법을 가르쳐주었다. 과묵하고 몽상적인 한스는 채색을 아주 좋아했다. 그런 한스의 모습을 보면 마치 미스테리한 것에 열광하는 사람 같았다. 한스는 화려한 꽃, 동물, 곡예사 문양으로 각 글자를 표현했다. 한스는 각 글자들이 갖고 있는 힘에 주목하며 글자를 자유롭게 표현했다. 신화 속에 나온다는 나뭇잎 깃털을 가진 새들이 만들어내는 이중 소용돌이로 여러 개의 S를 표현하던 한스……. 그때도 감탄했지만 지금도 감탄스럽다. 현재는 내가 아이들에게 이 기법을 가르치고 있다. 한스는 글자를 단순히 겉모양으로만 보지 않고 그 안에 숨은 힘을 발견했던 것이다. 한스는 붉은빛과 초록빛을 중심으로 여러 느낌의 색조를 세심하게 살려냈다. 안타깝게도 지금은 더 이상 그의 작품들을 볼수가 없다. 아버지의 아틀리에가 채색으로 유명해진 것도 어느 정도는 한스 덕분이었다.

나는 엄격한 느낌의 커다란 고딕체 글자를 사용해 그림을 그렸다. 고딕체 문자들을 연결하고 겹치고 끊어가면서 작은 탑, 고성 모양을 벽에 그렸다. 그림 속 고딕체들이 뒤엉켜서 무슨 글자인지 알아볼 수가 없었다. 어쨌든 화려한 책에 삽화를 넣으려면 완벽하게 알아야 하는 기법이었다. '부르고뉴의 방랑자'라는 별칭으로 불리는 카롤링 양식의 서체는 동그랗고 가늘며 기울어져 있어서 더 가느다란 새의 부리를 사용해 만들 수 있는 문체였다. 나는 여러 가지 서체를 배우는 게 재미있어서 많은 그림을 서체로 장식했다. 만년에는 내 자신에 대해 이렇게 글을 쓰고 있다. 참으로 어두운 운명의 소용돌이가 아닌가.

우리를 가르치는 참사원은 세심하기는 했지만 어딘지 불안해보였다. 마치 형벌을 받아 페이지 수, 라인 수로 평가를 받아야 하는 필경사처럼 말이다. 몇 년 동안 속죄하며 열심히 글을 베껴 썼지만 악마 티티빌루스의 계략에 빠져 글을 쓰다가 실수를 하여 문장을 뛰어넘는가 하면 글자를 혼동하게 되는 불안한 필경사. 참사원의 모습이 바로 그렇게 보였다. 글을 베끼면서 실수를 할수록 벌을 받게 된다고 상상해보자. 마음이 얼마나 두렵겠는가?

　기도서의 잉크 색은 기도를 드려야 하는 날짜들을 나타냈다. 크리스마스, 부활절, 사도 축일, 주요 성인 축일은 주홍색으로, 중요한 성인들은 검은색 잉크로, 아니면 황금색, 붉은색, 푸른색으로 표시되었다. 시편을 읽으면서 그 동안 몰랐던 것을 알게 되었다. 성당에서 노래를 부르면 마음속에 있는 순수한 사랑이 빛을 뿜으며 열정에 사로잡히는 기분이었다.

　기도서 페이지 아래에는 세속적인 보물이 기다리고 있었다. 황도 12궁에 대한 정보가 있었던 것이다! 덕분에 황도 12궁을 자연스럽게 배울 수 있었다. 황도 12궁은 태양 궤도에 있는 12개의 별자리를 나타낸 것으로 사람마다 별자리가 있다는 것이다. 그 기준으로 보면 나도 태양의 아들인 셈이다. 태양빛은 우주의 중심부와 주변부를 만들어낸다. 생명의 근원이라고 할 수 있는 태양이야말로 우리 안의 신이다. 우리 안의 신이 태양이라는 모습으로 나타난 셈이다. 따라서 태양의 아들인 나는 선택을 받았다고도 볼 수 있다. 나는 태양처럼 빛나는 존재다! 마고는 쌍둥이자리 달에 태어났다. 하지만 마고는 남자와 여자 쌍둥이가 나신으로 표현되어 있는 쌍둥이자리

그림을 보고 당황해 어쩔 줄 몰라 했다. 기도서의 달력에는 기도해야 하는 날 외에도 농부들의 노동 기념일, 영주들의 중요한 오락 행사 날들도 표시되어 있었다. 너무 재미있었다. 이번에는 아버지의 아틀리에를 돌아다니며 기도서, 직공들의 개론서, 식물 표본이 채색으로 장식되는 과정을 지켜보았다.

에티엔 고조부가 세상을 떠났다. 단순한 감기였지만 합병증으로 열병이 생겨 돌아가셨다. 부모님과 함께 에티엔 고조부의 장례식에 참석했는데, 나는 죽은 이들을 위한 '응송'이 이루어지는 동안 울었던 기억밖에 나지 않는다. 에티엔 고조부는 내게 외할아버지보다 더 가까운 분이셨다. 사실 우리 가족은 외할아버지 무덤을 잘 찾아가지 않았다.

"당신과 나 모두 이젠 정말로 고아군요."

어머니가 아버지에게 말했다.

아버지는 창백하고 불안해 보였다. 고조부가 아버지에게 남겨준 책들은 나무상자 속에 들어 있었다. 연금술 관련 책을 읽고 싶어하는 사람이 아무도 없어서였다. 나중에 나는 그 나무상자 속에서 영국인 바르텔레미의 백과사전, 고조부의 연금술 실험 노트, 하드리아누스 시대의 로마 희곡 총서를 발견했다. 아버지는 고조부의 집을 물려받을 수 있을 것이라 기대했지만 안타깝게도 그 집은 리에주 주교구의 환자와 정신병자들을 수용하는 병동이 되어버렸다. 환자와 정신병자들에게 자꾸 눈이 갔다. 우리 인간의 불쌍한 모습을 상징하는 것 같아서였다. 어머니는 예전 어느 봄날 일요일에 아버지의 청혼을 받아들였던 에티엔 고조부의 응접실을 찾았고 응접실의 덧문을 내렸다. 고조부에게 남은 재산은 없었다. 연구, 여행, 연금술에 전 재산을 다 쓴 것 같았다. 고조부가 세상을 떠나자 주교들은 기다렸다는 듯 생-람베르트를 샅샅이 뒤졌다. 그런 주교들을 보면서 아버지는 비웃었고 후베르트 형은 인간들이 신의라고는 없다며 분노로 이를 갈았다. 고조부가 내게 남긴 것은 시편집이었다. 짙은 파란색의 모로코 가죽 표지로 된 시편집. 이 시편집은 현재 글을 쓰고 있는 내 테이블 위에 놓여 있다. 늙어가고 고통으로 지쳐가는 나와 마찬가지로 시편집도 다 낡아버렸다.

"세상은 주 예수 그리스도의 손으로 쓴 책이라고 할 수 있지." 참사원이 수업 시작할 때마다 했던 말이다. 참사원은 《리벨리》에서 성인들의 일생, 성인들의 순교 부분을 읽어보라고 시켰다. 예수 그리스도의 어깨에 머리를 기대고 있는 나의 수호성인은 은근한 우정을 표현하고 있었다. 그런 수호성인을 보니 기뻤다. 나는 수호성인에게 조용히 기도했다. 참사원은 성경에 대해 오랫동안 설명하더니 환자가 고통스러운 육신 위에 복음서를 올려놓으면 금새 회복된다고 말해주었다. '말도 안 돼.' 나는 속으로 생각했다. 사실 예전에 성경 문구가 적힌 종이를 삼키기도 했지만 별 효과가 없지 않았던가! 그러나 세례 요한이 강조한 알파와 오메가에 대해 배우면서 모호하지만 흥미진진한 '무한'이라는 개념을 서서히 이해하게 되었다. 헤라클리우스 테오필의 회화 개론도 필수로 배웠다. 채색가가 되려면 꼭 배워야 하는 필수 과목들이었다. 수업이 끝나 우리가 자리를 뜨면 참사원은 점잔을 빼며 커다란 책을 열었다. 참사원은 마치 '자, 봐라. 너희들은 너무 무지해 이런 책은 읽을 수도 없다.' 라고 말하고 싶은 것 같았다. 참사원이 회초리를 사용한 적이 딱 한 번 있었다. 뱃사공 여인숙 주인의 아들이 미사를 드리며 몰래 참사원을 흉내내다가 회초리로 맞은 것이다!

악동들은 평신도들이 판매하는 기도서에 나오는 장면을 내게 보여주었다. 나체로 목욕탕에 들어가 기쁨을 느끼는 밧세바와 이를 엿보는 살로몬이 나오는 장면이었다. 그 외에도 역사가 발레르 막심의 《고대 로마인의 기억될 만한 행동과 격언》에 실린 타락에 관한 삽화들을 보며 성적인 것을 배웠다. 하지만 마고처럼 나도 아직까지는 거인, 난쟁이, 요정들, 그리고 이들이 '보물의 나라'에서 펼치는 신기한 모험 이야기가 더 좋았다. 특히 영국산 두꺼운 양모 이불을 덮고서 유니콘을 상상하며 오랫동안 상상의 나래를 펼쳤다. 마고와 버섯을 주우러 숲으로 갈 때도 샘물에서 물의 요정 멜뤼진이 나오기를 기다렸다. 어머니가 못 하게 했지만 마고와 나는 샘물에 들어가곤 했다. 유순해진 맹금류, 늑대, 사자들에 둘러싸인 은자들을 만날지도 모른다는 생각이 들어서 기다렸다. 또한 마고는 투명인간으로 만들어주는 마법의 고리를 찾겠다며 이끼 속을 뒤졌다. 하지만 마고와 내가 본 것은 다정하게 인사를 건네는 꿀 채집자들, 겨울에 쓸 굵은 장작을 자르는 농부들, 재를 만드는 유리 제조업자의 하인뿐이었다. 마들렌은 알 수 없는 말을 중얼거리며 마법의 약을 만들 안젤리카 뿌리와 호랑가시나무 뿌리를 캤다.

즐거웠던 순간이었지. 매일매일 행복했던 어린 시절의 일상이 지금도 생각난다!

아버지는 미술밖에 모르는 분이었다. 그래서 성직자가 되고 싶다는 후베르트 형을 이해하지 못했다. 어머니는 형의 신앙심을 칭찬했지만 아버지는 형의 신앙심을 비난했다. 아버지는 신부들이라는 작자가 가난한 농부들을 위해 미사를 드리지 않는다며 비난했고 형은 그저 가만히 있었다. 또한 아버지는 리에주에서 도제로 있을 때 배불리 먹으면서 기도는 대충하던 타락한 신부들을 본 적이 있다고 했다.

"신부들이야말로 놀고먹으며 살고 있지."

식사 후에 아버지가 큰 소리로 말했다.

아버지는 신부들이야말로 부유한 거지와 다를 바 없으며, 겉으로는 검소한 척하면서 오히려 가난한 사람들을 모욕하고 있다고 했다. 아버지는 형의 독실한 성격을 그저 비웃었다. 아버지는 형이 패기와 판단력이 없다고 본 것일까, 아니면 그냥 형을 비판하는 것일까?

"생 카트린의 참사원도 술이 땡기겠지!"

아버지가 의기양양해하며 큰 소리로 말했다.

"로마의 교황 우르바노 7세와 아비뇽의 교황 클레멘스 중 누가 낫니? 후베르트, 어떻게 생각하니? 리에주의 주교들이 가지고 있는 재산은? 이 순진한 놈아, 수도원들이 얼마나 타락한 줄 아니? 바이에른 요한 주교의 군인들이 내 스승을 죽였단 말이다."

형은 아버지의 말에 대꾸도 하지 않고 문을 쾅 닫고 정원 쪽으로 나갔다. 아버지와 맏아들의 갈등을 보며 어머니는 마음이 아파서 초조하게 입술을 깨물었다. 하지만 얼마 안 있어 아버지와 형은 화해하며 눈물을 흘렸고 서로 사과를 했다. 그러나 두 사람은 다시 논쟁을 벌였다. 한스와 에르망은 요 며칠 저녁 선술집을 들락거렸다.

　　몇 달 후 생각지도 못한 일이 일어났다. 형이 우연히 성경을 읽다가 갑자기 자신의 운명을 따른다며 몰래 가출했던 것이다. 그는 편지를 써놓고 집을 나갔는데, 편지에는 아틀리에를 이어받지 않고 신의 부름에 응하겠다는 결심이 적혀 있었다. 형은 어머니가 우는 모습을 보고 싶지 않아서 일부러 밤에 떠난 것이다.

O3

"그놈이 악마에게 홀린 게지."

맏아들의 갑작스런 가출에 뒤통수를 맞은 아버지가 분노를 삭이지 못하고 말했다.

후베르트 형 역시 아버지처럼 건장했다. 그래서 아버지는 맏아들이 자신과 비슷하다고 생각해왔다. 하지만 형은 아버지와 달리 마음이 여렸다. 아버지는 형이 연민에 젖어 있으면 드러내놓고 비웃었다. 형은 갑자기 가출함으로써 아버지의 희망을 산산조각 내버렸다. 아버지는 신의 부름을 받겠다고 가출하는 것보다 차라리 사랑의 도피를 더 좋게 봐줄 분이셨다. 어머니는 슬픔에 잠겼고 모두 당신 탓이라고 생각했다. 우리는 형을 찾아보았다. 우리가 사는 곳에서 약 40킬로미터 떨어진 토른에 거주하던 베네딕트파 수도사들에게 물어보니 최근에 수도원을 지나간 사람은 한 명도 보지 못했다고 했다. 부모님은 형에 대해 이런저런 상상을 했다. 후베르트가 '생 자크 드 콩포스텔' 쪽으로 순례 여행을 떠난 것일까? 아니면 로마로? 예루살렘으로? 도대체 왜 연락이 없는 것일까? 어떻게 살아갈까? 부모님은 왜 후베르트 형이 이토록 매정하게 소식을 끊은 것인지 이해하지 못했다. 부모님은 형 때문에 싸우기까지 했다. 고래고래 소리를 지르는 아버지의 목소리가 집 안을 가득 메웠다. 어머니는 에메랄드빛 호수 같은 눈에 눈물을 글썽일 때가 많았다. 두 분이 이렇게 큰 소리를 내며 싸운 적이 없었기 때문에 너무 무서웠다. 나와 동생들에게 후베르트 형은 늘 어려운 존재였다. 비유하자면 형은 거의 가지 않는 섬, 갔다고 해도 바로 나오는 섬, 기분에 따라 닫아버리는 섬과도 같은 존재였다. 나와 동생들은 형을 점점 잊어갔다. 다만, 후베르트 형의 이름, 집 안을 발칵 뒤집어놓은 형의 가출 소동만이 우리의 기억 속에 어렴풋이 남아 있을 뿐이었다.

한편, 우리가 사는 도시에 범죄가 발생하고 아이들이 유괴된다는 으스스한 소문이 걷잡을 수 없이 퍼져나갔다. 도시의 분위기는 흉흉했다. 그런데 어느 날, 알베넥 수도원에 안치되어 있던 성인 두 명의 유골함이 사라져버리자 사람들은 경악했다. 감히 성인의 유골함을 훔치다니 악마가 아니라면 도저히 할 수 없는 파렴치한 짓이었다. 사람들은 유골함 도둑을 색출해야 한다며 흥분했다. 사라센과의 전쟁도 이 정도로 사람들을 흥분시키지는 못했으리라. 사실 그

47

동안 우리 도시는 지루할 정도로 조용했는데 성유골함 도둑 색출이라는 최고의 오락거리가 생긴 셈이었다. 여러 증언과 의견들이 봇물처럼 쏟아졌지만 쾰른에서 온 외지인 두 명이 수도원 주변을 얼쩡거리는 것을 봤다는 증언이 그나마 믿을 만했다. 범인을 뒤쫓던 사람들은 반루 방향의 강에서 그리 멀지 않은 에이크 하류 쪽 몇 킬로미터 지점까지 왔다. 그곳에는 절름발이 여성이 사는 오두막집이 있었다. 오두막집은 새벽의 짙은 안개로 둘러싸여 있었다. 습한 나무 그늘 아래에 매여 있는 말들이 내뿜는 콧김이 안개와 뒤섞였다. 아무런 미동도 느껴지지 않았다. 그러나 마침내 깊이 잠들어 있는 범인 두 명을 발견했다. 그 곁에는 그들에게 강간당한 불쌍한 절름발이 여자도 잠들어 있었다. 범인 두 명은 간단히 포박할 수 있었다.

재판이 바로 열렸다. 거리에서 사람들은 어서 판결을 내리라고 소리쳤다. 도시 에이크 전체가 처벌을 요구하는 사람들의 외침에 휩싸였다. 종이 울리자 참사원이 신학 수업을 하다 말고 나왔다. 참사원은 빈 의자 앞에 서 있었다. 사람들도 가게, 아틀리에를 비우고 모두 판결을 보러 나왔다. 나도 호기심에 앞쪽 줄에 있는 사람들 사이에 섰다. 당시 나는 순교한 성인들 생각으로 가득 차 있었고, 그로 인해 고문과 형벌에 관심이 있었다. 그래서 악당들이 형벌을 받는 장면을 실제로 보고 싶었다.

범인들은 밧줄에 묶여 있었고, 비가 주룩주룩 내리고 있었다. 흥분한 사람들 사이에서 나를 괴롭히던 악동들도 외투가 비에 젖는 것도 아랑곳하지 않고 즐거워하고 있었다. 마스트리흐트에서 온 사형 집행인은 온통 붉은색 차림이었다. 사형 집행인은 집행을 서서히 거행했다. 하얗게 질린 범인들은 땀을 뚝뚝 흘리고 있었다. 마침내 범인들이 땅에 눕혀졌고 그 위로 무거운 돌들이 올려졌다. 범인들의 척추가 우드득 부서지는 소리가 들렸다. 범인이긴 해도 너무 잔인하게 죽는 모습이 불쌍해서 눈물을 흘리는 사람들도 있었다. 사형 집행이 끝나자 사람들은 광장의 술집 두 곳으로 흩어져 계피향이 나는 뱅쇼를 마셨고, 황금과 보석으로 반짝이는 성유골함을 들고 수도원까지 기쁜 마음으로 줄지어 갔다. 비가 그치자 무지개가 축축한 도시를 둘러쌌다. 성유골함을 되찾자 신이 기뻐하는 것 같았다. 마고는 집으로 돌아와 경련을 일으키는 내 손을 꼭 잡아주었다. 아까 봤던 장면들이 생각났다. 몸을 떨던 범인들, 사형시키라고 외치던 사람들의 증오심, 찝찝한 분위기, 신부들의 자비 없는 시선, 정의를 실현하기 위한 것이라며 행해지는 사형. 모든 것이 놀라울 뿐이었다.

마고와 나는 사형 집행자를 생각하며 늑대처럼 털이 무성하고 수염투성이인 식인귀를 떠올렸다. 마들렌이 집으로 바로 오지 않고 어슬렁거리면 만날 수 있을 것이라고 우리를 겁주었던 바로 그 식인귀! 그날 저녁 람베르트는 과수원의 나무들이 이상한 거인으로 변했고 그 뒤로 무서운 그림자가 나타났다며 소리쳤다. 아버지는 어린 람베르트의 금발머리를 쓰다듬으며 작은 장난감 배들을 만들어주었다. 그 배들은 뫼즈 강에 있는 배들과 비슷했다. 아버지는 후베르트 형에 대한 분노가 사라지자 형을 잊기로 했고 대신 우리들에게 더욱 다정하게 대해주었다.

만성절 전, 도제는 후베르트 형 대신 내게 유화 안료 준비하는 법을 가르쳐주었다. 영주 한 명이 맏딸에게 크리스마스 선물로 줄 〈소녀들의 거울〉이라는 그림을 주문했기 때문이다. 이번 작품을 제작하려면 재료가 많이 필요했다. 한편, 에르망은 비계 조각 두 개와 간식을 끊임없이 먹으면서 토른 베네딕트 수도사의 기도서 페이지 아랫부분을 완성했다. 에르망은 5월의 첫 작품으로 보트에 넣을 매사냥 그림을 그렸고, 6월의 작품으로는 황금색 색체가 돋보이는 풀베기 그림을 그렸다. 그 외에도 에르망은 작품 때문에 연말까지 스케줄이 꽉 짜여 있었다. 에르망은 후베르트 형이 전에 그려놓은 데생을 모사했다. 후베르트 형은 탐미주의에 빠지지 않고 대중에게 통할 수 있는 작품이 무엇인지를 정확히 파악하고 있는 듯했다.

한스는 작품을 완벽하게 만들어야겠다는 생각에 산화연 연단을 과도하게 사용했다. 한편, 푸르스름한 작은 조각상들은 채색 옷을 입을 날만 기다리고 있었다.

열심히 일하는 것도 즐거웠지만 일하는 이들 곁에서 나도 쓸모가 있다고 생각하니 신이 났다. 나는 짙은 녹색의 공작석, 검은색 편암, 푸른색 광물을 고운 가루로 열심히 갈아 회반죽 속에 넣었다. 특별히 우리 아틀리에에는 머나먼 동방에서 들여온 청금석에서 추출한 군청색이 있었다. 청금석은 황금보다 더 비싼 것이라 다른 아틀리에에는 없었다. 적갈색 점토로 나의 수호성인을 작은 조각상으로 만들고 싶다는 생각이 들어 즉시 행동에 옮겼다. 꼭두서니 뿌리에서 다홍색을 얻을 수 있었는데, 다홍색은 종교적인 규율을 중시하는 길드에게는 중요한 색이었다.

현재 나는 고독하다. 글을 쓰고 있는 지금 더욱 고독하다. 고독하다 보니 요란한 색, 예전에 어머니가 맡긴 문장에 쓸 붉은색이 머릿속에 저절로 떠오른다. 짙은 붉은색을 봤을 때 얼마나 기뻤는지, 그 붉은색이 30년이 지난 지금도 기억 속에 남아 있다. 붉은색은 눈을 흥분시키고 기분을 좋게 만드는 환한 색이다. 붉은색이 캔버스에 펼쳐지면서 주는 밝은 느낌, 만족스러움을 안겨주는 멋진 붉은색, 감동적인 짙은 붉은색, 빛의 효과를 통해 느낀 기쁨의 순간들. 색깔을 볼 수 없는 지금, 다시는 그림과 색을 통해 얻었던 기쁨을 맛보지 못하고, 숭배하던 짙은 붉은색을 표현하지도 못한다는 생각을 하니 마음이 아프다. 짜증난다! 더 이상 생각하지 말아야지. 의학의 기적을 바랄 수밖에 없다. 아마도 내 눈을 고쳐줄 수 있는 외국인 전문가들이 있는지 알아보고 찾아가봐야겠다.

검은색을 얻기 위해서는 과수원에서 뼈, 포도나무 혹은 복숭아나무를 태워야 했다. 연기가 과수원에서 강가까지 자욱했다. 아니면 비계 찌꺼기, 리에주에서 들여온 석탄, 타르, 노란 송진, 소아시아에서 들여온 송진, 참나무를 태워야 했다. 노란색을 얻기 위해서는 특히 백연이 필요했다.

며칠 동안 자극적인 냄새가 진동했다. 아틀리에에 주문이 들어왔다는 소리를 아버지에게 들으면 기분이 좋았다. 나는 신나하면서 달걀노른자와 물을 사용해 안료를 만들었다. 어머니가 사용할 것이라 더 정성스럽게 준비했다. 달걀노른자와 물을 사용하면 내 눈과 마음을 즐겁게 해줄 은은한 색의 안료를 만들 수 있었다.

내가 속돌과 재를 이용해 특별한 솥에 아마유를 만들어놓으면 함께 일하는 사람들이 백묵, 백연, 하얀 코페라진, 리타르주를 추가로 넣었다. 벽화를 그리느냐, 문장을 그리느냐, 캔버스에 그림을 그리느냐에 따라 재료를 추가하는 비율이 달라졌다. 재료를 만드는 일은 마치 연금술 같아서 마치 내가 연금술사 에티엔 고조부가 된 듯한 생각이 들었다. 앞서 섞은 재료들을 응용해 훗날 나는 좀더 세련된 안료를 만들어내어 나만의 예술 세계를 구축하기도 했다. 하지만 당시에는 내가 훗날 그런 업적을 남길 것이라고는 상상도 하지 못했다. 또한 지금처럼 이렇게 색깔을 보지 못하게 될 것이라는 생각도 당시에는 하지 못했다.

마들렌의 맛있는 요리처럼 여러 가지를 섞어 안료를 만드는 일은 까다롭지는 않지만 시간이 많이 걸렸다. 마들렌의 요리 이야기가 나와서 말인데 마고가 마들렌의 요리를 만들어본 적이 있었다. 그런데 어머니가 갑자기 그런 마고에게 깐깐하게 대했다. 두툼한 교육 자료에 요리를 가르칠 때는 엄격하게 하라는 문구가 있는 것 같았다. 〈소녀들의 거울〉 작업 때문에 우리 아틀리에는 쉴 수가 없었다.

겨울에 참사원은 알렉상드르 드 빌디유의 《독트리날》, 에브라르 드 베튄의 《그라에시스무스》, 장 드 젠의 《카톨리콘》의 시 일부를 가르쳐주었다. 어찌나 지루하던지 아프다고 거짓말하며 자주 조퇴했다. 침대에 누워 그냥 멍하니 생각을 하고 싶을 때는 더 심하게 아픈 척을 하며 조퇴를 했다. 람베르트는 가끔 엉뚱한 일을 부탁하곤 했지만 통통하고 귀여운 람베르트를 보면 거부할 수가 없었다. 언젠가 람베르트가 기침을 너무 심하게 해서 도저히 가망이 없어 보인다고 걱정들을 하자, 나는 기침을 심하게 하며 몸을 들썩이는 람베르트를 보면서 "동생만 낫게 해준다면 다시는 땡땡이를 치지 않겠습니다."라고 성모 마리아에게 맹세했다. 그럼에도 불구하고 어느 날 람베르트가 피를 토하자 부모님은 결국 신부를 불렀는데, 다행히도 람베르트는 기적처럼 회복되었다. 람베르트가 병상에서 일어나 외출할 수 있게 되자 우리 가족은 람베르트를 데리고 아이들 축제에 갔다. 람베르트에게 왕자처럼 옷을 입혀서 말이다.

우리 가족은 아이들 축제에서 마음껏 즐긴 후 집으로 돌아왔다. 그런데 갑자기 아버지가 아틀리에 바닥에 쓰러졌다. 아버지 몸은 얼음장처럼 차가워졌고 안색도 창백해졌다. 다행히 잠시 후 의식을 찾긴 했으나, 그렇게 건강하던 아버지가 갑자기 몸이 쇠약해지니 당신도 놀라신 것 같았다. 몸이 불편했지만 아버지는 〈소녀들의 거울〉을 완성하여 납품할 수 있었다. 어머니는 이번 작품을 통해 엄격하게 일하는 법을 배웠고, 작품을 팔아 번 돈은 모피, 묵직한 목걸이, 기타 신제품을 사는 데 사용했다.

봄 내내 즐거웠다. 마고와 나는 《티투스-리비우스》, 아리스토텔레스의 작품, 세네카의 《서신들》, 키케론의 《의무와 우정에 관한 개론》, 오비디우스의 《변신》 번역본을 읽으며 지식을 쌓아갔다. 악동들은 신입생들이 들어오자 나와 마고를 더 이상 괴롭히지 않았다.

마고와 나는 라틴어로 쓰여진 책을 읽으며 함께 휴식을 취했다. 마고는 문법에 관심이 많았고 《도나》와 다른 소설들을 읽었다. 나는 그리스 신화에 왠지 끌렸다. 언젠가 에티엔 고조부가 하늘을 바라보며 내게 그리스 신화를 맛보기로 알려준 적이 있어서였을 것이다.

무더운 여름이 되자 뫼즈 강에서 멱을 감을 수 있었고 저녁 공기에서는 은은한 향기가 났다. 또한 과일도 맛있게 익고 숲을 산책할 때면 신선한 샘물과 시원한 그늘을 즐길 수 있게 되었다. 아버지는 쉬 피로해하더니 마침내 오후 몇 시간 동안은 자리에 누워야 할 상황이 되었다. 겨울이 다가오자 아버지의 건강은 더욱 나빠졌다. 겨울은 보이지 않는 힘으로 아버지를 무정하게 쓰러뜨리고 말았다. 아버지는 우리가 아서 왕의 모험에 관한 책을 읽어주면 아주 좋아했는데, 특히 《데카메론》에 나오는 야한 단편 이야기를 읽어드리면 웃기도 했다.

한스와 에르망은 저녁 늦게 과수원에서 말없이 저녁을 먹었다. 작업 속도는 그리 큰 진척이 없었고, 두 사람은 한가하게 체스와 주사위 놀이를 하며 보냈다.

한가하다 보니 한스와 에르망은 서로 개인적인 이야기도 나누게 되었다. 한스는 안트베르펜에 가고 싶다고 했고, 에르망은 한 번 본 후 잊혀지지 않는 매력적인 여자를 다시 한 번 보고 싶어 통그르로 돌아가고 싶다고 했다. 에르망은 날씨가 더울 때면 그녀 생각이 더욱 간절해진다고 했다. 풍요로운 수확을 맞은 사람들은 즐거워했다. 나는 생일을 맞았지만 멋진 천체 이야기를 들려주던 에티엔 고조부가 없어서 그리 재미있지는 않았다. 내 생일을 위해 마들렌이 체리 파이를 만들어주었지만 허전한 마음은 어쩔 수 없었다. 마들렌의 체리 파이를 먹으면 입술이 보랏빛으로 물들었다.

8월 중순. 후베르트 형이 모피 상인을 통해 소식을 전해왔다. 형은 투르네에 있는 캉팽의 집에서 일하고 있으며, 성 프란체스코회의 하급 신품을 받았다고 했다. 투르네라면 매우 멀고 건조한 곳이었다. 어머니는 내심 걱정이 되었지만 겉으로는 즐거운 척했고 자비로운 성모 마리아에게 맏아들이 돌아오게 해달라고 기도했다.

아버지의 병이 심해지자 우리는 와인을 만들었다. 아버지께 드릴 와인이었다. 아버지는 가끔 괜찮아지기도 했지만 몇 주 만에 체력이 꽤 약해져 있었다. 아버지는 고기는 싫어했고 죽과 약간의 보르도 와인만을 드실 뿐이었다. 한스는 아버지의 지시를 꼼꼼히 따르며 아틀리에에 주문이 들어온 중요한 작품들을 제작했다. 아버지가 돌아가시는 과정을 지켜보는 것만으로도 고통이었다. 아버지는 세상을 떠나기 전 몇 주 동안 무척 괴로워했다. 우리가 아버지를 침대에 돌려 눕힐 때마다 아버지는 영혼을 갈기갈기 찢을 정도의 큰 소리로 비명을 질렀다. 눈에 피로가 가득한 의사는 고통으로 속죄한다는 것을 더 이상 믿지 않았다. 의사는 막판에 아버지에게 편히 쉴 수 있는 진통제를 처방해주었다. 병자성사를 해도 아버지는 낫지 않을 것 같았다. 고통이 잠깐 사라지자 아버지는 몸이 회복되면 순례를 떠나겠다고 했다.

하지만 아버지는 크리스마스가 되기 전에 세상을 떠났다. 어머니는 아버지의 옷가지를 찢고 아버지의 얼굴에 입을 맞추면서 오열을 하다가 기절했다. 화려한 수의를 입은 아버지를 보니 연민이 느껴졌다.

생 카트린 참사원은 눈물을 글썽이며 추도 미사를 해주었다. 아버지의 장례식에는 시의원, 성직자, 동료들이 참석했다. 모든 것이 얼어붙을 정도로 추운 날, 아버지는 땅속에 묻혔다. 생전에 아버지는 조용한 것을 너무 싫어했는데 이제는 조용한 땅속에 묻히게 된 것이었다. 아버지의 무덤 위로 하얀 눈이 내렸다. 장례식은 잠시 후 축제 같은 분위기로 변했다. 사람들은 와인과 고기에 취해 이런저런 이야기를 허물없이 나누었다. 문득 후베르트 형이 그리워졌다.

아버지를 여읜 우리 가족은 슬픔에 잠겼다. 상복을 입긴 했지만 마음에 안 들었다. 꽃시계덩굴 차를 마시고 잠이 들면 꿈에서 아버지의 해골이 매일 밤 파랑돌 춤을 추자며 나를 잡으려고 했다. 마고는 자면서 계속 끙끙거렸다. 마고와 나는 너무 무서워 어머니와 함께 자야만 했다. 어머니는 마고, 람베르트, 나에게 이런저런 이야기를 들려주며 두려운 기분을 없애주었다. 어머니는 나, 마고, 람베르트를 '세 명의 아기 천사'라고 불렀다. 어머니와 세 명의 아기 천사는 이렇게 함께 잠이 들었다.

평소에 몽상가적이고 말이 없던 한스가 어느 날 입을 열었다. 자신이 아틀리에를 운영하겠다는 것이었다. 수석 도제가 아틀리에를 이어받는 것이 이상한 일은 아니었다. 그런데 한스는 갑자기 충격적인 고백을 했다. 우리 어머니에게 청혼을 한 것이다. 뻔뻔하게도 한스는 우리 어머니를 사랑하고 있었던 것이다. 오랫동안 비밀스럽게 연정을 품어온 한스의 고백에 어머니는 아연실색했다. 어머니는 거북한 듯 얼굴이 빨개지더니 우리를 꼭 끌어안으며 전부 다 필요 없다는 듯 행동했다. 그런 어머니는 마치 한스의 무례함에 꺾이지 않겠다고 발버둥치는 것 같았다. 아버지가 세상을 떠났으니 아틀리에도 언젠가는 문을 닫을 것이 분명했다. 생활은 가난해지겠지만 어머니는 마지막까지 아버지의 사랑을 기억하며 평생을 사실 분이었다. 사랑을 고백했지만 어머니의 뜻밖의 반응에 놀란 한스는 어쩔 줄 몰라 하더니 아무 말 없이 거실을 나갔다. 이어서 한스가 추운 과수원에서 도끼로 장작을 패는 소리가 들려왔다. 한스는 화가 난 듯했다. 어머니는 밖에서 들리는 한스의 거친 숨소리를 두려워하며 꼼짝도 하지 않은 채 우리를 계속 껴안고 있었다. 한스가 장작 패는 것을 멈추자 비로소 어머니는 우리를 안고 있던 팔을 풀었다. 저녁 식사 때가 되자 한스는 평상시처럼 멍해졌고 단답형으로 말했다.

아틀리에는 도기 제조인 가족에게 겨우 팔렸다. 도기 제조인 가족은 스스럼이 없었고 소리가 컸다. 그날 어머니는 도제를 길드의 부원장에게 보냈다.

한스와 에르망도 나머지 봉급을 받은 후 리에주로 떠나 그곳에서 더 나은 기회를 잡았다. 어머니는 한스와 에르망과 헤어져 섭섭해하는 척 했으나 내심 안심했다.

어머니는 장식 일을 하며 생계를 꾸려갔다. 생활은 이전보다 조촐했지만 특별히 불편한 것은 없었다. 어머니는 열심이 돈을 세며 악착같이 생활해갔다.

마들렌은 다른 곳으로 가지 않겠다고 했다.

"오직 죽음만이 마님과 저를 갈라놓을 수 있을 거예요. 저는 마님이 정말 좋아요."

마들렌이 코를 훌쩍이며 말을 제대로 잇지 못했다. 코까지 훌쩍이니 마들렌의 얼굴이 더 이상하게 보였다. 어머니도 울면서 마들렌을 안았다.

어머니와 마들렌의 이러한 모습은 지금도 내 기억 속에 남아 있다. 여주인과 유모라는 너무나도 다른 처지의 두 사람이었지만 역경 속에서 서로 도우며 함께 살았다. 어머니와 마들렌을 보면서 여성에게도 의리와 충성심이 있다는 것을 알았다. 아버지의 상을 치르면서 어머니는 몰라보게 야위었다. 오히려 커다란 상복이 어머니를 입은 것 같다는 생각이 들 정도였다. 수척해진 어머니의 얼굴에는 주름이 깊게 패였고 자잘했던 주름은 더욱 깊어졌다. 마고와 나는 학교가 끝나면 장난감을 내려놓고 어머니를 도왔다. 나는 그림을 그리고 마고는 수를 놓았다. 아래층 홀에 여자 손님들이 줄을 이었다. 끊임없이 찾아오는 손님들 때문에 우리 가족끼리 오붓한 시간을 보내기가 힘들 정도였다. 손님들은 어머니의 솜씨를 칭찬했다. 한때 우리 것이었던 과수원은 이제 도기 제조인의 아이들이 차지하고 있었다. 더 이상 과수원은 우리의 휴식처가 아니었다.

마들렌은 잠두콩을 끓였다. 마들렌은 어머니를 돕지 않으면 지옥 같은 삶을 살 거라며 우리를 겁주었다. 그해 겨울에 우리 가족은 장작, 소금, 양초를 아껴 썼다.

04

나는 열두 살이 되었다. 어머니는 나를 투르네에 있는 후베르트 형에게 보내기로 했다. 형 곁에서 그림을 배우라는 것이었다. 형은 재능을 더 갈고 닦으려면 체계적인 교육을 받아야 한다고 말한 적이 있었다. 어머니는 내가 모사하는 그림들을 보면서 재능이 있다고 생각하신 것 같았다. 눈으로 덮인 과수원, 잠이 든 람베르트, 비어 있는 주방, 그림 그리는 어머니, 뢰즈 강 위에 떠 있는 배 등 목탄으로 이 풍경들을 그렸다. 내가 그린 이 목탄화들은 에이크의 수석 사제에게 전달되었다. 칠판 앞에서 가르치는 참사원, 식곤증으로 졸고 있는 마들렌을 풍자적으로 그린 내 목탄화는 뱃사공 여인숙의 아들만큼 짓궂었다. 미소짓는 도기 제작인도 화폭에 담았다. 길드의 수석 사제는 내 작품들을 보더니 체계적으로 교육시켜보라고 어머니에게 조언했다. 후베르트 형의 말이 맞았다. 이렇게 해서 나는 교육을 받기 위해 집을 떠나게 된 것이다! 떠나기 전날 어머니는 아무말 없이 내게 필요한 것을 모두 사주었다. 떠나기까지 몇 주 동안 준비를 해야 했다. 당시 나는 새로운 곳으로 간다는 생각에 들떠서 어머니가 나를 위해 얼마나 많은 희생을 했는지 미처 깨닫지 못했다.

람베르트는 너무 어려서 나와 함께 갈 수 없었다. 그는 내가 떠나는 것을 알고 훌쩍이며 울었다. 람베르트는 푸른색 튜닉 차림에 벨트에는 돈 주머니를 달고 있었다. 람베르트는 슬퍼서 어쩔 줄 몰라하며 네모난 청석돌을 흔들었다. 유일한 내 친구이기도 한 여동생 마고도 눈물을 흘렸다. 눈물로 젖은 마고의 볼에 입을 맞추니 가슴이 아팠다. 안내자로 함께 가는 남자는 갈 길이 멀다며 작별 인사를 빨리 끝내라고 재촉했다. 어머니는 신의 가호가 있기를 바란다고 말하고 나를 차분하게 안아주었다. 어머니는 당신의 아들이라면 큰 잘못을 저지르지 않을 거라고 생각했다. 그것이면 충분했다. 나머지는 신의 몫이었다. 어머니의 목에서 장미수 향이 은은하게 풍겼다. 어머니는 목욕물에 장미수를 푸는 것을 좋아했다. 마차가 덜컹거리며 출발했다. 이웃인 도기공 가족이 나이순으로 줄을 서서 내게 인사를 건넸다. 맨 마지막 줄에는 젖병을 빠는 막내가 있었다. 어머니는 멀리서 마지막으로 한 번 더 내게 신의 가호가 함께하기를 빌었다. 벽돌로 된 집, 익숙한 창문들, 창가 뒤에서 훌쩍이고 있는 듯한 마들렌의 모습, 상복을 입은 금발의 여동생과 남동생의 실루

엣이 점차 내 시야에서 사라지고 있었다.

그렇지만 나는 마음이 들떠 신나게 에이크를 떠났다. 그 나이에는 바람에 휩쓸려 가는 구름처럼 감정도 변덕스러운 법이다. 나는 서운함보다는 새로운 것을 보고 싶은 마음이 더 컸다. 뫼즈 강의 목장을 지난 후 랭부르의 캠핀을 지났다. 광야, 히드, 늪, 습지, 여기저기에 금작화가 듬성듬성 피어 있는 모래 언덕, 잠자는 남자와 관계를 맺는다는 악령인 음몽마녀가 뿜어낼 법한 불을 보니 기묘한 몽상에 사로잡히게 되었다. 여러 풍경들을 스쳐 지나갔다. 장소마다 정령이 있는 것이 분명했다. 훗날 내가 브뤼헤의 집을 선택하게 되는 것도 보이지 않는 분위기에 이끌려서였다. 나를 데리고 가는 가이드는 모피와 마구를 파는 장사꾼이었다. 그는 마차를 몰며 욕설을 해댔고 그 때문에 도통 조용히 생각에 잠길 수가 없었다. 마차가 전나무 숲의 축축한 길에 빠져 더 이상 나가지 못하게 되자 가이드는 마차를 힘껏 밀며 나에게 구덩이를 잘 봐달라고 했다. 생트롱, 나뮈르, 샤를루아, 몽스 같은 도시에서는 탑, 지저분한 길, 커다란 시장, 바쁘게 움직이는 사람들, 기괴한 옷더미, 자수로 장식된 옷을 입은 활기찬 사람들을 볼 수 있었다. 가이드는 이곳에서 식사를 하고 근처 성당에서 성 크리스토프와 성 니콜라스에게 기도만 할 것이라고 했다. 우리는 허름한 숙소에서 밤을 보냈다. 가이드가 어찌나 몸을 뒤척이며 자는지 잘못하면 그의 배에 깔릴 것만 같았다. 더구나 가이드는 코까지 엄청 골았다. 어쩐지 아까 그렇게 와인을 마셔대더라…… 가이드가 코 고는 소리에 잠에서 깬 나는 나중에 시간이 흐르면 나 혼자 마음 편하게 여행하겠다고 결심했다. 마차는 또 어찌나 느리던지 며칠 동안 지루한 여정이 계속 되었다. 가이드는 짐이 엉망이 되지 않게 조심하며 적당한 항구를 찾아 마차를 천천히 몰았다. 소나기가 와서 우리는 마차에 커버를 씌우고 진흙투성이의 길을 달릴 수밖에 없었다. 기사, 상인, 방직감을 들고 가는 여자 농사꾼들이 가을 단풍으로 물든 숲을 누비고 다녔다. 낯선 얼굴들, 새로운 일상의 모습들, 새로운 소리로 가득한 숙소들, 낯선 억양들이 재미있었다. 잠시나마 불안한 마음이 사라졌다. 작은 수첩에 가이드의 투박한 얼굴, 오래된 너도밤나무 아래에 묶여 있는 우리의 말 두 마리, 푸르른 하늘 아래 양 떼가 지나가는 초원을 배경으로 한 돌다리를 스케치했다.

마침내 투르네에 도착했다. 저 멀리 들판에는 아름다운 성벽이 보였다. 성벽 주위에는 기와와 청석돌로 덮인 탑들이 많았다. 행렬과 9월에 열리는 장에는 브라반트, 플랑드르, 아르투아에서 온 중개상들이 모여들었다. 사람들이 많아 혼잡한 가운데 여기저기서 독일어가 들렸다. 게르만 민족들도 그곳에 무역을 하기 위해 온 것이었다. 푸르스름한 빛을 내는 태양 덕에 날씨는 따뜻했고, 주변에는 왁자지껄한 소리가 가득했다. 길을 계속 가려면 목을 축여야 했기에 퐁타퐁에 있는 가게에서 꿀물을 마셨다. 에스코 강에는 북해에서 프랑스까지 가는 작은 배들이 가득했다.

후베르트 형이 캉팽 선생님의 아틀리에 현관에서 나를 기다리고 있었다. 내가 어렸을 때 기억하는 형은 진지한 사람이었다. 하지만 솔직히 그 당시 형의 모습이 잘 기억나지는 않았다. 지금 내 앞에 있는 형은 삭발한 건장한 청년으로 변해 있었다. 형은 사제복 차림에 샌들을 신고 있었다. 돌아가신 아버지를 생각하니 새삼 예전의 기억이 떠올랐다. 형과 나는 오랫동안 포옹했다. 형 역시 호리호리하고 금발 머리를 한 내 모습을 보고 많이 컸다며 놀라워했다.

"넌 어머니를 닮았구나."

형이 말했다.

형은 예전보다는 부드러워졌지만 여전히 거리감이 느껴졌다. 예전에도 형은 나, 마고, 람베르트 셋과는 거리감이 있었다.

나를 이리저리 뚫어져라 바라보는 형의 눈빛 때문에 괜히 불편했다.

"그 동안 나는 아틀리에와 성 프란체스코회 수도원을 오가며 보냈어. 성 프란체스코회 수도원은 피유 디유 수도원에서 가까운 타이유 피에르 부두 끝에 있는데 그곳에서 묵은 적이 있지."

형은 석공처럼 큼직한 손으로 복잡한 골목길 너머에 있는 동네를 가리키며 말했다.

형이 나에게 안으로 들어오라고 했다. 로베르 캉팽 선생님이 안에서 나왔다. 그는 펠트 모자, 야들야들한 가죽 장화, 짙은 푸른색 벨벳 옷차림이었고 양손에는 반지를 많이 끼고 있었다.

"탕자가 왔구만!"

캉팽 선생님이 큰 소리로 말했다.

캉팽 선생님은 후베르트 형의 재능을 칭찬했다. 후베르트 형이 그에게 내 칭찬을 열심히 해서 내가 이곳에 올 수 있었던 것 같았다. 후베르트 형이 내 칭찬을 어떻게 했는지 궁금했다. 캉팽 선생님은 나를 기분나쁘게 아래위로 훑어봤다.

"편하게 앉게. 배고픈가? 목마른가? 주방으로 가지. 후베르트가 모든 것을 다 알아서 해줄 거야. 후베르트가 자네를 사람들에게 소개시켜주고 잘 돌봐줄 거야. 사실, 나는 정신없이 바빠. 하지만 걱정 말게. 자네에게 조만간 일을 맡길 테니까."

캉팽 선생님이 살짝 미소지으며 말했다.

나는 그의 말을 묵묵히 듣고 있었다. 도제로 있는 잘생긴 소년 알렉시스, 안경을 끼고 있는 앙리 르 시앵, 나이든 장-바티스트도 미소를 지으며 나를 맞아주었다. 캉팽 선생님은 눈 깜짝할 사이에 작업실로 가고 있었다.

캉팽 선생님은 다혈질에다 쾌활했고 매력적이었지만 얍삽하고 전투적이기도 했다. 평소에 그는 물에 빠진 사람을 구하기 위해 강에서 토론을 하는 사람같이 행동했다. 캉팽 선생님은 체격이 왜소했지만 에너지가 넘쳐서 이런저런 감투를 많이 쓰고 있었다. 여러 직책을 맡으면 피곤할 텐데 그는 오히려 즐거워하는 것 같았다. 그는 말을 할 때 추상적인 이미지를 즐겨 사용했고 흥분할 때는 말을 또박또박 했다. 고대 그리스와 로마인들이 캉팽 선생님처럼 이야기했을 것 같다는 생각이 들었다. 그의 말투에는 사람들을 사로잡는 카리스마가 있었다. 캉팽 선생님은 호탕한 웃음으로 일반 사람들의 마음을 사로잡았고 민첩함으로 부르주아들의 존경을 받았다. 하지만 지나치게 화려한 옷을 입은 선생님의 모습은 조금 우스웠다. 그는 진지한 얼굴이지만 활기가 넘쳐서 독특한 매력을 풍겼다.

한 마디로 캉팽 선생님은 종잡을 수 없는 분이었다. 세상이 어리석고 편협하다면서 큰 소리로 목소리를 높이는 그는 분명 보통 사람은 아니었다. 나는 곧바로 캉팽 선생님과 잘 지내게 되었다. 그는 솔직하고 화려하며 종잡을 수 없고 화를 잘 내며 섬세한 분이었다. 캉팽 선생님은 알렉시스에게 버럭 화를 내다가도 다시 아버지처럼 다정하게 변해 알렉시스에게 침착하게 조언을 하곤 했다. 그는 나에게도 역시 알렉시스처럼 대했고 나는 그런 그에게 익숙해졌다. 더구나 당시 내게는 아버지 같은 사람이 필요할 때였다.

"선생님의 변덕스러운 성격 때문에 힘들어. 변덕을 부리는 선생님과 있으면 거친 파도를 만난 것처럼 피곤하다고."

브뤼셀에서 온 앙리 르 시엥이 말했다.

하지만 앙리는 착했기 때문에 캉팽 선생님의 장황한 이야기를 불평 한 마디 없이 그대로 들었다. 앙리와 캉팽 선생님은 둘 다 자존심이 너무 강해서 때로는 긴장감이 감돌 때도 있었다. 후베르트 형은 앙리와 캉팽 선생님 사이의 분위기가 심상치 않으면 기도를 드리러 간다는 핑계를 대고 자리를 피했다. 헐렁한 사제복을 입은 형은 위엄 있어 보였다. 캉팽 선생님은 후베르트 형과 거리를 두는 것처럼 보였는데, 형이 스승인 자신보다 신과 더 가깝다고 생각해서였는지는 모르겠지만 어쨌든 알 수 없는 위압감을 주는 후베르트를 건드리지 않았다. 더구나 후베르트 형 뒤에는 수도사들이 버티고 있었다. 수도사들은 캉팽 선생님의 아틀리에 주요 고객들이었다. 나이가 지긋한 장-바티스트는 귀가 잘 안 들린다는 핑계를 대며 늘 불평을 해대고 아틀리에의 바닥을 신발로 문지르는 등 제멋대로 행동했다. 장-바티스트는 캉팽 선생님이 아무리 고함을 쳐도 전혀 신경 쓰지 않았다. 그는 소년 시절부터 캉팽 선생님을 알고 지냈다. 그는 안료를 잘 준비해놓는 실력이라 캉팽 선생님과 부딪치지 않고 나름 대로 평화로운 생활을 할 수 있었다.

나는 방으로 가기 위해 나선형 계단을 올라갔다. 계단은 왁스로 번쩍였다. 잠시 어린 시절이 생각났다. 그럭저럭 아늑한 분위기에 윤기 나는 나무로 둘러싸여 있고, 테이블이 하나 있는 방이 나를 기다리고 있었다. 핑크빛 장미 몇 송이가 꽃병에 꽂혀 있었다. 사모님의 배려가 느껴졌다. 키가 크고 머리가 하얀 사모님은 꽤 깐깐한 편이었지만 캉팽 선생님을 온순하게 내조했다. 나는 자수를 놓은 깨끗한 이불을 덮으며 홀로 잠들 것이었다. 높이 나 있는 좁은 창문으로 회색 돌로 된 집들의 지붕, 대성당의 종탑 다섯 개, 작은 정원들이 보였다. 투르네는 나에게 대학과도 같은 곳이 될 것 같았다. 후베르트 형은 나를 편하게 놔두었다. 용기를 얻으려고 집에서 가져온 그림을 벽에 붙였다. 성 요한의 모습을 담은 아크릴화로 어머니가 나를 위해 그려준 것이었다. 이어서 나는 짐을 풀고 에티엔 고조부의 것이었던 푸른색 표지의 시편집을 조심스럽게 놓았다. 그리고 몸을 길게 펴고 침대에 누웠다. 잠시 그렇게 있자고 한 것이었는데 눈을 떠보니 다음 날 아침이었다.

나는 아직 도제 신분이기 때문에 채색 작업을 할 수 없었다. 세밀화를 그리고 싶은 마음은 간절했지만 오랜 시간을 기다려야 한다고 들었다. 그 동안 내가 알고 있던 것은 전부 머릿속에서 지우고 이곳 아틀리에에서 다시 시작해야 했다. 자연스럽던 어머니의 작품, 좋지 않았던 기억도 모두 사라졌다. 나는 앙리 르 시앵과 후베르트 형의 스케치를 모사했고, 다른 아틀리에에서 구입한 모형들을 모사했다. 손, 얼굴, 머리카락을 습작으로 그렸고 구도의 개념을 배웠다. 선으로 내가 표현하려는 것을 가능한 정확하게 그려야 했다.

후베르트 형이 지도를 해주었다. 형이 왜 갑자기 에이크를 떠났는지, 투르네에 오기까지 무엇을 했는지 나로서는 아는 것이 하나도 없었다.

"필요하면 법도 소용없어."

형은 그냥 이렇게만 말했다.

온화한 모습의 형을 보니 마음속의 고민은 털어버린 듯했다. 형은 한 번도 무엇을 원하는지 분명하게 말한 적이 없었다. 형은 신의 품 안에 안기고 싶다는 바람과 화가로 살아가겠다는 의지 사이에서 타협점을 찾은 듯했다. 형은 예술을 통해 자신을 찾았고, 이제는 편안한 모습이었다. 그런 형을 보니 기뻤다. 더 이상 형에게 질문을 하지 않았다. 은자, 선지자, 순교자들은 예술과 어느 정도 거리를 두었다. 형은 예술을 하느님의 영광을 위해 사용하고 싶다는 생각에 사로잡혀 있었다. 이곳은 뫼즈 강 유역에 위치한 작은 수도회, 가문의 전쟁으로 초토화된 하스바이에 영지로부터 주문을 받던 아버지의 아틀리에와는 달랐다. 그래도 형은 아버지의 아틀리에를 발판으로 삼았기 때문에 지금처럼 고귀한 그림을 그릴 수 있는 것이라는 생각이 들었다. 형에게는 유명한 스승, 유명한 아틀리에, 도시가 필요했으리라. 형은 성경을 통해 불안감을 극복했으며 자신 앞에 놓인 길을 어렵지 않게 개척했다.

첫 날, 형은 그림이 어떻게 생겨났는지 이야기를 들려주었다.

"마음씨 착한 디투바드는 연인이 떠나 괴로워하다가 사랑하는 사람의 모습을 벽에 그렸어. 그는 떠나버린 연인의 모습을 눈앞에 간직하고 싶었던 거지. 디투바드는 연인의 모습을 그림으로 그렸고 그렇게 해서 마치 연인이 곁에 있는 듯한 기분을 느꼈어."

형이 설명을 하며 스케치를 했다.

"그림을 그릴 때는 눈으로 본 것을 표현해야 해. 내 손을 잘 봐. 이렇게 조절하고 점을 찍고 관찰하면서 그림으로 표현하는 거야."

형이 말했다. 이어서 형은 작업대에서 예수 탄생에 관한 그림을 그릴 준비를 했다.

나는 캉팽 선생님의 스타일에 익숙해졌다. 그는 실력이 좋은 예술가였다. 캉팽 선생님은 부르주아의 방에는 복음서 장면을 그린 그림을 배치했고 필요한 자잘한 물건들을 그 위에 그렸다. 그는 성 요한을 도구를 들고 있는 목공으로 표현했다. 이 부분을 놓고 캉팽 선생님과 후베르트 형은 격렬하게 토론하기도 했다. 간혹 캉팽 선생님과 후베르트 형은 다른 화가들을 초대해 자신들의 작품을 평가하고자 했지만 오히려 초대받은 화가들까지 가세해 토론은 더욱 격렬해지기도 했다. 후베르트 형은 원래부터 전통을 고수하는 타입이었다. 반면, 캉팽 선생님은 성격상 그리고 직책상 혁신을 좋아했다.

캉팽 선생님은 그림의 구도를 잡아주는 일을 했고 실질적인 그림 작업은 동료 두 명에게 맡겼다. 그리고 마무리는 캉팽 선생님이 했다. 그는 워낙 외출을 많이 해서 아틀리에에서 보기가 힘들었다. 선생님은 여기서 떨어져 있는 성 브리스에서 수태고지, 경배하는 천사들을 그리는 커다란 벽화 작업을 했고, 로마의 라 타베르네를 방문했으며, 조언에 참여하고 어린 시절 친구인 성 마르탱의 사제와 저녁을 함께 했다. 성 마르탱의 사제도 캉팽 선생님처럼 머리가 잘 돌아가는 사람이었다. 캉팽 선생님은 성 마르탱의 사제를 가리켜 '나의 교황님' 이라고 부르곤 했다. 시원한 생 마르탱 성당에 들어갔을 때 캉팽 선생님이 발판 위에서 작업하는 모습을 보았다. 그에게 그림 그리는 일은 산소와도 같았다. 그는 골똘히 생각에 잠긴 채 집중하면서 시간을 잊었다. 그림에 몰두하는 선생님은 마치 깊고 조용한 물속에 들어와 일체 다른 것에는 신경 쓰지 않는 사람 같았다. 캉팽 선생님의 대비 기법은 훌륭했다. 선생님은 그림을 천천히 완성했다. 그는 만족하는 법이 없어서 그림을 천천히 그렸고 마음이 급한 의뢰인들은 짜증을 냈다. 그런 선생님의 작업 스타일은 내게 깊은 인상을 주었다. 선생님은 작품을 완성하고 나면 기진맥진했고 해방된 표정이었지만 결코 만족스러워하는 표정은 짓지 않았다.

나도 열심히 노력해서 마침내 선을 정확하게 표현할 수 있게 되었다. 입체감, 볼륨, 그리고 가능한 질료를 모두 함께 활용하면서 말이다. 실제 모델을 유연한 움직임으로 파악하는 것이 중요했다. 정확하게 표현하는 것이 중요했기 때문에 열심히 노력했고 목탄으로 스케치를 하면서 배워갔다. 빵집에 가서 목탄화용 펜으로 쓸 버드나무 막대기를 50개씩 구워달라고 주문하기도 했다. 빵집 주인은 이런 나를 보며 대단하다고 했다. 장인들 사이에서는 작품이 무엇이든 간에 작품 자체를 존경하는 마음이 있었다.

습작을 위해서 뇌조, 거위, 백조의 깃털도 얼마나 많이 사용했는지 모른다. 이외에도 멧도요의 깃털도 사용했다. 멧도요 깃털로는 아마 또는 대마로 된 종이에 가늘고 부드러운 선을 표현할 수 있었다. 아마 또는 대마로 만든 종이는 아틀리에의 서랍에서 찾았다. 마침내 나는 십자가 앞에 있는 성모 마리아처럼 당시 인기 많은 소재들은 눈을 감고 그릴 수 있는 경지에까지 올랐다. 눈을 감아도 형태가 전부 머릿속에 보였다.

그리고 흰색 양피지에 그림을 그릴 때는 은으로 된 드라이포인트를 사용했다. 은으로 된 드라이포인트는 뜨개질바늘처럼 가늘었다. 납으로 된 드라이포인트를 사용하면 식빵으로 지울 수 있었고, 좀 더 균일한 선을 표현할 수 있었지만 대신 그림이 빨리 더러워졌다. 그런데 나의 바람은 언제나 같았다. 색을 표현하는 일 말이다.

조금씩 이곳 도시와 동네에 익숙해졌다. 땅바닥을 캔버스 삼아 이곳 도시와 동네를 발로 그려보기도 했다. 당시 어린이었던 나는 이곳의 도시와 동네들이 커 보였다. 에스코 강의 왼쪽 연안에는 중심 역할을 하는 오래된 도시가 있었고, 오른쪽 연안에는 노동자들이 많이 사는 도시인 생 브리스가 있었다. 생 브리스의 노동자 도시에는 캉팽 선생님과 함께 가봤는데 그곳에서 그르니에 가족과 친하게 되었다. 그르니에 가족의 아틀리에에서는 〈방케의 체포와 재판〉이라는 제목이 붙은 우화적 내용의 태피스트리가 완성되었다. 엑스페리앙스가 사형 집행인 디에트에게 방케를 교수형시키라고 명령하는 장면이었다. 다른 잉아직공(태피스트리 기술자)들은 알렉상드르 혹은 트라장의 영광을 위해 일했다. 특히 구약성서에 나오는 이스라엘의 판관 기드온의 에피소드는 훗날 내가 존경하는 필리프 공작에게 영감을 주게 되고 필리프 공작은 황금 양털 기사단을 창설하게 된다. 브뤼헤와 기즈에 있는 지점들은 본점과 마찬가지로 잘 나갔다. 영주 저택이 번영한 것을 보면 잘 알 수 있었다. 캉팽 선생님은 잉아직공들, 노동자들과 친하게 지냈다. 축융공(천을 다듬는 직공)들은 불만이 있으면 첫 번째 성벽과 플랑드르 성 사이에 있는 공터인 베크렐에 모였다. 이 도시에서는 흔히 있는 일이었다. 친불 성향의 축융공들은 봉건제의 오랜 특권, 프랑스와 영국, 부르고뉴 공국 사이의 전쟁 때 충성을 보여준 일부 귀족들에게 반대하며 힘을 모았다. 옆쪽 상류의 에스코 강 쪽에는 석회 가마를 굽는 동네가 있었고, 하류에는 성이 있는 '브루일르'라는 곳이 있었다.

종탑의 종소리는 기쁜 일이 있거나 비극적인 일이 생기면 울렸다. 다행히 위험한 일이 있다고 알리는 종인 블랑클로크와 탱브르는 내가 이 도시에 있을 동안 한 번도 울리지 않았다.

대성당 미사 시간 동안에 거대한 태피스트리를 보며 성 피아트와 성 엘뢰테르의 일생을 이해할 수 있었다. 성 엘뢰테르는 투르네의 최초 주교로서 투르네에서 대단히 존경을 받는 인물이었다. 성 엘뢰테르는 로마 호민관에게 박해를 받았지만 병을 기적적으로 낫게 하여 많은 사람들이 개종했다. 태피스트리 장면에서 주교관을 쓰고 있는 성 엘뢰테르가 나체로 통 속에 들어가 있는 남자와 여자들에게 세례를 하고 있었다. 시간이 있을 때는 일요일 오후 미사가 끝난 후 에스코 강의 부두를 산책했다. 에스코 강은 이 도시를 나누는 구심점이 되었다. 나의 베스트 프렌드이기도 한 여동생 마고, 어머니, 람베르트와의 말다툼, 투덜거리던 일, 마들렌이 만들어주던 파이, 와자지껄하던 이웃집 도기공 가족이 문득 그리워졌다. 이곳에는 친구가 없었다. 캉팽 선생님 아틀리에에서의 생활은 힘들지는 않았으나 재미는 없었다. 알렉시스는 일요일을 보내러 시골집으로 돌아갔다. 알렉시스는 빠른 시간에 그림 실력이 일취월장하는 나를 보며 질투심을 느끼고 있었다. 알렉시스와 나는 친하게 지낼 수도 있었을 텐데 왠지 거리감이 있어서 서로 조심스럽게 대했다. 그는 준수한 얼굴과 호리호리한 몸매 덕분에 주위에 여자들이 많았다. 알렉시스는 여자들을 사로잡는 법에 대해 들려주기도 했다. 나는 캉팽 선생님의 가르침에 따라 강의 모습을 조금씩 스케치하는 습관을 들였다. 변하는 주변 풍경, 나무가 듬성듬성 나 있는 둑길, 배를 따라

가는 갈매기들을 시간이 날 때마다 스케치했다. 그런 반면 알렉시스는 게을렀다. 그러면서도 알렉시스는 내가 자신처럼 꾀를 부리지 않는다고 나를 못마땅하게 생각했다. 어느 날 나는 산책을 하다가 나체로 멱을 감고 있는 여자 두 명을 만났다. 두 여자는 사촌지간으로, 그녀들은 웃으면서 옷을 입었고 우리는 친구가 되었다.

성 프란체스코회 수도원에서 후베르트 형은 나에게 세클랭, 자크 이삭 가문의 묘비를 그리라고 했다. 예수의 탄생, 십자가형, 부활, 성 프랑수아의 죽음, 최후의 심판을 주제로 한 판화 또는 반양각은 기부자들이 선호하는 작품이었다. 수호성인의 천거를 받은 자신들이 성모 마리아 앞에서 무릎을 꿇는 모습을 조각으로 표현해달라고 하는 신도들도 있었다. 녹색 밑그림을 거쳐 여러 가지 색으로 칠해져 있는 조각상들은 마치 화가들처럼 줄지어 서 있었다. 후베르트 형과 나는 오랫동안 조각을 한 덕분에 실력이 늘었다. 겐트의 제단화에서 닫힌 덧문을 표현한 그리자이유 화법이 그 증거였다. 디종 근처의 샹몰에서 네덜란드 조각가 클라우스 슬뤼터르는 프랑스 국왕 용담왕인 필리프 공작을 위해 비슷한 작품을 만들었다. 훗날 나는 필리프공을 만나기 위해 부르고뉴를 여행하던 중 이 작품을 보았고, 공작을 위한 그림을 그릴 때 인용했다. 나는 매일 완벽해지려고 노력했고, 후베르트 형은 그런 나를 격려해주었다. 형은 더욱 성스러워지고 싶어했고, 나는 더욱 완벽한 화가가 되고 싶어했다.

"완벽해지려면 꾸준히 노력해야 해. 힘들긴 해도 신이나 아름다움에 대한 사랑을 표현하려면 그 정도는 감수해야지."

형이 말했다.

비가 오나 눈이 오나 해가 쨍쨍한 날에도 얼마나 수없이 많은 시 뉴, 마르세 오 장봉, 쇼로의 골목길, 추기경회가 있는 시장으로 모이는 퓌이 도의 골목길을 지나다녔던가? 장이 서는 날에는 부드러운 아스파라거스, 양배추 더미, 당근, 사과, 파, 붉은색 봉숭아와 흰색 봉숭아가 곡예사와 인형 조종사들의 신나는 무대 장식이 되었다.

나는 딱 한 번 허세를 부려 칼을 사용하는 곡예사의 시범 무대에 참가한 적이 있었는데, 나중에 이를 안 후베르트 형에게 혼이 많이 났다.

"그런 바보 같은 짓을 하다가 한쪽 눈이라도 잃어버리면 어떡해?"

무모한 어린아이였지만 나도 눈이 내 밥줄이라는 것은 알고 있었다. 그러니 눈이 두 개가 아닐까? 그 후로 장님들만 보면 무서웠다. 닫힌 울타리 같은 곳에 지팡이를 든 장님 네 명과 돼지 한 마리가 들어가서 게임을 하는 모습을 본 적이 있는데 나는 특히 장님들이 무서웠다. 사람들의 웃음소리 속에서 장님들은 서로 무자비하게 난투를 벌였다. 그도 그럴 것이 돼지를 죽이는 장님은 고기를 상으로 받기 때문이었다. 고기를 상으로 얻는다는데 난투를 벌이며 맞는 것쯤이야 이들에게는 아무것도 아니었다.

투르네에서는 어린이 축제가 이례적으로 성대히 열렸다. 대성당 앞에서 남자아이 한 명이 교황복 차림으로 교황좌에 앉아 '카르미나 부라나'라는 노래를 큰 소리로 부르며 예배 의식을 흉내내고 있었다. 교황으로 분장한 이 아이는 8일 동안 여인숙 곳곳을 돌아다녔다. 참사원, 술꾼들이 참석하는 연회가 열렸고, 성당 참사회는 빵과 포도주를 제공했다. 교현금, 북, 노래, 시, 마술이 밤늦게까지 연회의 흥을 돋우었다. 나도 술에 취해 춤을 추며 테이블에서 깡충깡충 뛰었다. 그래서 또 후베르트 형을 화나게 했다. 형은 나를 억지로 데려가면서 "넌 아버지와 비슷해."라고 말했다. 형이 어찌나 신랄하게 말하던지 아무 말도 못 하고 생각에 잠길 수밖에 없었다. 그날 저녁 나는 오랫동안 거울을 보며 생각했다. 형은 내게 무엇을 기대하고 있을까? 나는 누굴까? 형은 왜 아버지를 그렇게 심하게 비난할까? 살아가면서 즐거움을 누리는 게 그렇게 나쁜 것일까? 후베르트 형은 스승 같은 권위, 독실한 신자 같은 엄격함, 정숙한 사람 같은 성스러움을 지녔다. 내가 직접 겪어봐서 알게 되었다.

아틀리에의 사람들이 나를 놀리는 것 같아 괴로웠다. 아틀리에에 있는 다른 사람들은 솜씨가 좋은데 내 그림 솜씨는 여전히 미숙했고 조잡했다. 이 정도밖에 안 되는 내 능력에 화가 났다. 그리고 캉팽 선생님의 명성도 내게는 부담으로 다가왔다. 신성 모독에 가까운 어린이 축제가 끝난 후 마크 빌랭 수석 사제는 다음 축제 때는 구약성서에 나오는 소재만을 테마로 하라고 명했다.

이상하게도 나는 기둥서방, 도둑, 술집 단골손님, 창녀, 기생충 같은 사람들 등 이런 거리의 사람들에 대해 호감을 가지고 있었다. 아무리 후베르트 형이 뭐라고 해도 이런 내 성향은 변하지 않았다. 거리 사람들의 흥겨움, 반항, 음란함은 나의 감각과 생각을 깨워주었다. 내 의지와 상관없이 이런 마음이 생기는 것이 잘못은 아니라는 확신이 들었다. 에티엔 고조부의 연금술을 생각하니 더욱 그런 생각이 들었다. 냉소적인 연금술사였던 할아버지는 간혹 내 꿈에 나타났다. 소극 공연이 있으면 놓치지 않고 꼭 봤다. 소극이야말로 어리석은 짓, 짓궂음, 탐욕을 제대로 풍자한 것이 아니던가. 자유롭게 떠돌아다니며 다른 사람들을 웃기고 즐겁게 해주고, 모든 것을 비판적으로 바라보며 사는 것이야말로 꿈같은 인생이 아닐까? 이런 생각을 하다 보니 그림을 배우면서 느꼈던 긴장감이 조금씩 사라졌다. 그래, 그림을 그리려면 모든 것을 봐야 했다.

동시에 위그 드 생 빅토르풍의 그림에서 볼 수 있는 상징적이고 우화적인 스타일이 서서히 자리를 잡아갔다. 위그 드 생 빅토르풍에 대한 상세한 내용은 신부들의 저서를 통해 배울 수 있었다. 알렉시스와 나는 긴 금발머리의 예수 그리스도의 모습을 담은 그림들을 그렸다. 알렉시스에게는 어린 육촌 자크가 있었는데, 자크는 알렉시스와 닮았다. 베드로는 머리털이 없고 곱슬한 짧은 수염을 기른 모습으로, 요한은 미남에 수염이 없고 풋풋한 매력을 지닌 모습으로 그렸다. 순교자들을 의미하는 상징, 성인들에 대해서 들었다. 바르브와 감옥 탑, 우르술라와 화살, 카트린과 바퀴, 아폴린과 집게 모양의 고문 도구, 가슴이 뽑힌 아가타 등. 아는 것이 많았던 후베르트 형은 《황금빛 전설》을 인용해 이 작품들을 평했다. 그 책에는 순교자들이 당한 잔인한 고문의 내용이 적혀 있었지만 형은 이에 아랑곳하지 않고 씩씩한 목소리로 읽어주었다. 알렉시스와 나는 성인들을 평범한 인간보다 크게 표현해서 그려야 했고, 후광이 있는 신의 빛과 자연의 빛, 꽃이 핀 천국과 사막, 오른쪽과 왼쪽 등을 대조적으로 표현해야 했다. 또한 모든 것은 비유적으로 그려야 했다. 예를 들어 유대 교회는 두 눈에 붕대를 감은 모습으로, 성당은 계시의 빛으로 빛나는 모습으로 그려야 했다. 펠리컨은 인류를 위해 식량, 즉 영원한 생명을 주는 빵이 되어 자신을 주는 예수 그리스도를 상징했다. 마리아는 샘물 근처에 있는 순백의 백합이 핀 과수원에 앉아 있는 모습으로 그렸다.

주름이 엄청나게 많은 장식 휘장들을 보니 속이 울렁거릴 정도였다. 각 기둥형, 정사각형 모형의 장식 휘장은 휘날리면서 풍부한 주름을 과시했고, 복잡한 미로처럼 구겨져 마침내 커다란 얇은 식탁보처럼 바닥에 떨어졌다.

생 조르주 탑 밖에서는 양궁 경기가 열려 수백 명이 참가했다. 정확한 조준, 노력, 집중하는 모습……. 허공을 지나 높이, 멀리 있는 목표물에게 닿게 해주는 보이지 않는 채찍이 있는 것 같다는 생각이 들었다. 활을 정확히 쏘려고 노력하는 참가자들을 보니 마치 눈에 보이는 대상을 종이 위에 선으로 표현하려고 노력하는 내 모습 같았다. 순간적인 움직임, 정확한 제스처, 꼭 다문 입술에서 나타나는 인생의 씁쓸함, 꽃병의 입체감을 선으로 완벽하게 표현하기 위한 노력…… 서서히 자연스럽게 약해지는 선이 세련된 선이었다. 자연스럽게 모든 것을 정확히 표현하는 것이 중요했다. 또한 터치는 화살만큼 정확해야 했다.

예전에 영국인 궁수들은 플랑드르와의 전투에서 모두 승리를 거두지 않았던가? 결국 죽느냐 사느냐의 문제 아니었던가?

양궁 경기 외에 프랑스어와 플랑드르어로 희극 경시대회가 있었다. 릴, 이브르, 다른 도시에서 온 시인들이 모였다. 소티보다는 섬세하고 진지한 경시대회였다. 이번 경시대회에서 나는 감미로운 운율, 위대한 사랑의 탄식, 적재적소의 단어가 주는 효과를 배웠다.

시인 한 명이 중세 프랑스 시인 뤼트뵈프의 시에서 다음과 같은 구절을 인용했다.

> 친구들은 어떻게 되었을까
> 내 곁에는 무엇이 있을까

이 구절을 듣자 나는 그만 흐느껴 울고 말았다. 눈물을 멈출 수가 없었다. 이미 세상을 떠난 에티엔 고조부, 아버지가 얼마나 내 마음 속에 살아 있고, 마고와 어머니가 곁에 없다는 것이 얼마나 괴로운지 그 동안 잊고 지냈다. 시에 내 마음이 그대로 나타나 있었다. 혼잣말을 하는 일이 많아지면서 피해의식일지도 모르지만 내 인생이 나를 골탕 먹이려고 하는 것 같다는 생각마저 들었다.

갑자기 보는 눈이 넓어지고 세상에 대해 조금씩 아는 것 같은 느낌이 들었다. 영적인 것을 사물, 상황으로 은유적으로 섬세하게 표현하는 것이 중요했다. 자연을 정확하게 그림으로 표현해 천지를 창조한 신을 찬양하는 것이 내가 할 일이었다. 그림은 은유적인 표현을 통해 현실을 비추는 완벽한 거울이 되어야 했다. 성 토마에 이어 드 퀴즈가 보이지 않는 세상은 신과 같다는 글을 썼다. 신은 천지창조의 각 요소에 살아 있으며 천지창조서를 읽으면 신을 알아볼수 있다고 했다. 그것이 모든 인간이 해야 할 일이라고 했다. 에이크의 참사원이 내게 가르쳐준 내용이었고, 어느 화가의 도제도 이런 말을 한 적이 있었다. 가장 순수한 신의 이미지는 사물의 아름다움이며 디투바드가 연인의 얼굴을 그림으로 그린 것처럼 그 아름다움을 표현해야 한다고.

후베르트 형은 완전히 종교적인 소재를 작품에 사용해 신을 경배하고 싶어했고, 나는 신이 창조한 일상의 작은 존재들을 통해 신을 느끼고 싶었다. 그러자면 세상의 아름다움을 정확히 표현해야 한다. 지금이야 성숙한 어른이므로 이런 생각을 할 수 있지만 당시에는 이런 생각을 하지 못했다. 하지만 그 시절이 지금의 나를 있게 한 초석이었다. 어린 시절에는 모든 것에 익숙했지만 막상 이를 깨닫지는 못했다. 그저 그림을 그려야겠다는 열망에만 사로잡혀 있을 뿐이었다.

내 눈은 보이는 것이라면 뭐든지 관심을 가졌다. 정신착란이라고 할 정도로 보이는 것에 집착했다. 아무리 해도 만족하지 못했다. 금은세공인 아틀리에의 진열대 앞에서 시간을 보냈고, 유리제품을 입으로 불어서 만드는 기술자, 우리 아틀리에의 액자를 만들어주던 고급 가구 세공인, 채석장의 석공들을 찾아가기도 했다. 아틀리에에서 작업하다 말고 몰래 산책 나가 이들을 찾아갔고, 후베르트 형은 이런 내가 걱정이 되어 함께 가기도 했다. 캉팽 선생님은 화가는 나처럼 직접 관찰해야 한다고 말씀하시며 나를 내버려두었다. 나는 스케치로 나의 고통과 걱정을 표현했다. 이런 내 복잡한 마음이 담긴 스케치들을 캉팽 선생님은 유심히 훑어봤다.

"뭔가에 사로잡히지 않은 예술가는 빈 공간과 같아."

캉팽 선생님이 말했다.

그 말을 듣고 있던 앙리 르 시앵도 동의했다.

꿈속에서 세상이 여러 구성으로 나타나 일렁였다. 배들이 지나가며 물결이 이는 강, 은빛 자작나무의 껍질, 청석돌에 있는 줄무늬, 잎이 달린 잔가지, 방직 길, 나의 발자국, 천에서 풀어져나온 실, 바닥의 체크무늬, 기하학적인 거꾸로 된 V 자형, 엉켜 있는 레이스, 소용돌이 모양의 잔잔한 구름, 천문학자들의 천체도, 고뇌하는 얼굴들. 이 모든 것이 세상의 감성을 이야기해주었다. 내 마음속 깊은 곳을 사로잡은 대상들이기도 했다.

그림은 테크닉이 아니었다. 그 이상이었다. 바로 열정, 신비함, 밤낮으로 내가 마음속에 새기던 윤리였다.

나이가 들면서 내 몸도 변했다. 몸이 자라면서 이성에 눈을 뜨게 되었다. 이제는 아틀리에에서 적막하게 저녁을 보내기보다는 여자들과 있는 것이 더 좋았다. 결국 밤에 잠깐 외출해 자유를 즐겼다. 캉팽 선생님은 나와 거리를 유지하긴 했지만 기분이 좋으면 나를 따뜻하게 대해주었다. 그런 선생님도 내가 저녁에 몰래 외출하는 것에 대해서는 엄격하게 대했다.

여자들과 열심히 즐겼다. 일전에 나체로 멱을 감던 두 여자를 알게 되었고 그 둘 사이를 오가며 각기 다른 매력을 지닌 어깨, 목, 입술을 알게 되었다. 5월이 되자 둑길은 따뜻해졌고 버찌나무에는 열매가 주렁주렁 열렸다. 두 여자와 키스를 하면서 기쁨을 느꼈다. 처음에는 어색하고 서툴렀지만 이내 나는 두 여자의 부드럽고 따뜻한 육체를 지켜주는 기사 같은 존재가 되었다. 감정 같은 것은 별로 신경 쓰지 않았다. 캉팽 선생님과 사모님에게 들키지 않고 이렇게 두 여자와 번갈아가며 만나니 즐거웠다. 이미 연애에 익숙한 두 여자는 다른 사람들이 뭐라 하든지 별 신경을 쓰지 않았다. 오히려 경쟁하듯이 서로 번갈아가며 나를 방 안으로 끌어들이면서 재미있어 했다.

두 여자의 이름은 각각 미셸과 마르트였다. 미셸은 시장에서 디자이너를 대상으로 귀걸이 보석, 바지, 벨트, 소소한 액세서리를 팔았다. 당시 부자들 사이에서는 보석, 메달, 진주모로 된 액세서리, 옷 여기저기에 장식하는 세공한 크리스털 액세서리, 벨트에 다는 황금빛 방울이 유행이었다. 상의에 메달을 장식하는 것도 유행이었다. 캉팽 선생님은 백작들의 저택에 자주 갔고 돌아와서는 저택들이 얼마나 화려한지 자세히 설명해주었다. 백작들의 저택에는 들어가보지 못했지만 고위 성직자나 영주들이 줄지어 저택으로 들어가는 모습은 본 적이 있었다. 직물 시장에서 미셸의 사촌 마르트는 평범한 갈색 천 혹은 가장 화려한 푸른색 천, 빳빳한 화려한 비단, 얇은 천이나 세루(비단과 양모를 섞은 세루), 비단, 흰 삼베, 새틴, 반짝이는 타프타 등 각종 천을 팔았다. 마르트를 보면 리에주에서 직물을 팔던 외할아버지가 생각났다. 천이 부드럽다고 입에 침이 마르도록 칭찬하고 그에 맞는 가격을 부르기 위해 천을 유심히 살피는 모습이 돌아가신 우리 외할아버지와 아주 닮았기 때문이다.

미셸과 마르트는 가난했지만 활달하고 잘 웃었다. 두 사람은 도덕과 종교로 길들일 수 없는 강인한 식물 같았다. 미셸과 마르트는 단순해서 조금만 친절하게 대해주고 돈 몇 푼만 쥐어주면 헌신적이 되었다. 두 사람은 신학생들에게 호감을 보였고 그들은 친구가 되었다. 모든 일이 술술 잘 풀렸다.

어느 날 나는 미셸과 마르트에게 포즈를 취해달라고 부탁했다. 두 사람은 이브 같은 자세로 방에서 포즈를 취했다. 한 사람이 다른 사람의 팔에 안겨 누워 있는 포즈였다. 나는 두 사람의 몸을 베일로 감싼 다음 베일이 아래로 떨어지게 해 두 사람의 핑크빛 살과 초록색 천이 드러나는 효과를 연출했다. 평소에는 별 부끄러움이 없는 두 사람도 막상 그림에 자신의 반 나신이 드러나자 신경이 쓰이는 것 같았다. 발랄한 미셸과 마르트와 있다 보니 잠시 동안이었지만 나도 같이 행복해졌다. 후베르트 형이 나무라고 캉펭 선생님이 밤에 외출하지 말라고 주의를 줘도 별 상관하지 않았다. 주 예수 그리스도께서 직접 용서하지 않았는가?

어느새 나도 열여섯 살이 되어 수염이 조금씩 나기 시작했다. 이제 나는 구속도 신경 쓰지 않았다. 한 마디로 당시 아무도 못 말리는 사춘기 소년이 되었다.

O5

미셸과 마르트는 친구인 신학생의 성공을 축하한다며 조촐한 파티를 열었다. 무슨 성공을 축하한다는 것인지 나로서는 알 수 없었다. 마르트는 저녁 내내 현관문을 바라보며 위고를 기다렸다. 위고는 마르트의 마음을 사로잡은 남자였다. 늦은 밤이 되자 사람들은 왁자지껄하며 돌아갔다. 나는 미셸과 마르트 곁에 남아 있었다. 우리가 정리를 하고 있을 때 위고가 나타났다. 번민하는 표정, 고집스러워 보이는 하늘색 눈, 위협적으로 보이는 침묵, 단정치 못한 옷차림. 그런 위고의 모습은 명랑한 우리와는 사뭇 다른 분위기를 풍겼다. 마르트는 아무런 질문도 하지 않았다. 언젠가 마르트가 한 말이 떠올랐다. 기다리면서 인생을 살아갈 것이라고. 위고는 편안하게 창문을 열고 아무 말 없이 차가운 공기를 마셨다. 마르트는 위고의 등에 기댔다. 순간 나는 질투심을 느끼며 문을 닫고 나왔다.

그로부터 며칠 후 위고와 나는 광장에 있는 포르크 술집 테이블에 마주 앉았다. 나는 위고에게 질문을 퍼부었고 그도 열심히 대답했다. 위고는 브뤼헤 출신의 공증인과 성 클라라회 수녀 사이에서 사생아로 태어났다. 어머니는 위고를 낳자마자 세상을 떠났다고 한다.

"어머니가 나를 낳자마자 돌아가셔서 천만다행이야."

그는 담담하게 말했다.

위고는 아버지의 손에 이끌려 성 도미니크회 수도원에 맡겨졌지만 이내 그곳을 탈출했다. 특별한 목적이 있어서 탈출한 것은 아니었다. 그 후 위고는 브뤼헤에 다시 오지 않겠다는 조건으로 아버지에게 받았던 얼마 안 되는 돈으로 살아갔다. 호기심이 많던 그는 뚜렷한 목적 없이 순례자의 외투를 걸친 채 여행을 했는데 워낙 평범한 모습이어서 사람들 눈에 띄지는 않았다고 한다. 위고는 여러 번 영불해협을 건너 런던으로 갔고 스코틀랜드까지 여행을 했다. 바람이 윙윙거리는 절벽 위에 펼쳐진 광야. 그는 그 광야에 마음을 빼앗겼다. 위고는 스코틀랜드를 지나 다시 후스파가 장악한 보헤미아까지 갔고 그곳에서 또 파리로 갔다. 당시 도시는 두 파로 분열되어 있었다. 몇 년 전에 암살당한 루이 도를레앙을 지지하는 파와 용맹공장을 지지하는 파가 서로 싸우고 있었던 것이다. 아르마냑과 부르고뉴의 싸움, 이렇게 두 파로 갈려서 모자 색으로 서로를 구분하며 싸웠다. 상대방에게 목이 잘리지 않기 위해서 상황에 따라 적의 모자로 바꿔 쓰며 위기를 모면하는 사람들도 있었다. 위고는 기아, 학살, 혼돈이 언제까지 계속될지, 임시 휴전도 언제 깨질지 몰라 불안했고 결국 소르본 근처에 있는 생 자크를 떠날 수밖에 없었다. 소르본은 한동안 위고가 자주 들렀던 곳이기도 했다. 그는 말을 타고 이탈리아 베네치아를 방문했는데 그 아름다움에 마음을 빼앗겼다. 위고는 알렉산드리아와 무역을 하는 배에 오르고 싶은 마음이 없어서 그냥 피렌체에 머물렀다는 이야기도 해주었다. 그런데 로마에서는 많이 실망했다고 한다. 사람들로 북적거리고 폐허가 된 로마는 그가 상상했던 곳과는 달랐기 때문이다. 위고가 이런저런 나라와 도시이름을 대자 불현듯 나도 여기저기를 돌아다니고 싶다는 생각이 들었다. 그가 가진 것은 말과 시집 몇 권이 전부였다. 위고는 나보다 다섯 살이 많았으며, 그 동안 여기저기를 다니면서 관찰을 많이 해서 그런지 교양이 넘쳤고 여유가 있었다. 그는 무거운 분위기를 가볍게 풀어주는 재능이 있었다. 그런 위고에 비해 나는 답답하게 살고 있었다. 그와 마음이 맞은 나는 아르에서 자주 함께 술을 마셨다. 아직 어리긴 했지만 그래도 해놓은 것이 거의 없다는 생각에 마음이 무거웠다. 위고는 자신의 이야기를 계속 들려주었다.

어느 순간 떠돌이 생활에 지친 그는 다시 공부를 계속했다. 그가 하고 싶었던 일은 이야기집을 내는 것이었다. 교과서보다 시대 상황을 진실하게 들려주면서 동시에 풍자적이고 외설적인 이야기집에 그는 관심이 있었다. 위고가 투르네에 정착하게 된 것은 우연이었다.

"정확히 말하면 마르타 때문에 투르네를 선택한 거지."

그렇게 말하며 그는 살짝 미소를 지었다.

위고가 내 손금을 봐주었다. 내 왼쪽 손금을 보던 그는 훗날 내가 유명해져 부자가 되고 연애도 많이 할 것이라고 했다. 나를 놀리는 것일까? 그런 것 같지는 않았다. 손금도 얼굴만큼 미래의 운명을 보여주는 것은 사실이니까.

"초상화 모델 좀 서줄래?"

내가 물었다.

"초서의 책은 재미있어."

그는 내 질문에는 대답도 하지 않고 갑자기 주머니 속에서 낡은 책을 꺼내들며 말했다.

위고를 통해 펙칸의 《공통적으로 적용되는 원근법》을 알게 되었다. 그 책은 소실점 배열을 이용한 원근법 효과에 대해 자세히 설명하고 있었다. 당시로서는 파격적인 방식이었다. 나도 한때는 이 새로운 기법에 관심을 가진 적이 있었지만 과연 전통적인 기법을 깰 수 있을까 하는 생각 때문에 일단 접어두었다. 나 역시 전통에 얽매여 있었던 것이다. 그런데 방에 걸어놓은 볼록형 거울을 보면서 공간 표현에 대해 새로운 생각을 갖게 되었다.

사고방식이 유연했던 위고는 난해한 언어를 쉬운 표현으로 바꿀 줄 알았으며, 연민도 추잡한 것으로 둔갑시킬 줄 알았다. 다양한 언어 표현을 자유자재로 구사하는 그를 보면서 나의 딱딱한 표현도 어느새 부드럽게 변하고 있었다. 육체가 자유로우면 정신도 자유로워지는 법이었다. 물론 반대로 정신이 자유로워지면 육체도 자유로워진다. 위고 덕분에 육체와 정신의 자유를 서서히 알게 되었다. 그를 통해 새로이 알게 된 이 같은 기쁨은 혼자만 간직했다. 그리고 내자신이 지적이라는 생각에 아틀리에에서 아는 체를 하기 시작했다. 나는 캉팽 선생님의 무대에서 엑스트라에 지나지 않는다고 생각하며 나를 무시하던 사람들 앞에서 당당히 표현했다. 갑자기 오만해진 나를 보며 선생님은 화가 났지만 참아주었다. 캉팽 선생님의 아틀리에는 예술가들, 교양 있는 부르주아들, 궁전에서 온 예술 애호가들로 언제나 북적였다. 사람들은 선생님의 아틀리에에서 가식적인 예의를 차려가며 영불 전쟁, 파리 소요, 이교도에 관해 활발하게 토론하며 콘스탄츠 공의회가 나서야 한다고 했다. 평소 뒷거래나 하는 사람들이 고상한 척하며 토론을 했다. 나는 사람들의 관심을 끌기 위해 그림과 전쟁을 서로 비유했다. 영주들의 손에 들어간 그림은 전쟁의 사기를 높이고 위엄을 높이는 수단이 되며, 전쟁은 그리스도의 수난에서 나타나는 용기와 희생의 미덕을 실제로 시행하는 예술작품과 같다고 했다.

마음이 급한 나머지 단 며칠 만에 아크릴화 기법을 습득했다. 후베르트 형은 빠르게 발전하는 나를 보며 기뻐했다. 특히 형은 초기에 내가 그렸던 채색화들이 꼼꼼하고 좋아서 뿌듯해했다. 이제 내가 그린 채색화도 앙리 르 시앵이 그린 채색화와 별 차이가 없었다. 앙리는 내가 감히 자신을 따라잡자 분노로 몸을 떨었다. 하지만 내 실력이 일취월장했다 해도 아직은 모사하는 도제에 지나지 않았다.

에이크에서 작업하던 한스의 재능을 기억했고 그 기억에 손을 맡겨 그림을 그렸다. 어느 일요일, 대성당의 검은 성모가 내 기도를 들어 주었다. 전에 나는 검은 성모에게 재능을 달라는 기도를 한 적이 있었다. 검은 성모 덕에 내 그림이 빛을 뿜어내는 것 같았다.

캉팽 선생님은 나를 칭찬했지만 아직도 세밀화 작업을 맡기지는 않았다. 나는 화가 나서 작업실에 앉아 오랫동안 분노를 삭였다. 미니 세밀화를 그릴 때는 구성을 잘 잡고 무엇이 중요한 것인지를 생각하여 간결하면서도 강하게 표현해야 했다. 그래야 다음 작업을 수월하게 할 수 있기 때문이었다. 이는 캉팽 선생님이 알렉시스에게 해준 조언이었다. 이상하게도 선생님은 알렉시스에게만 조언을 해주었다.

알렉시스만 편애하는 캉팽 선생님 때문에 속이 부글부글 끓었다. 그렇다고 후베르트 형이 선생님에게 나를 좀 잘 부탁한다며 나서는 것도 아니었다. 형도 나에게 그저 기다리라고만 했다. 형은 캉팽 선생님과 마찬가지로 패널에 작업을 하는 위치였다. 연륜이 쌓이고 노하우가 있는 화가만이 패널에 작업을 할 수 있었다. 선생님과 형만 믿고 있어봐야 소용이 없었다.

나는 점차 성격이 날카로워졌고 변덕도 잘 부렸다. 캉팽 선생님과 후베르트 형은 합심이라도 한 듯 나를 피하기만 했다. 혹시 선생님과 형은 내가 모사 작업에 만족할 것이라고 생각하는 것일까? 이런저런 생각으로 머리가 복잡했지만 터놓고 이야기하지도 못했다. 절대로 단순한 모사 화가로만 남고 싶지는 않았다. 캉팽 선생님의 말에 복종하고 매일 답답한 아틀리에에 갇혀서 반복적인 그림만 그리다 보니 짜증이 났다. 나를 훌륭한 화가로 키워주려는 사람은 아무도 없었다. 다들 나를 숨막히게 해서 죽이려는 것 같았다. 아틀리에에만 내려오면 긴장되었다. 원망하는 마음 때문에 괴로웠고 그로 인해 소화불량이 생겨 여러 번 자리에 눕기도 했다. 사람들은 내가 소화불량에 걸린 것이 사모님의 요리 때문이라고 생각했다. 정말 어이없었다. 사모님의 훌륭한 요리가 무슨 죄라고. 지금 내 처지는 도망칠 수도, 움직일 수도 없는 어두운 구덩이 속에 파묻힌 사람과 다를 바 없었다. 에너지는 넘치는데 발산하지 못하니 우울하고 괴로웠다.

후베르트 형은 캉팽 선생님의 천거로 플랑드르, 겐트, 생 바봉 교구로 옮겨갔다. 여러 건의 주문이 형을 기다리고 있었다. 부유한 부르주아들은 자신의 예배당을 화려한 그림으로 장식하고 싶어했다. 형은 화가이기 전에 사제였다. 그렇기 때문에 형은 신 외에는 오로지 자신만을 믿었다. 그는 별다른 격식을 차리지 않고 캉팽 선생님의 아틀리에를 떠날 수 있었다. 형은 뛰어난 화가였지만 그림보다는 종교에 더 몰두했다. 그는 성 프랑수아의 환상을 보고 며칠 밤을 계속해서 무릎을 꿇고 있기도 했다. 나도 캉팽 선생님의 아틀리에에서 도제생활을 하는 것이 지루했고, 그래서 후베르트 형을 따라가겠다고 했다. 형을 도우면서 그림을 그리다 보면 나만의 예술을 완성해갈 수 있을 것 같다는 생각이 들어서였다. 하지만 선생님과 형은 서로 미리 짜기라도 한 듯 말도 안 되는 변명을 늘어놓으며 안 된다고 했다. 이때부터 나는 캉팽 선생님과 후베르트 형을 이전처럼 존경하지 않게 되었다.

내가 같이 가겠다고 떼를 썼지만 '독실한 후베르트 형(내가 악의 없이 부른 형의 별명이었다)'은 겸손하게 참고 기다릴 줄 알아야 한다는 말만 되풀이했다. 형은 아예 나를 데려갈 생각이 없는 사람 같았다. 모욕감이 들었다. 혹시 내가 형의 그림 실력을 따라잡을까 봐 두려운 것일까?

"형은 겉으로는 고상하게 성경을 읽고 독실한 신앙생활을 하지만 사실은 내가 형을 따라잡아 훌륭한 화가가 될까 봐 내심 두려운 거지?"

내가 그에게 소리쳤다.

형은 화가 나서 문을 쾅 닫고 아틀리에를 나가버렸다. 형제끼리 사이좋게 지내라던 어머니의 말을 떠올렸지만 아무리 해도 형과 나는 서로 통하지 않았다. 오히려 이번 일로 우리 형제는 그나마 서로에게 있던 정도 다 떨어지고 있었다.

잠시 후 아무래도 형에게 막말을 한 것이 후회가 되었다. 형이 떠나는 모습을 보려고 새벽에 성벽 위로 올라갔다. 저 멀리 형이 보였다. 형을 따라 달려가며 손을 흔들었다. 말을 타고 가던 형은 뒤를 돌아보지 않고 내게 손만 흔들었다. 그렇게 형이 탄 말은 플랑드르를 향해 달리고 있었다. 그래도 형이 손을 흔들어줘서 마음이 풀렸다. 후베르트 형을 원망하던 마음이 조금씩 사라지자 형이 떠난 지금부터 정말로 나 혼자이구나 하는 생각이 들었다. 그가 탄 말은 빠른 속도로 달렸고 새벽빛을 받아 다이아몬드처럼 반짝이는 수풀 속으로 사라졌다.

형이 떠나서 슬퍼하던 나를 캉팽 선생님이 위로해주었다. 선생님은 나를 위로하느라 에노 궁전에도 데려가고, 채색화 작업과 백작의 딸 자클린에게 줄 기도서 채색 작업을 전부 내게 맡기겠다고 했다. 백작은 아쟁쿠르 전투 때 두 번째 남편을 잃은 딸 자클린이 측은해서 이 기도서를 선물하려고 하는 것이었다.

"자넨 행실이 방탕하긴 하지만 정신과 재능은 아직 방탕하지 않으니까."

캉팽 선생님이 진지하게 내게 말했다.

내가 작업할 동안 알렉시스가 옆에서 도와주고 앙리가 감독할 것이라고 했다. 그 동안 답답했던 마음이 풀리면서 기분이 좋아졌다.

궁전에 가기 위해 새 옷을 입었고 미셸과 마르트가 주었던 장신구도 달았다. 캉팽 선생님에게는 앞으로 주의하고 말은 가려서 하겠다고 했다. 거울을 보니 이제 나도 어엿한 청년이었다. 짙은 푸른색 터번을 두른 행복한 청년의 모습, 짙은 푸른색 터번이 내 금발 머리를 더욱 돋보이게 했다. 보통 그림으로 옷의 주름을 표현할 때는 섬세함이 필요하므로 시간이 많이 걸렸다. 나는 의젓하게 보이려고 자세를 똑바로 했다. 도제 얀 반 에이크가 마침내 기욤 드 에노 백작의 후원을 받게 되는 것이었다! 이날 에노 백작은 드 샤를루아 백작 (훗날 내가 존경하는 필리프 공작), 리에주 주교, 바이에른 요한 주교 등 유명 인사들을 초대했다. 바이에른 요한 주교의 잔인함에 대해서는 아버지에게서 익히 들은 적이 있었다. 궁으로 들어가면서 이런저런 생각을 하고 꿈을 꾸느라 정신이 없었다. 그런데 기대와는 달리 캉팽 선생님은 나를 대충 소개했다. 김이 빠졌다. 심지어 사람들은 나를 후베르트 형과 혼동하기까지 했다. 사람들이 이렇게 나를 무시하는데 나도 사람들에게 관심을 가질 필요가 없었다. 사람들은 오직 캉팽 선생님에게만 관심을 보였다. 캉팽 선생님과 사람들이 너무나 원망스러웠다. 속이 메스꺼웠다. 이제는 존경과 인정을 받는 예술가가 되려면 자신만의 독립적인 아틀리에를 갖고 활동해야 했다. 남의 아틀리에에서 평생 일해봐야 빛도 보지 못한다. 사람들에게 내 그림은 과연 어떤 의미일까? 아마도 내 그림은 이들에게 수많은 장식용 보석 중 하나에 지나지 않겠지. 씁쓸한 마음이 들었다. 캉팽 선생님의 그늘에 있다가는 계속 이렇게 살 것이라고 생각하니 답답했다. 선생님은 나에게는 관심도 없었고 손님들과 대화하느라 정신이 없었다. 더구나 나는 선생님처럼 나만의 작품이 없었다. 사람들에게 보여줄 것이 하나도 없다는 의미이다. 그렇다고 말재주가 있는 것도 아니었다. 손님들과 가벼운 식사를 할 때도 그저 아무 말 없이 있었다. 소문이 사실이었다. 궁전에 모인 유명 인사들은 소문처럼 막강한 권력자들이었다. 기욤 드 에노는 약간 방탕했고 그의 궁전은 못 봐줄 정도였다. 사치스러운 장신구, 가식적인 예절, 특히 계산적이고 속물적인 얼굴들…… 존경할 만한 것이라고는 하나도 없었다. 귀족들은 표면적으로는 기사도 정신으로 충만했지만 실제로는 폭력적이었다. 앞으로 투르네에 어떤 일이 벌어질지 모른다는 생각에 사람들은 흥분하고 있었다. 백성들과 백작의 측근들은 프랑스 국왕 샤를르에게 충성을 바칠 듯한 분위기였다. 사람들은 후원자인 용맹공 장을 지지했지만 하급 귀족들은 자신의 이익에 따라 영국에 붙었다 파리에 붙었다 했다. 이런 지조 없는 하급 귀족들의 태도에 캉팽 선생님은 크게 분노했고 추기경회의 베크렐Becquerel이 지나치게 냉소적이자 분노를 터뜨리는 사람들도 있었다.

그날 저녁, 방으로 돌아온 나는 새 옷을 벗어던졌다. 도제의 방인 내 방이 오늘처럼 이렇게 작아 보인 적은 없었다. 밥도 대충 깨작거리다 말고 잠자리에 들었다. 궁전을 방문하기 전까지는 기대하는 것이 많았는데……. 기대가 허물어지자 실망감을 감출 수 없었다. 위고에게 이 이야기를 했더니 내가 순진하다며 비웃었다. 그는 내가 은근히 허영심이 있는 것 같다고 지적하면서 명예와 영광은 다 허무한 것이라고 말했다. 하지만 아직도 내 희망은 꺾이지 않았다. 언젠가는 권력자의 비호를 받으며 유명한 화가로 성장하는 날이 오리라고 생각했다.

캉팽 선생님은 약속을 잊으셨는지 다시는 나를 고위층에게 소개하지 않았다. 신중한 성격인 건지, 아니면 나를 무시하는 건지 모르겠지만 어쨌든 선생님은 나를 피했다. 그는 귀족들의 후원과 총애는 물론 부르주아들의 존경까지 받고 있었는데 그 영광을 혼자만 차지하고 싶었던 것이다. 선생님은 부와 지위에 연연했고 오랜 세월 공들여 얻은 존경심이므로 평생 존경을 받고 싶어했다. 그런 선생님에게 나는 말 잘 듣는 도제에 지나지 않았다. 물론 나는 그가 생각한 대로 순종적인 도제는 아니었다. 선생님의 권위가 나를 짓누르고 있었다. 그 전까지 선생님에게 품었던 애정은 증오로 변했다. 그에 대한 애정이 깊었던 만큼 증오심도 깊었다. 동그란 얼굴, 가늘고 긴 눈, 윤기 나는 검은색 머리카락, 건장한 체격, 술수, 손가락마다 낀 싸구려 반지, 헐떡이며 흥분하는 모습. 그와 관련된 것은 모두 꼴도 보기 싫었다. 그의 행동은 치졸했고 그가 추구하는 예술은 세련과는 거리가 멀었다. 커다란 성모 마리아 그림, 두꺼운 초상화, 너무 진한 색조 등 선생님의 작품에는 고상한 면이 없었다. 고상한 작품을 추구하는 나와는 맞지 않았다. 그는 백작의 비위를 잘 맞추기는 했지만 부르주아들과 어울리고 봉건 특권에 대항하며 투쟁을 벌이고 있기 때문에 이탈리아의 궁중 화가 같은 품격까지는 갖추지 못했다. 이런 그의 약점을 안 이상 내게 유리한 상황을 만들 수 있을지도 모른다는 생각이 들었지만 아직은 때가 아니었다. 나는 아직 스승 밑에 있는 무명 화가에 지나지 않았으니까. 가슴이 답답했다. 독창적인 생각은 하지 않고 그리스와 성경에서 인용한 글만 가지고 개론서를 채우는 서기들보다는, 작품에 대해 진지하게 고민하는 예술가들이 당연히 존경을 받아야 한다고 위고가 저녁 토론 때 자주 말하곤 했다. 그런 면에서 나는 존경받을 수 있는 사람이라는 생각이 들었다.

　나의 젊은 시절은 한심했다. 보잘것없는 내 배경을 저주했다. 에이크처럼 답답한 이 작은 도시에서 생을 끝내라고? 방법이 아주 없는 것은 아니었다. 일단 캉팽 선생님의 지원을 받아 유명한 화가가 된 다음 선생님의 아틀리에를 통해 작품을 소개하는 방법도 있었다. 이 방법을 택하면 선생님이 선불로 돈을 빌려주겠지. 그러면 이곳에서 떨어진 곳에 살면서 그의 지원을 받으며 마음 편히 하루하루를 보내겠지. 선생님에게 빌린 돈을 몇 년 동안 갚으면서 말이다. 하지만 그렇게 되면 길드가 작품 주문과 판매, 내 사생활까지 간섭하려 들 것이 뻔했다. 후베르트 형이 어머니에게 편지를 보내 나를 투르네로 보내달라고 부탁한 것도 다 이유가 있었던 것은 아닐까? 형은 내가 이런 식으로 살기를 바랐던 것은 아닐까? 내가 영원히 이류 그림쟁이로 살면서 만족할 것이라고 생각했다니 화가 났다. 하지만 솔직히 나는 돈도 없고 집안 배경도 없었다. 예술 세계에서 내가 살아남으려면 재능과 전략밖에 없었다. 캉팽 선생님의 그늘에서 벗어나려면 재능과 전략을 길러야한다고 결심했다.

마음이 불안했다. 하고 싶은 일은 정말 많은데……. 선생님의 아틀리에가 점점 감옥처럼 느껴졌다. 인생을 헛되게 보내는 기분이었다. 차라리 에스코 강의 흐르는 물이 부러웠다. 몇 달을 이렇게 갑갑하게 보내니 매일매일이 우울했다. 살아갈 희망을 가지려면 원하는 것을 이루어야 했다. 당장 행동에 옮겼다. 겨울 외투 속에 수첩을 숨기고 다니면서 내가 해야 할 일이 무엇인지 메모했다. 혹시 누가 읽을까 봐 뫼즈에서 사용하는 사투리로 적었다. 뫼즈의 사투리는 플랑드르어와 독일어가 섞인 듯한 언어였다. 캉팽 선생님도, 앙리 르 시앵도 해독할 수 없는 언어였다. 특히 선생님과 앙리는 믿을 수가 없었기 때문에 이렇게 뫼즈 사투리로 글을 쓰게 된 것이다. 예전에 마고와 나를 괴롭히던 못된 아이들에게 대항하라고 어머니가 성경에 나온 문구를 목에 걸게 했듯이 그때와 마찬가지로 뫼즈 사투리로 쓴 글이 나에게 캉팽 선생님과 앙리에게 대항할 힘을 줄 것 같았다. 기분이 우울해서 그런지 에이크의 과수원이 아련하게 떠올랐다.

백작이 채색화와 세밀화를 어떤 식으로 그려줄 것인지 요청한 자료들이 캉팽 선생님의 아틀리에에 도착했다. 나는 혼자 모사하는 일이 많아졌다. 어쨌든 그림을 그리면 가슴이 두근거렸다. 알 수 없는 기운에 몸과 마음이 흥분되었다.

이제는 누가 입에 발린 칭찬을 해줘도 신경 쓰지 않고 그림만 생각했다. 선생님의 아틀리에에서는 아무리 열심히 일해봐야 내게 돌아오는 것은 아무것도 없었다. 명성은 전부 선생님과 선배 도제들이 가져갔다. 선배들과 같은 수준에 오르려면 선배들의 작품을 완벽히 모사해야 했다. 그렇게 되면 언젠가 나만의 작품을 발견하게 될지 누가 알겠는가. 나 혼자 상황을 바꿀 수는 없었다. 여전히 선생님은 백작과 협의하며 작품을 지도했다. 그는 내게 거의 자유를 주지 않았다. 앙리는 내가 작업할 때 세세하게 감독했고 안료를 준비해주었다. 그가 내게 안료를 준비해주는 이유가 뭘까? 나를 배려해서 그런 것일 수도 있고, 아니면 질투가 나서 옆에서 계속 감시하려고 그런 것일 수도 있었다. 고객인 백작의 말에 무조건 굽신거리는 선생님과 앙리를 보니 분통이 터졌다. 어느 날 밤 나는 갑자기 광기에 취한 사람처럼 내 얼굴과 두 팔을 붉은색 물감으로 칠했다. 몸과 양 팔이 붉은색을 빨아들였으면 좋겠다고 생각했다. 붉은색으로 온몸을 칠할 생각이었다. 내 자신이 붉은색 자체가 되고 싶었다. 그런데 장 밥티스트가 갑자기 들어왔다. 그는 나를 보더니 화를 내며 미친놈이라고 했다. 나는 그에게 제발 이번 일에 대해 아무에게도 말하지 말라고 간곡히 부탁했다. 그는 알았다고 했다. 정신이 번쩍 든 나는 얼른 달려가 물로 얼굴과 양팔을 씻었다. 며칠 동안 장 밥티스트는 이건 말세라면서 고개를 흔들며 중얼거렸다.

유명한 화가가 된 지금도 나는 여전히 분노와 초조함에서 벗어나지 못하고 있다. 더구나 사고로 색깔을 볼 수 없게 되자 신경이 더욱 날카로워지고 있다. 도대체 어떤 신이 내게 이런 고통을 안겨주는 것인가!

젊었을 때는 색을 칠하는 작업을 맡지 못해 화가 나고 초조했는데 지금은 색깔을 보지 못해 열통이 터지고 초조하다. 마음이 완전한 평온을 찾으려면 아직도 시간이 더 필요하다는 말인가……. 캉팽 선생님의 아틀리에에 갇혀 답답하게 살던 도제 시절이나 색깔을 볼 수 없어 회색빛 세상에 갇힌 지금이나 무엇이 다르단 말인가! 서서히 고통을 받으며 죽어가는 것이 내 운명이란 말인가. 과거를 생각하니 오히려 더 슬프고 우울하다. 여전히 나는 고통에서 해방되지 못했다. 이렇게 글을 쓰고 있어도 여전히 고통스럽다. 아니다. 이렇게 체념하고 있을 수만은 없다. 하지만 가끔은 내 아틀리에, 나무들, 세상이 증오스럽다.

차라리 메두사에게 모든 것을 잃고 죽는 편이 더 낫다! 죽어서 무덤 속에 묻혀 두 눈이 벌레들에게 갉아 먹혔으면 좋겠다. 색깔을 볼 수 없는 눈이라면 차라리 벌레들에게 갉아 먹히는 것이 낫다. 이렇게 살아 있지만 세상이 온통 회색빛으로만 보이는 것이 더 괴로운 일이 아닌가! 예전처럼 색깔을 다시 보려면 10년이라는 세월을 기다려야 할지도 모른다. 다시 색깔을 볼 수만 있다면 내 모든 것을 다 바칠 수 있다. 다시 한 번 다채로운 색으로 변하는 하늘, 태양빛을 받은 땅, 마고의 윤기 나는 피부색, 모래 언덕의 황금빛을 보고 싶다.

그래, 그렇게만 될 수 있다면 무엇인들 못 바치겠는가! 필요하다면 수도사라도 되겠다! 다시 한 번 물감으로 즐겁게 색깔을 만들거나 섞은 후 캔버스에 주홍색, 연녹색, 맨드라미 빛, 황토색, 산호색, 나폴리의 노란색, 진주모 빛, 청록색, 황색, 남청색을 칠할 수만 있다면…….

아! 이렇게 상상을 해봐야 괴롭기만 하다! 사투르누스 신이시여, 언제까지 저를 이렇게 놓아주지 않고 있을 겁니까? 언제까지 강철 같은 검은색 턱으로 나를 물고 있을 겁니까?

어엿한 청년이 되자 나는 더욱 음란한 쾌락에 빠져들었다. 도박을 하기도 하고 창녀촌에도 드나들고 위고와 술도 진탕 마셨다. 이렇게 방탕하게 하루하루를 보내면서 우울한 기분을 날려버렸다. 어느 날 저녁, 절망감에 사로잡혀 미칠 것만 같았다. 절망하며 말을 하는 나를 보고 위고가 하루라도 빨리 캉팽 선생님의 아틀리에에서 나와 나만의 그림을 그리라고 했다.

"너도 그렇게 살고 싶잖아. 안 그래?"

위고가 물었다.

위고의 말을 들으니 머리가 복잡했다. 독립적으로 그림을 그린다? 그래, 몇 달 전부터 생각해오고 있기는 했다. 차마 말로 꺼내지 못하고 있어서 그렇지. 위고의 말 한 마디에 복잡했던 내 머릿속이 말끔하게 정리되는 느낌이었다. 마치 아주 오랜 친구처럼 위고와 이런저런 이야기를 나누었다. 위고의 눈은 활기로 빛났다. 머물 곳이야 생 브리스로 가면 찾을 수 있겠지만 문제는 집세였다. 가진 돈을 모두 긁어모아야 겨우 집을 마련할 수 있었다. 하지만 나만의 거처에서 독립적으로 그림을 그릴 수 있다는 생각에 희망이 생겼다.

다음 날 일요일이 되자마자 외출하여 위고와 마르트가 하숙하고 있는 집의 3층 방을 구경했다. 마르트는 새로운 보금자리에 만족해하고 있었다. 창문으로 에스코 강이 보였다. 아담한 집이었지만 내게는 에덴 동산처럼 멋진 곳이었다.

캉팽 선생님은 내가 나간다는 말에 눈살을 찌푸렸다. 어쨌든 이제 나도 독립해서 살 나이가 되었다는 말을 했다. 후베르트 형이 떠난 후부터 선생님은 이전보다는 엄격하지 않았다. 그는 쾌락의 자유를 인정하는 사람이었다. 한편, 알렉시스는 원체 소심한 성격이라 나처럼 과감하게 독립할 생각을 하지 못했다. 어쨌든 알렉시스는 내가 이사하는 것을 도와주었다. 그는 재능 있는 나를 질투했지만 이젠 용기 있게 독립하는 걸 보면서 뭔가 모르게 감탄하고 있었다. 그가 갑자기 야릇하게 내 몸을 훑어봤다. 마치 동성애자의 눈빛 같았다. 동성애는 화형대에 오를 수 있는 중대한 범죄였다. 그날 저녁, 알렉시스는 새로운 내 보금자리로 찾아와 그림 토론을 핑계로 도대체 돌아갈 생각을 하지 않았다. 또한 그는 자신의 연애 이야기로 허풍을 떨기도 했다. 솔직히 나는 그에게 관심이 없었다. 알렉시스의 이야기는 허풍이 심해 믿기 힘들었지만 묵묵히 듣고 있었다. 그는 속을 알 수 없는 사람이었다. 하지만 그는 예민해서 내가 무슨 생각을 하는지 대충은 알고 있었다. 내가 아무 말 없이 묵묵히 듣고 있자 그도 편안해했다. 알렉시스는 원래 고상하고 예민한 성격이었다. 블라우스를 입어도 고상했다. 그래서 그런지 그는 기품이 있었다. 같은 남자인 내가 봐도 알렉시스는 아름다웠다. 하지만 같은 남자에게 이런 생각을 품다니 세상으로부터 비난받을 수 있는 죄악이었다. 이런 감정에 대해 눈감아주는 사람들도 있지만 캉팽 선생님과 앙리 르 시엥 같은 사람들은 고리타분해서 무조건 죄악으로 몰아붙였다. 앙리의 그림을 보면 뭔가 번민이 있는데 감추는 것 같은 느낌이 들었다. 그도 속마음을 잘 드러내지 않다 보니 혼자 고민하는 성격이었고 결국 가식적으로 변한 것이었다. 사람들은 가식적인 앙리를 보고 오히려 감수성이 예민하다고 생각했다. 특히 그는 악기를 잘 다루고 노래를 감미롭게 불러서 수녀들이 좋아했다.

캉팽 선생님은 가구들과 세련된 그르니에산 태피스트리를 내게 주었다. 선생님은 여전히 내게 중요한 그림 작업은 맡기지 않고 있었지만 예전보다는 관계가 편해졌다. 사모님은 옷장에서 양모 이불 두 채를 찾아 내주었다. 평소에는 수도회 못지않게 쫀쫀하게 아끼기만 하던 사모님이 이렇게 후한 인심을 보이는 것이 놀라웠다. 나와 캉팽 선생님은 함께 생활했어도 서로 조심하며 거리감을 두었다. 그래서 선생님에게 다가가기가 힘들었다. 다행히 그는 늘 기분이 한결같아서 어색한 관계를 편안하게 넘기곤 했다. 새로운 보금자리에는 은으로 된 자질구레한 물건, 버찌나무로 된 반죽 통, 뛰어놀 만큼 넓은 침대가 필요했다. 이것들을 구입하기 위해 빚을 얻었다. 알렉시스는 벽과 바닥을 닦고 반죽 통을 정성스럽게 왁스로 닦으며 도와주었다. 그런 알렉시스의 모습은 마치 사랑에 빠진 시녀 같았다. 위고는 간식거리와 와인을 가져왔다. 새 집에서 보내는 첫날 저녁 알렉시스, 위고와 함께 밤늦게까지 술을 마셨다. 알렉시스는 교현금을 키며 노래를 불렀다. 그가 유혹적으로 느껴졌다. 분명 알렉시스는 교양 있는 몇몇 영주들에게 총애를 받을 것이라는 생각이 들었다. 그는 내가 아틀리에를 열면 들어오고 싶다고 했다. 하지만 나는 그의 말을 교묘히 막으면서 이제 그만 돌아갈 때라며 자연스럽게 내보냈다. 알렉시스는 술에 취해 비틀거렸다.

위고는 알렉시스의 뾰로통한 얼굴이 매력적이라고 했다. 솔직히 위고는 안 해본 경험이 없었다. 마르트가 위고의 말을 듣고 화를 냈다. 마르트와 내가 뭐라고 하자 위고는 낄낄댔다. 그렇게 저녁이 마무리되었다.

이제 매일 저녁, 매주 일요일 혼자서 능력을 발휘하며 자유롭게 모사할 수 있었다. 캉팽 선생님의 아틀리에에서는 해보지 못했던 일이었다. 흰 벽으로 둘러싸인 밝은 내 방은 소중한 나만의 작업실이었다. 내 수첩에는 위고의 모습을 관찰하고 적은 내용이 적혀 있었다.

건축 그림의 구성에서 페캉의 기하학을 이용하기 위해 여러 가지 습작을 해보았고, 그 덕에 기하학의 엄격한 원칙이 오히려 그림의 내면성을 약화시킨다는 점을 알게 되었다. 위고는 푸른색 눈으로 나의 연습 장면을 진지하게 관찰하며 분석했다. 그는 절대로 아부성 발언을 하는 사람이 아니었다. 그런 위고의 정확한 지적 덕분에 나만의 분명한 기법을 찾아갔다. 캉팽 선생님의 아틀리에에서 도제 생활을 할 때는 내 마음대로 할 수 없었다. 하지만 이렇게 독립적으로 그림을 그리다 보면 나만의 기법을 발전시킬 수 있을 것 같았다. 아직은 실력이 부족했다. 실력을 키우고자 독하게 홀로 연습했다. 방문을 굳게 닫고 오로지 위고만 방에 들였다. 내가 그림을 그리는 동안 그는 책을 읽거나 글을 썼다. 마르트는 아침에 시장에 나가야 해서 일찍 잠자리에 들었다.

좋아하는 일에 빠지다 보니 시간 가는 줄 몰랐다. 위고도 마찬가지였다. 술병은 천천히 바닥을 드러냈다. 둘이서 와인을 적당히 마셨다. 조용한 밤이었다. 가끔 에스코 강에 떠 있는 작은 배들이 소리를 냈고 밤샘하는 사람들의 발소리가 들리긴 했지만 말이다. 어쨌든 조용한 밤은 내게는 가장 기쁜 순간이었다.

캉팽 선생님과 앙리가 그렸던 중요한 작품을 전부 모사해봤다. 하지만 그대로 모사만 하는 것이 아니라 원근법을 다듬고 거추장스러워 보이는 세밀한 부분을 줄이는 등 나만의 기법을 동원했다. 캉팽 선생님의 작품은 거추장스러운 요소들 때문에 균형이 맞지 않아 보이는 것이 흠이었다. 내가 추구하는 그림은 좀더 심플하면서도 안정적인 느낌을 주는 작품이었다. 이를 위해서는 그림에 우아한 느낌을 주는 것이 중요했다. 혼자서 열심히 초상화를 그리며 연습해봤다.

초상화 습작 때는 위고가 모델이 되어주었다. 심플한 크림색 셔츠를 입은 그가 책을 보고 있는 모습이었다. 위고의 셔츠를 실제처럼 표현하기 위해 애썼다. 그가 들고 있는 책에는 테렌스의 좌우명인 "난 인간적인 것이라면 익숙하다"라는 문장이 적혀 있었다. 문장의 배경으로는 검은색에 가까운 짙은 녹색을 선택했다. 위고는 얼굴이 피곤해 보였고 눈빛은 세상이 부질없다는 것을 깨달은 듯 냉소적으로 빛났다.

특히 나는 색깔에 집착했다. 이제까지 보지 못한 빛나는 색깔을 연출하고 싶어서 밑칠에 신경을 썼다. 밑칠을 통해 빛나는 색을 살릴 수 있었다. 그 다음에는 빛나는 색을 여러 층으로 덧칠했다. 아마 유로 그리는 밑그림 실력이 나아졌다. 아마유는 원래 안료를 섞을 때 사용하는데, 그걸 가지고 내가 원하는 색조를 얻을 수 있었다. 물감을 잘 마르게 해주는 농화제를 줄였다. 농화제를 많이 사용하면 캔버스의 물감이 너무 어두워지기 때문이었다. 세심하고 꼼꼼하게 작업하다 보니 시간이 많이 걸렸다. 미셸은 잠자는 게 나를 도와주는 일이었다.

리에주의 실험실에서 연금술 실험을 하며 신나하던 에티엔 고조부. 고조부의 활기가 내게도 살아 숨쉬고 있었다. 그런데 습작을 하다 보니 강박관념이 생겼다. 며칠 밤을 새며 습작을 한 적도 있었다. 몸이 피곤하다 보니 우울한 생각도 들지 않았다. 캉팽 선생님의 아틀리에에 있을 때는 언제 제대로 된 그림을 그려볼 수 있으려나 기다리면서 우울했는데……. 하지만 문제는 돈이었다. 돈이 많지 않아 생활이 힘들었다. 그래도 내 습작품을 캉팽 선생님에게 보여주지는 않았다. 그의 비판이 두렵기도 했고 혹시 선생님이 내 작품을 표절할까 봐 걱정이 되기도 해서였다. 알렉시스는 왜 요즘 들어 내가 부쩍 피곤해 보이고 눈 주위가 검은지 궁금해했다. 그가 이런저런 질문을 했지만 나는 아무 대답도 하지 않았다. 그는 겉으로는 친절해도 워낙 가식적인 성격이라 그에게 내 아틀리에를 보여주지 않았다. 이때는 뭐든 의심이 가던 시기였다.

행운의 여신이 찾아오자 두려움과 슬픔은 모두 사라졌다. 솔직히 말하면 내가 행운의 여신을 부른 셈이었다. 몸이 좋지 않던 캉팽 선생님은 세밀화 완성작을 고객에게 직접 가져갈 수가 없었다. 앙리와 알렉시스도 성 니콜라를 표현한 제단화를 마무리하느라 정신이 없었다. 어쩔 수 없이 캉팽 선생님은 나를 보냈다. 그렇게 원하던 기회가 드디어 찾아온 것이었다.

백작은 나를 반갑게 맞이해주었다. 백작에게 내가 그린 초상화를 보여드리고 싶다고 하자 그는 허락했다. 내가 그린 위고의 초상화였다. 위고의 초상화는 백작의 관심 분야의 작품이 아니기 때문에 가급적 겸손하게 소개했다. 그리고 이어서 다른 그림을 소개했다. 대성당을 배경으로 투르네 태피스트리가 덮인 실내의 조각된 의자에 앉아 있는 성모자를 그린 작품이었다. 그르니에의 잉아직공에게서 배운 복잡한 무늬를 그림으로 표현하느라 무척 고생하긴 했다. 나는 이 그림을 백작에게 선물로 주었고 백작은 매우 좋아했다. 또한 백작 곁에 있던 바이에른 요한 주교도 이 그림을 마음에 들어 했다. 사실 성모 마리아는 위고와 내가 가끔 공유하는 창녀를 모델로 그린 것이었지만 백작에게는 차마 말하지 못했다. 백작은 아기 예수를 보는 성모 마리아의 다정한 모습과 대성당을 세밀하게 표현한 것에 감동을 받았다. 아기 예수는 하숙집 주인 아들을 모델로 그린 것이었다. 백작은 이 작품을 리에주로 가져가고 싶다며 한 점을 똑같이 그려달라고 했다. 백작이 조만간 리에주로 가야 했기 때문에 나는 얼른 복사본을 그리겠다고 약속했다.

　내가 자리를 뜨려고 하자 백작이 나를 따로 불렀다. 그는 개인 스튜디오를 외설적인 그림으로 장식하고 싶다고 했다. 백작이 나를 후베르트 형과 더 이상 혼동하지 않았기 때문에 이런 그림을 그려달라고 하는 것이 기분나쁘지는 않았다. 돌아가신 아버지가 냉소적으로 하시던 말씀이 문득 떠올랐다. "사제처럼 도덕적이어야 한다고 소르본에서 주장했던 게르송의 목소리는 아직도 들리지 않아." 미셸과 마르트의 모습을 담은 그림이 흥미로운 출발이 되었다. 이것을 좀더 꾸밀 필요가 있었다. 미셸과 마르트의 포즈는 너무나 정숙해서 타락한 사제에게 기쁨을 주지는 못할 것 같았다.

"하지만 미셸과 마르트는 아주 젊고 매력적이니까 자유롭게 그릴 수 있지."

위고가 눈을 반짝이며 말했다.

나는 납기일을 맞추지 못할까 봐 너무 초조하여 매일 밤을 새며 작업했다. 양초를 얼마나 많이 사용했는지 모를 정도였다. 그래도 다행히 성모 마리아와 대성당을 모사하는 일은 생각보다 오래 걸리지 않았다. 밑그림을 가지고 있었기 때문에 투명지에 대고 그리기만 하면 되었다. 나는 자유로운 창의력을 발휘해 성모 마리아의 옷을 푸른색이 아닌 붉은색으로 바꾸었다. 그렇게 하니까 그림이 더욱 화사해졌다. 미셸과 마르트의 몸을 백작의 취향에 맞게 아주 외설적으로 표현해야 했다. 어느 날 위고가 빨래하는 여자를 찾아 데려왔다. 아주 아름다운 여자였다. 그녀는 나체로 포즈를 서는 것에 매우 익숙했고, 저속한 농담을 잘했다. 하지만 다른 이야기는 너무 지겨웠다. 나는 빨래하는 여자에게 금화 몇 푼을 쥐어주며 이제 다 되었으니 가보라고 했다. 순간 잠이 밀려와 나는 옷을 입은 채로 잠이 들었다.

그림 속에서 미셸과 마르트는 다리를 서로 엉킨 채 열정적으로 키스하고 있었다. 점점 기울어져가는 석양을 배경으로 키스하는 미셸과 마르트의 모습을 진홍색 커튼 뒤에서 엿보는 남자의 모습도 그렸다. 그런데 진홍색 커튼을 어떻게 잘 표현해야 할지 걱정이 되었다. 그림 속에서 미셸과 마르트의 나신은 자세하게 보였다. 한 사람은 뒷모습, 또 한 사람은 앞모습을 자세히 드러내고 있었다. 그리고 배경으로 사용된 거울은 세 사람의 모습을 교묘하게 비추고 있었다. 또한 김이 심하게 서린 창문은 반쯤 열려 있었고, 그 창문 너머로 꽃나무 한 그루가 보이도록 했다. 미셀과 마르트가 그대로 놔둔 목욕실에서는 김이 피어오르고 있었다. 탁자에는 부르주아의 방 느낌을 주었다. 그야말로 외설적인 분위기가 물씬 풍기는 그림이었다.

얼마 후 수녀 한 사람이 캉팽 선생님의 아틀리에를 찾아와 대주교님께 드릴 그림 두 점을 사고 싶다고 했다. 모두 잠시 하던 일을 멈추었다. 심지어 나이 든 장 밥티스트도 듣고 있었다. 수녀 앞에서 선생님은 마음을 억누르다가 한 마디도 하지 않고 다시 그림을 그렸다. 화가 난 것 같았다. 어색한 침묵이 흐르자 나는 수녀를 내 아틀리에로 안내했다. 나도 주문을 받을 수는 있었지만 주문을 받으면 먼저 캉팽 선생님에게 알리는 것이 원칙이었다. 선생님과 돈을 나누기 때문이었다. 수녀를 데리고 내 아틀리에로 가면서도 나중에 이 일이 큰 문제가 될까 봐 내심 걱정되었다. 만일 선생님이 내가 수녀를 몰래 데려간 것을 알게 되어 화를 낸다면 감당할 자신이 없었다. 아틀리에에 도착한 수녀는 그리자이유 화법으로 그린 수태고지 그림을 오랫동안 바라봤다. 캉팽 선생님의 작품을 내 방에서 혼자 모사한 것이었다. 하지만 선생님의 원 작품보다 원근법을 좀더 정확히 살렸고, 배경으로는 하늘색에 가까운 들판에 대성당과 종탑이 뚜렷하게 보이게 했다. 포장된 성모 마리아의 모사본은 여자 동성애자들을 표현한 것이라 차마 수녀에게 보이지 못했다. 수녀는 이미 다 알고 있다는 듯이 미소를 지으며 간단히 이렇게 말했다.

"무엇을 주문했는지 다 알고 있으니 보여줘도 됩니다."

나는 당황하면서 그림을 보여주었다.

"글라시가 대단하군요. 어쩌면 피부를 이렇게 사실적으로 표현했죠?"

수녀는 동성애를 하는 두 여성의 성숙하고 퇴폐적인 육체를 유심히 바라보며 마음에 든다는 듯이 말했다.

내가 백작에게 주려고 완성한 그림이 아니던가! 정식으로 처음 받은 주문이었다. 나는 기뻤지만 표현하지는 않았다. 캉팽 선생님에게 진 빚은 단번에 갚을 수 있게 되었다. 바이에른 요한 주교는 수녀에게 성당 참사회의 독립적인 아틀리에를 짓는 것을 감독하라고 맡겼다. 수녀는 류머티즘 때문에 불편한 두 손을 보여주었다. 그녀는 젊은 시절 주교구를 위해 많은 작품을 채색했지만 신은 더 이상 이 작업을 허락하지 않으셨다고 말하며 한숨을 쉬었다. 오르테 전투 이후로 대주교에게는 예술가들이 부족했다.

반란을 일으킨 도시에 대해 벌을 내리려고 한 대주교의 정책 때문에 좋은 예술가들이 도시를 떠났기 때문이다. 하지만 수녀는 이런 이야기는 해주지 않았다. 부르주아들은 맨발로 무릎을 꿇으며 전쟁에서 승리하고 돌아온 대주교에게 "감사합니다"라고 외쳤지만 두려움 속에서 살아야 했다. 아비뇽 교황의 동의를 받아 주교 자리를 차지한 페르웨츠에게 명령을 받은 신부들은 뫼즈 강에 빠져 죽음을 맞왔고 예술가들은 반란 여부와 관계없이 도시를 떠나야 했다.

우리 아버지가 성 람베르트 성당 참사회의 그늘에서 그림 작업을 시작한 곳이 리에주였다. 이제 리에주는 독립적으로 작업을 하는 나의 시작을 보게 되겠지. 역사는 반복되는 법이었다. 그러나 신의 계시가 걱정도 되었다. 아버지를 기억하는 사람이 누가 있을까?

위고가 용기를 주었지만 한 가지 불안한 것이 또 있었다. 백작보다 무서운 캉팽 선생님이었다! 후베르트 형처럼 나도 선생님 말에만 순종하지 않고 당당히 독립적으로 인정받고 싶었다. 엘로이즈 수녀가 반죽 통 위에 놓은 두둑한 돈지갑을 보고 힘을 얻은 나는 결심을 했다. 이제 나는 준비가 되었다! 나는 엘로이즈 수녀에게 감사하다는 인사를 하느라 상세한 내용을 더 이상 물어보지 못했다. '전얼마를 받는 건가요?', '연륜 있는 예술가의 감독을 받는 건가요?', '아니면 수녀님께서 저를 직접 감독하시는 건가요?', '전 어디에 거주하게 되나요?' 등을 묻고 싶었는데……. 위고는 내가 계단을 내려오는 소리를 들었는지 계단에 서 있었다. 나는 위고를 힘껏 안았다. 위고의 도움이 있었기에 그 동안 나를 골탕먹인 캉팽 선생님을 떠날 수 있게 되지 않았던가. 또한 위고 덕분에 일을 본격적으로 시작할 수 있지 않았던가. 차분한 그의 모습을 보니 우리가 헤어질 시간이 다가왔다는 것을 깨달았다.

아침부터 찌뿌둥하게 흐렸던 하늘에서 비가 쏟아졌다. 내가 리에주로 간다는 말에 캉팽 선생님은 그 동안 참았던 분노를 터뜨리며 나를 밖으로 내쫓았고 내 붓과 스케치들도 바닥에 내던졌다. 붓과 스케치들이 빗물에 젖었다.

"배신자, 도둑놈!"

그가 소리쳤다.

캉팽 선생님은 나를 고소해 무시무시한 벌을 받게 하겠다고 했다. 나를 저주하는 그의 목소리가 거리에 울려 퍼졌다.

"널 부서버릴 거다! 신이 네놈을 벌할 거야!"

그가 또 소리쳤다.

나는 물에 젖은 블라우스와 수첩을 주웠다.

"어떤 길드도 네놈을 받아주지 않게 할 거다! 여기저기 다니면서 네놈의 만행을 알릴 거야!"

캉팽 선생님이 외쳤다.

그래도 한때는 훌륭한 예술가로서, 신중한 스승으로 존경하던 분이었는데 이젠 완전히 질려 정이 다 떨어졌다. 나는 아무 대답도 하지 않고 떠났다. 앙리 르 시앵은 책상에서 일어나지 않았다. 알렉시스는 차마 내게 잘 가라며 포옹하지 못했다. 어쩌면 그는 내게 잘 가라고 포옹해주고 싶었는지도 모른다.

그로부터 여러 해가 지났고 나는 단단해져 있었다. 혼자서 작업을 하며 야심도 갖게 되었다. 위고의 우정은 내 연구에 힘이 되었다. 하지만 캉팽 선생님과 안 좋게 헤어졌던 일을 생각하니 미술계의 인간관계가 은근히 위선적이고 폭력적이라는 것을 깨달았다. 더구나 아틀리에의 스승이 권리를 나누고 싶어하지 않을 때는 더욱 그렇다는 것을 알게 되었다. 이제는 협동심, 스승의 욕심, 길드에 소속되어야한다는 불안감, 이 전부가 나와는 관계없는 일이 되었다. 피곤해서 오한이 났다. 현기증이 나서 뭔가를 먹어야 할 것 같았다. 모든 사람들과 적에게 진다고 해도 혼자 있어서 좋았다! 내 재능과 약간의 행운이 나를 속박에서 영원히 벗어나게 해줄 거라고 생각했다.

성의 분위기는 뒤숭숭했다. 기욤 백작의 병이 심각한 것 같았다. 다른 문제보다도 백작의 병세가 가장 중요했다. 캉팽 선생님도 가까운 백작이 아파서 걱정을 하는 것 같았다. 바이에른 요한 주교는 나에게 백작에게 함께 가자고 했다. 누가 바이에른 요한 주교를 말리겠는가. 캉팽 선생님은 바이에른 요한 주교가 내 작품을 보고 칭찬했으리라고는 생각하지도 못했다. 더구나 캉팽 선생님은 내 작품이 발렌시아 기욤 백작의 저택에 있는 개인 예배당에 걸릴 것이라는 사실은 전혀 모르고 있었다.

나는 캉팽 선생님의 아틀리에에서 쫓겨난 덕분에 자유롭게 시간을 보낼 수 있었다. 난생 처음 맛보는 자유였다. 엘로이즈 수녀에게 작품을 보내야 할 날짜가 너무 촉박해 해외여행은 꿈도 꿀 수 없었다. 그럼에도 불구하고 여기저기 돌아다니고 싶어 미칠 지경이었다. 위고는 말을 고르는 법을 알려주었고 나는 말 타는 법을 배웠다. 출발하는 날 새벽, 준비를 마친 나는 어서 빨리 출발하고 싶어 어쩔 줄 몰라 했다. 간단한 옷가지, 얼마간의 돈, 스케치할 수첩들만 챙겼다. 미셸과 마르트가 내게 입맞춤을 했다. 그런데 갑자기 미셸이 다가와 임신했다고 속삭였다. 솔직히 미셸과 아이를 책임지고 싶은 마음은 없었다. 그래서 미셸에게 자주 만나는 신학생들에게 도움을 청하라고 했더니 미셸이 울음을 터뜨렸다. 마르트도 따라 울었다. 위고는 미셸을 위해 산파를 찾아주겠다고 하면서 미셸과 마르트를 위로했다.

"아이를 사생아로 만들 수는 없지."

위고가 약속했다.

사실 위고도 사정이 어려운지 표정이 좋지 않았다. 그는 나를 불안하게 바라보았다. 미셸이 내 아이를 가졌다고 하여 투르네로 가는 일을 포기할 수는 없었다. 미셸은 내게 이미 과거였다. 사실 그녀를 사랑한 적은 한 번도 없었다. 다만, 날씨가 좋은 계절에 위고가 리에주로 찾아와주었으면 좋겠다는 생각을 했다. 하지만 감상적인 것과는 거리가 먼 위고가 그렇게 해줄 리 없었다. 이제 위고와도 헤어지게 되었다. 나에 대해 좀더 생각해보았다. 내 인생의 길은 어떻게 되어 있는 것일까? 여행, 망각, 죽음으로만 이루어져 있는 것일까? 그림을 그리면서 고통을 줄일 수 있을까?

후회하는 마음이 어느 정도 사라지자 허세가 생겼다. 겐트에 사는 후베르트 형을 찾아가 새로운 내 삶에 대해 알려주기로 마음먹었다. 하지만 가는 길에 마음을 바꿔 브뤼헤로 방향을 틀었다. 복잡한 운하로 된 항구, 들떠 있는 대화들, 수많은 아틀리에, 아름다운 베긴교단의 여신도 수도원, 생 상 예배당에서 느낄 수 있는 신도들의 열정. 모두 익숙한 것이었다.

마치 집에 돌아온 기분이었다. 달콤한 추억이 어렴풋이 떠올랐다. 이곳을 떠나올 때부터 늘 그리워했다. 하지만 추억에만 잠기고 싶지는 않았다. 바다를 보기 위해 모리 언덕까지 말을 타고 달렸다. 스페인, 독일, 러시아에서 온 많은 배들이 에클뤼즈에 정박해 있었다. 배에 달린 돛들이 잔잔한 바람으로 부풀어올랐으며 깃발은 연안의 분위기를 흥겹게 했다. 날씨가 흐리긴 했지만 바람이 시원했다. 바람에 취한 것일까? 나는 북해에서 옷을 벗고 물속에 들어갔다. 둑에서 멀지 않은 여인숙에서 묵기로 했다. 그곳에서 생선구이를 허겁지겁 먹으면서 공터, 하늘의 여러 가지 색을 바라보았다. 따뜻한 하이드롤로 몸을 녹였다. 썰물 때는 건조 중인 매립지를 지나 조개껍데기가 많은 해변으로 말을 달렸다. 이렇게 해서 사람들과 멀어졌다. 파도는 끊임없이 쳤으며 내가 탄 말은 젖은 해변을 달리면서 '철퍼덕' 소리를 냈다. 구름이 짙어지는 것을 보면서 나는 가만히 숨을 쉬었다. 이런 모든 것이 산소처럼 자연스럽게 느껴졌다. 얼마 후 하늘이 맑아졌다. 날씨가 개자 온몸이 가벼워지고 주위와 하나가 되는 것 같이 흥분되었다. 가벼워진 내 몸이 마치 공간, 바람, 파도, 해초, 모래가 된 듯한 기분이 들었다. 그 어느 곳을 갈 때보다도 브뤼헤에 오면 기분이 좋았다. 더 이상 콘스탄티노플, 베니스가 그립지 않았다. 말을 타고 달리다가 문득 자유를 느끼며 그림을 그릴 수 있을지도 모른다는 생각이 들었다. 시간과 공간을 초월하는 아름다움을 간직한 그림을 그릴 수 있을 것 같았다. 이곳 해변에서 비로소 나는 다시 태어났다. 갑자기 인생과 그림에 대한 확신이 들자 흥분되어 숨이 막혀왔다.

생각 끝에 후베르트 형은 찾아가지 않기로 했다. 어차피 형과 나는 추구하는 예술 방식이 달랐다. 또다시 내가 원하는 대로 그림을 그릴 수 없다면 정말 고통스러울 것 같았다. 이젠 나도 보는 눈이 아주 넓어졌다. 형과 나는 어렸을 때부터 많이 달랐다. 형은 신앙을 위해 그림을 그리고 있었다. 정작 본인은 이 사실을 깨닫지 못하고 있는 것 같지만……. 그와 나는 절대로 같은 길을 갈 수가 없었다. 어떻게 같은 형제인데 이렇게 다를 수가 있을까? 하지만 생각해보면 다르기 때문에 그와 내가 허심탄회하게 교류할 수 있는 것인지도 몰랐다. 나는 램부르 쪽으로 방향을 바꾸었다. 내가 워낙 독특한 성격이라 권위, 길드, 교리 같은 것에는 반발심이 있었다. 개인적으로 주문을 받아 작품 활동을 본격적으로 하겠다고 결심했다. 반 에이크! 세상이 나를 알게 될 것이다! 신도 이렇게 되기를 원했지! 나는 서둘러 브뤼셀을 지나 에이크까지 말을 타고 달렸다. 에이크에 도착한 것은 3일 뒤 한밤중이었다. 나는 망토를 걸친 채 방랑자처럼 보스푸어 근처 숲 입구에서 잠이 들었다. 내 이름을 밝히자 수위가 에이크로 들어가는 문을 열어주었다. 참새들이 하늘을 빙빙 날고 있었다. 에이크에 다시 돌아왔다.

　숙소 앞에서 외투를 걸친 여행객들이 짐을 확인하고 있었다. 어린 시절 추억을 간직한 우리 집이 드디어 보였다. 가족들은 아직도 자고 있었다. 이웃집 도기 제조인이 우리 집으로 찾아왔다. 벌써 대머리가 된 그는 나를 뚫어지게 바라보았지만 알아보지는 못했다. 그가 나를 알아보지 못하자 오히려 기분이 좋았다. 이렇게 아무도 모르는 방랑객, 곡예사, 희극배우처럼 살고 싶다는 생각을 하지 않았던가. 어머니도 처음에는 나를 알아보지 못하시더니 이윽고 알아보고는 무척 기뻐했다. 어머니가 나를 반갑게 맞아주었다. 우리는 아무 말도 할 수 없었다. 마고가 얼른 내 품으로 뛰어들어왔다. 자다 깬 마고의 따뜻한 몸이 이제는 무거워져 깜짝 놀랐다. 길게 푼 머리는 숱이 너무 많아 그녀의 목이 무게를 견디지 못해 부러질 것만 같았다. 금발의 머리는 마고의 우울한 얼굴을 화사하게 만들어주었다. 그녀는 우아함이 넘쳐흘렀다. 목, 갸냘픈 어깨, 급하게 나오면서 서둘러 몸을 감싼 이불을 잡고 있는 섬세한 손목. 식탁에서 마고와 나는 다정하게 서로 바라보면서 즐겁게 이런저런 이야기를 했다. 그러자 그녀와 함께 보낸 어린 시절이 떠올랐다. 마고와 내 앞에 놓인 그릇에는 따뜻한 우유가 담겨 있었다. 우유에서 김이 모락모락 났고 파이는 바삭하게 씹혔다. 구수한 뫼즈 강 유역의 사투리를 듣자 지금까지 여기서 쭉 지내온 것처럼 마음이 편했다. 그런데 어머니는 어디가 편찮으신지 많이 수척하고 야위어 있었다. 편지에는 아무 말씀도 안 하셨지만 분명 어딘가 몸이 안 좋으신 것 같았다. 젊었을 때 리에주 하늘 아래서 아버지를 사로잡았던 어머니의 맑은 눈도 이제는 흐릿해 보였다. 어머니는 눈이 침침하신지 안경을 써도 일이 힘든 것 같았다. 예전에 비해 행동도 느려졌고 걸을 때도 무척 조심했다. 단순히 세월이 흐르고 걱정이 있어서 이렇게 몸이 쇠약해진 것만은 아닌 듯했다. 어머니는 후베르트 형이 어떻게 살고 있는지 생각하고 있었다. 일전에 형이 아주 잠깐 집에 들른 적이 있다고 했다. 어머니는 그때 본 형에 대해 세세하게 기억하고 있었다. 그러면서 나에게 형과 잘 지내라며 이런저런 잔소리를 했다. 하지만 나는 오히려 그 잔소리에 짜증이 나서 집에 괜히 왔다는 생각까지 들었다. 어머니는 투르네 태피스트리의 식탁보, 브뤼헤의 레이스 부채, 향수병을 만지작거리며 바이에른 요한 주교의 성격이 어둡다고 들었다며 걱정했다. 이런 어머니에게 걱정을 더 끼쳐드리면 안 될 것 같아서 캉팽 선생님의 아틀리에에서 안 좋게 쫓겨났다는 말을 하지 못했다. 남동생 람베르트는 그새 부쩍 자라 있었다. 예전의 동그란 귀여운 모습은 온데간데없고 오히려 음흉한 모습이 되어 있었다. 에이크에서 질 나쁜 사람들과 어울려서 그런지 람베르트는 성격이 안 좋았다. 마스트리흐트 후원자가 참을성과 겸손을 강조했지만 람베르트에게서 그런 건 찾아볼 수가 없었다. 그는 말은 하지 않고 기분나쁜 웃음을 지으며 나를 똑바로 보지 못했다.

과수원은 더 이상 가시덤불과 깨진 도자기들로 뒤죽박죽이던 곳이 아니었다. 연안에 무성하게 자란 풀들은 동쪽에서 불어오는 미풍 아래에서 살랑거렸다. 나뭇가지들도 흔들리고, 나무 울타리도 훨씬 높아졌다.

뱃사공을 유도하는 사람들이 어딘가로 이동하고 있었는데 왜 이동하는지는 알 수 없었다. 푸른색 짐을 든 뜨내기 여행자들이 시내를 건너 시장으로 갔다. 갈매기 몇 마리가 잿빛 하늘 위를 날며 울어댔다. 알브넥 수도원의 종이 황금색으로 빛나고 있었지만 분위기는 왠지 우울했다. '내가 변했구나' 라는 생각이 머릿속을 스쳤다.

아버지의 무덤에 꽃을 놓고 돌아오는 길에 마고는 자수를 놓으며 시간을 보내는 것이 이제는 지긋지긋하다고 했다. "어머니를 설득해 토른에 있는 베네딕트 수녀원의 아틀리에나 마스트리흐트의 화가 아틀리에에 널 도제로 보내시라고 해볼까?"라고 말하자 마고는 머뭇거렸다.

"아니면 리에주로 가든가. 거기에 가고 싶어했잖아!"

마고는 아무 말도 하지 않았다.

"어머니에게 말씀드려 널 시집보내라고 해볼까?"

마고에게 괜찮은 해결책을 내놓아봤지만 마고는 전혀 관심을 보이지 않았다.

"별 볼일 없는 남자와 결혼하면 사는 것이 힘들 거야. 그렇다고 조건 좋은 남자와 결혼을 하기에는 내가 너무 가난하고. 차라리 결혼 안 하고 살래."

마고가 대답했다.

마고의 머리에 꽂혀 있는 장식털이 바람에 살랑거렸다. 마치 줍은 울타리에 갇혀 신경이 예민해진 암 망아지처럼 마고도 보이지 않는 장벽을 두르고 있었다. 마고를 신붓감으로 탐내는 남자들이 있었지만 마고는 거칠고 촌스러운 시골 남자들이라며 불쾌해했다. 불평하는 것에 지쳤는지 그녀는 어색하게 입을 다물었다.

'오빠는 너한테 친구이기도 하잖아' 라는 뜻으로 마고의 손을 잡았다. 어릴 때도 돌아오는 길에 이렇게 그녀의 손을 잡은 적이 있었다. 우리 둘은 그렇게 손을 잡고 있었다. 내가 수입이 넉넉하다면 가족을 리에주로 데려와 함께 살고 싶었다. 하지만 이 말은 입 밖에 꺼내지 않았다. 가족들에게 괜한 희망만 심어주었다가 뜻대로 안 되면 오히려 실망을 안겨줄 수 있어서였다. 일단 마고에게 조금만 참아보라고 했다. 솔직히 나 역시 참을성은 없었다. 갑자기 그녀는 슬픈 표정을 지으며 입을 꽉 다물었다. '혹시 마고는 내가 너무 무심하다고 생각하고 있는 건 아닐까.' 갑자기 그녀는 뭔가 심기가 불편한지 잡고 있던 내 손을 뺐다. 오랜만에 마고와 생 카트린 참사원의 집에 다녀오는 길이었다. 하지만 우리의 오후는 이렇게 우울하게 끝나고 말았다. 참사원은 선술집 싸움에 말려들어 부상을 입은 후 오른손을 제대로 쓰지 못했고 결국 그림을 모사하는 일도 그만두게 되었다. 참사원은 고해성사도 해봤지만 소용없었고 낙원을 희망했지만 그마저 소용없었다. 더구나 시에서 무료로 학교를 열게 되자 참사원 밑에 있던 학생들도 거의 떠나갔다. 참사원은 조용히 눈물을 흘렸다. 이제 자신이 쓸모없는 노인이 되었다는 사실에 절망하고 있었던 것이다.

고통에 찌들어, 혹은 나쁜 생각을 품어서 얼굴이 일그러진 사람들이 몇 명 보였다. 어렸을 때 마고와 나를 괴롭히던 뱃사공 여인숙 집 아들은 이미 이 세상 사람이 아니었다. 지난번 뫼즈 강이 범람했을 때 다른 사람들과 함께 물에 빠져 죽었다고 한다. 갑자기 부자가 된 사람들, 결혼한 사람들, 떠난 사람들도 있었다. 마고와 함께 걸어가면서 이런저런 기억을 떠올려봤지만 점점 더 희미해졌다. 이제 내게 드는 생각은 오직 한 가지뿐이었다. '얼른 이곳을 떠나자.' 마들렌이 만들어준 음식을 배가 터지게 먹었다. 그녀는 음식을 많이 만들어줘야 한다고 생각했다. 저녁 시간이 무료했다. 나름대로 썰렁한 저녁을 즐겁게 만들어보려고 노력했다. 나는 어머니에게 람베르트를 겐트에 있는 후베르트 형에게 보내는 것이 어떻겠냐고 했다. 하지만 어머니는 못 들은 척했다. 어머니는 람베르트의 장난에 재미있어했다. 람베르트를 보며 예전 우리 아버지의 활기찬 성격을 떠올리시는 것 같았다. 어머니는 마고를 조만간 결혼시키고 싶어했다. 마고가 지금 무슨 고민을 하고 있는지에 대해서는 관심이 없으셨다. 마고가 자신이 그린 그림을 슬그머니 내게 보여주었다. 그녀는 그림에 재능이 있었다. 분명 마고는 그림을 통해 더 멋진 삶을 살수 있을 것이라는 생각이 들었다. 마고와 마음속 이야기를 하던 어린 시절로 다시 돌아온 것 같았다. 그녀와 나는 웃음을 참으며 이야기했고 아까 오후에 있었던 오해도 눈 녹듯이 풀렸다.

밤이 깊었다. 나는 어머니의 방문 틈으로 얼마간의 돈을 밀어 넣었다. 분명히 돈이 필요한데도 자존심 때문에 내 돈은 절대로 받지 않으실 것 같았다. 나는 잠이 오지 않아 여기저기를 서성였다. 에티엔 고조부의 연금술 개론에 관한 책을 조용한 집에서 읽자 잠이 몰려왔다. 점점 꺼져가는 벽난로의 불 앞에서 나는 꾸벅꾸벅 졸았다. 짐이 이미 많아서 에티엔 고조부가 썼던 털모자만 챙겼다.

이른 새벽. 나는 집에서 멀리 떠나가고 있었다.

리에주 주교구 궁으로 들어오자 기묘한 침묵이 빈 살롱에 무겁게 흐르고 있었다. 어떻게 해야 할지 몰랐다. 벽걸이 천 위에 있던 작은 비밀 문이 열리면서 수도사 한 명이 나오자 나는 깜짝 놀랐다. 수도사는 반쯤 장님이었다. 그는 내가 묻는 말에 아무 대꾸도 하지 않았다. 혹시 바보가 아닌가 하는 생각이 들었다. 내가 나가려고 하자 그가 아주 느린 말로 이렇게 알려주었다.

"대주교가 네덜란드에서 싸우고 있습니다."

내가 문득 "엘로이즈 수녀님은 어떻게 지내시나요?"라고 묻자 그는 이를 드러내며 웃더니 나를 비밀의 문으로 데려갔다. 문을 열고 들어가자 미로처럼 얽힌 복도와 계단이 나왔다.

수도사는 알 수 없는 말을 웅얼거렸다. 복잡하게 얽혀 있는 복도와 계단을 보니 앞으로 내 삶도 이렇게 복잡하게 되지 않을까 하는 생각이 들었다. 문 하나가 끼익거리더니 반쯤 열렸다. 의자에 앉아 있던 엘로이즈 수녀가 당황한 듯한 표정을 지었다. 그녀가 앉아 있는 의자 주위에 짐과 책들이 널브러져 있었다. 책꽂이 선반 위에서 따뜻한 햇볕을 쬐고 있던 고양이 한 마리가 엘로이즈 수녀를 뚫어지게 바라보고 있었다.

바이에른 요한 주교가 갑자기 감독 교회원 직을 그만두었다. 기욤 드 에노 백작의 딸이자 자신의 조카인 자클린에게 피해가 가더라도 네덜란드의 백작을 붙잡기 위해서였다. 기욤 드 에노 백작은 지병을 앓다가 얼마 전에 세상을 떠났다. 엘로이즈는 전쟁을 빨리 끝낼 수 있는 방법이라며 부추겼다. 그래서 나는 도르드레흐트로 떠났다. 바이에른 요한 주교가 기사들과 '궁정의 개들'(후베르트 형은 궁전에 드나들며 총애받는 신하들을 가리켜 이런 식으로 표현했다)과 함께 포위하고 있는 곳이었다. 나 역시 이제 '궁정의 개들' 가운데 하나였다.

거의 2년간 네덜란드 전역에 전투와 포위 작전이 벌어졌다. 이제 기사들은 쾌락과 전설적인 무용담에만 빠진 채 에너지를 낭비하고 있었다. 탐욕으로 시작된 이번 전쟁이 불편했다. 바이에른 요한 주교는 고귀한 목표를 내세우며 전쟁을 시작했지만 결국은 탐욕 때문이 아니었던가. 그의 기사들은 제대로 된 작전도 없이 무턱대고 전장에 나가 목숨을 잃었다. 순진한 건지 어리석은 건지 알 수가 없었다. 붉은 얼굴, 쾌락을 탐하는 입술, 툭 튀어나온 턱……. 바이에른 요한 주교는 겉으로는 호탕해 보였지만 속으로는 탐욕과 잔혹함을 숨기고 있었다. 어쨌든 그는 유쾌한 성격, 세련된 심미안, 후한 선물로 사람들에게 인기가 많았다. 혼란한 이 시기에는 기독교적인 미덕(신중, 절제, 강인함, 공정함)은 전혀 찾아볼 수가 없었다. 도시마다 양편으로 갈린 채 서로 살육을 벌였다. 살육이 아니면 식량 부족으로 죽기도 했고 반대편에게 잡혀 죽기도 했다. 성당들은 황폐화되었고 농부들은 포박을 당한 채 숨겨둔 돈, 곡식을 내놓으라고 협박하는 사람들에게 발이 불에 타는 고문을 당했다. 주위에 악취와 연기가 진동했다. 우울한 역사의 한 페이지였다. 부상당한 사람들은 치료도 받지 못한 채 지쳐가고 있었다. 의료기술이 있는 수녀들이 부상자들을 치료했다. 나는 환자들에게 마실 것을 주고 붕대를 갈아주었으며 상처를 소독해주었다. 죽음을 앞둔 사람들은 고통스러운 비명을 지르는 살덩이에 지나지 않았다. 죽음 앞에서는 인간의 개성이고 뭐고 없었다. 모두가 똑같이 비참해진 살덩이에 불과했다. 그들은 욕설과 불만을 내뱉었으며 밤낮으로 쉰 목소리로 울어댔다.

"얀 반 에이크 선생님의 눈을 보니 차가운 분이 아니시군요."

부상을 당해 죽음을 앞둔 사람들은 나를 관대한 사람이라고 생각했다. 이젠 아무리 끔찍한 상처를 봐도 역겹지 않았다. 나는 호기심이 많아 모두에게 존경을 받았다. 사람들은 내 호기심을 용기라고 생각했다.

부르고뉴에서 온 외국인 용병 한 명이 상처투성이인 자신의 상반신과 팔다리를 보여주면서 어느어느 전투에 참가했다고 설명했고 욕설을 퍼부었다. 지난 10년 동안 벌어진 전투의 흔적을 상처로 몸에 새긴 것이 자랑스러운 듯했다. 용병은 더 이상 신을 믿지 않았고 오히려 신을 경멸하기까지 했다.

한편, 전투가 벌어지고 있는 곳과는 대조적으로 장 주교가 주최한 연회장에는 술과 쾌락이 가득했다. 연회에 참석한 사람들은 수

치심이라고는 전혀 모르는 사람들 같았다. 고위 성직자와 기사들은 각자 정부를 끼고 공연을 보며 깔깔댔다. 난쟁이 두 명이 공연을 펼치고 있었다. 그들은 주인이 든 큰 막대기의 지시에 따라 공연을 벌였다. 어느 기사도 들 수 없을 정도로 큰 막대기였다. 앳된 창녀들과 즐기는 병사들도 있었다. 연회는 흥으로 가득찼다. 나는 술을 마시지 않으려고 이런저런 핑계를 댔다. 군인들은 자신이 권하는 술을 거절하면 우정을 거절하는 것이라고 생각하기 때문이었다. 부상을 입지도, 고통을 당하지도 않은 기사들은 이상할 정도로 명예에 자부심을 가졌다. 이들 기사들은 우아한 귀족 여성에 대해서는 함부로 손을 대지 않고 플라토닉한 사랑을 즐기며 평소에는 순수하고 독실한 신앙생활을 하다가도 연회에만 오면 야만적인 짐승처럼 변했다. 술에 얼큰히 취한 고위 성직자들은 방탕하게 행동했다. 창녀촌을 자주 찾는 고객은 놀랍게도 고위 성직자들이었다. 평소에 자신들이 가르치는 미덕은 전부 잊어버린 듯했다. 그러나 연회 다음날에는 언제 그랬냐는 듯이 성경을 읽었고 숭고한 대의를 내세웠다. 가증스러웠다. 원래 나는 꼼꼼하게 관찰을 즐기는 성격이라 투르네에 있는 아틀리에와 연회를 세세하게 관찰했다. 그러므로 연회에서는 방탕하게 놀다가 다음 날 일상에서는 고상하게 변하는 인간 군상의 모습을 놓칠 수가 없었다.

위고에게 고위 성직자와 기사들의 가식에 대해 이야기한 적이 있었는데 그는 이야기를 들으며 미소를 지었다. 문득 위고와 이야기를 나누던 일이 그리워졌다. 인간적인 것이 이상한 것은 아니지만 연회에서 본 인간 군상의 가식적인 모습에 너무 환멸을 느껴 하마 터면 그림이고 뭐고 다 포기할까 하는 생각도 들었다.

전쟁 전, 엘로이즈 수녀를 통해 알게 된 브뤼셀 출신의 화가 장 코 안Jean Coane이 있었다. 장과 나는 평화로운 때가 오기를 기다리면서 작은 아틀리에를 임시로 지었다. 우리는 들판으로 나가서 망가진 깃발을 주워와 고치고 전투에서 갈기갈기 찢어진 마의를 다시 손질 했다. 부상자들이 안정되고 죽은 사람들이 이름 없는 묘에 묻힌 후 시간이 나면 아틀리에를 손질하는 일을 했다. 장은 능수능란했지만 아직 안료를 준비하는 일을 할 단계는 아니었다.

늦가을에서 겨울까지 우리는 좋아하는 그림을 그리며 시간을 보 냈다. 장은 파란만장한 자신의 인생 이야기를 들려주었다. 그는 세 밀화가들과도 잘 알고 지냈는데 파리에서는 퓌셀, 베리에서는 랭부 르 형제를 알고 지냈다고 한다. 뿐만 아니라 그는 유럽 궁전에서 활 동하고 있는 여러 예술가들을 알고 있었다. 그런 그의 지식은 내게 정말로 많은 도움이 되었다. 장은 자신이 보았던 작품들에 대해 기 억을 더듬어가면서 정확히 말해주었다. 후베르트 형과 캉팽 선생님 은 동시대의 예술가들에 대해서는 일부러 가르쳐주지 않았는 데⋯⋯. 안트베르펜에는 한 번도 가본 적이 없었다. 당연히 화가들 이 만난다는 장터에도 가본 적이 없었다. 장은 내게 부족한 지식을 채워주었다. 또한 그는 내가 하는 질문에도 성실하게 대답해주었 다. 그는 정말로 마음이 넓었다.

장은 겸손한 성격이긴 했지만, 그렇다고 자신만의 그림 기법이

하찮은 것이라고 생각하지는 않았다. 그는 자신에게는 천재적인 재능이 부족해 위대한 화가가 되기는 힘들다며 안타까워했다. 자기 자신을 이렇게 정확하게 평가할 수 있는 사람은 많지 않은데 그는 대단했다. 장은 고상하고 솔직한 성격이었다.

장을 알게 되면서 나의 허영심도 수그러들었다. '나는 앞으로 어떻게 될까?', '이미 유명한 화가들과 어깨를 나란히 겨눌 수 있을까?', '작품 하나라도 제대로 완성할 시간이 있을까?', '목표를 이루기 전에 검에 찔려 죽는다면?'. '나야말로 주는 먹이를 잘 받아먹고 술잔과 창녀에 취해 해롱거리는 궁정의 개에 지나지 않은 것이 아닐까?', '환경이 따라주지 않는 것은 아닐까?' 전쟁은 지루하게도 오래 갔다. 혼란한 세상 속에서 그림은 어떤 가치가 있을까? 에클뤼즈 해변에서 나는 완전히 다른 운명이 내게 있음을 직감했다. 시간은 천천히 흘러갔다. 나는 과연 그림을 그리게 될까? 혼란한 인간 세상을 보며 의심이 들었다. 밤에는 술과 여자를 끼고 방탕하게 보내고, 낮에는 잔인하게 전쟁에서 살육을 일삼는 인간들을 보면서 과연 신이 있는 것인지 의심이 들었다.

외과의사 겸 이발사로 일하는 남자가 '조프로이 드 푸이유' 라는 기사의 심장을 추출해야 한다며 도와달라고 했다. 그의 심장을 유골함에 넣어 약혼녀에게 보낼 것이라고 했다. 갑옷을 입은 조프로이 드 푸이유의 시체는 입을 벌리고 있었다. 당황한 모습이라기보다는 멍한 모습이었다. 푸른색 베일을 찢었다. 숫처녀의 부적인 듯한 푸른색 돛이 그의 가슴에 그려져 있었다. 그의 가슴은 부드러웠고 아름다웠다. 의사는 겨드랑이 아래를 절개하고 나서 갈비뼈들을 헤쳤다. 나는 알코올 병을 들고 있었다. 의사는 동맥을 절단하고 나서 심장을 꺼내더니 유리병에 넣었다. 심장이 든 유리병은 메신저가 받아서 빠른 속도로 달려갔다. 이제 외과의사는 모포로 덮인 시신을 적당히 꿰매더니 신속하게 명복을 빈 후 공동묘지에 던졌다. 조프로이 드 푸이유의 시신은 경비병과 보병들의 시신과 섞였다. 이날 나는 전쟁에서 죽는 일이 가장 허무하다는 것을 깨달았다. 사실 전쟁이란 하나같이 못 할 짓 아닌가. 권력자를 만족시키려는 헛된 희생이 아닌가. 핑계는 그럴듯해도 결국에는 권력자를 위해 개죽음당하는 것이 아니던가. 사람들은 알렉산더 대왕, 로마 정복, 십자군 병사를 추모하지만 중요한 문제는 잊은 것이 아닐까. 초기 기독교 신자들의 순교 장면은 몇 세대에 걸쳐 그림으로 남겨졌다. 그러나 이러한 그림은 전혀 현실을 담고 있지 않았다. 이단을 찾아낸다는 명분으로 종교 재판관은 고문을 하지 않는가. 오히려 주 예수 그리스도가 방황하는 어린 양에게 사랑을 베풀어 제자리로 돌아오게 하라고 가르쳤는데 말이다.

텐트로 돌아오자 샤를로트 드 델프트가 내 손을 가져가 자신의 가슴 위에 댔다. 내 손에는 조프로이 드 푸이유 기사의 피가 묻어 있었다. 샤를로트는 커다란 눈으로 나를 뚫어지게 바라보더니 내 얼굴 가까이 다가왔다. 그녀가 키스를 기다리며 두툼한 입술을 내밀었다. 소문에 따르면 그녀에게는 애인이 많았다고 한다. 죽은 조프로이 드 푸이유도 샤를로트의 애인 중 한 사람이 아니었을까. 갑자기 생각이 머릿속을 스쳤다. 내 텐트 안에 그녀가 있으니 뭔지 모르게 신비롭고 기묘했다. 몸은 피곤했지만 샤를로트의 매력에 격렬하게 끌리고 있었다. 그녀를 가리켜 마녀라고 하는 사람들도 있었다. 나는 샤를로트의 허벅지를 피가 묻은 손으로 애무했다. 그녀의 허벅지가 핏자국으로 범벅이 되었다. 샤를로트는 자신의 허벅지에 묻은 피를 보자 자지러지게 놀랐다. 그녀는 우아한 쾌락을 찾고 있었다. 곧 그녀는 옷매무새를 고치더니 나를 잊은 듯한 모습을 했다. 이토록 패배감을 느낀 적은 없었다.

바이에른 요한 주교가 며칠 저녁 내내 나를 찾는다고 하기에 갈 수밖에 없었다. 샤를로트는 내가 바이에른 요한 주교의 명을 받들어야 하니 자주 볼 수는 없다고 했다. 말은 잘 둘러댔다. 샤를로트는 내가 바이에른 요한 주교에게 묶여 꼼짝할 수 없다는 것을 알고 있었다. 순간 나는 질투심에 사로잡힌 나머지 샤를로트를 죽일 생각까지 했다.

그녀의 목을 졸라 굴복시키려는 생각도 했다. 그러면 공포심과 존경심을 눈에 담고 다정하게 맹세를 하겠지. 그렇게 되면 그녀가 나와 더욱 가까운 사이가 될 수 있을지도 모른다는 생각이 들었다. 그런데 현실 속에서 샤를로트는 냉소적으로 웃으며 내 질문에 대답했다. 경멸하는 빛이 담긴 그녀의 눈을 보자 왠지 주눅이 들었다. 샤를로트의 남편이라면 담담할 수 있을까?

평화가 다시 찾아오면 샤를로트는 내가 바이에른 요한 주교의 총애를 받을 수 있도록 도와줄 것이다. 이미 그녀의 덫에 걸린 나. 샤를로트가 원하는 거짓말을 받아들일 수밖에 없었다. 이런 내 자신이 불쌍하고 수치스럽다는 생각이 들었다.

필리프 공작은 이 당시 바이에른 요한 주교가 부드리헴에서 질녀의 동의를 얻을 수 있도록 도움을 주고자 협상 중개인 자격으로 왔다. 장 드 브라반트, 최고의 기사들, 조카들, 샤를로트와 나를 포함한 궁정의 개들도 같이 갔다. 협상을 보면서 합의하는 기술을 배웠다. 협상이 전쟁보다 훨씬 나은 방법이었다. 협상이 이어지는 동안나는 주사위 놀이를 했고 샤를로트와 몇 시간 동안 조용하게 보내며 휴식을 취했다. 그녀는 남편과 일찍 사별하고 영주 한 명과 결혼을 할 수밖에 없었다. 그것이 탐욕스러운 여러 영주들로부터 자신을 보호하는 길이었다. 샤를로트는 남자들을 경멸했고 세상에 대한 복수를 꿈꾸었다.

돌아오는 길에 허벅지에 화살을 맞았다. 화살이 방향을 잘못 잡아 떨어진 것이었다. 순간 나는 신에게 기도를 올려 죽지 않게 해달라고 했다. 다행히 내 양손과 두 눈은 괜찮았다. 손과 눈을 다치지않았으니 화가로서 영광은 계속 누릴 수 있는 셈이었다. 그나마 다행이었다.

그 후 나는 열병 때문에 헛것을 보며 시달렸다. 소용돌이치는 지옥이 구체적인 모습으로 나타났다. 전염병으로 죽은 사람들의 시체더미, 포위당해 굶어죽은 사람들, 조프로이 드 푸이유의 몸에서 뽑은 심장, 화형대, 부글부글 끓는 목욕탕, 사랑을 나누는 동안 샤를로트의 목에서 팔딱거리는 핏줄이 뒤섞여 소용돌이치는 지옥처럼 보였다. 나는 오랫동안 혼수상태였다. 헤이그에서 급격히 약해진 나는 생 장 병원으로 이송되었다. 새 도시에 군주가 즐거운 분위기로 등장했는데 어긋난 소문만 들려왔다. 그 때문에 내 머릿속은 고통의 눈물로 가득했다.

간간히 의식이 돌아오자 바닥에 놓인 겐트의 제단화가 눈에 들어왔다. 그림 속의 성상은 비잔틴 양식이었으며, 살바도르 문디의 예수 그리스도를 표현하고 있었다. 연민이 가득한 성스러운 예수의 얼굴이 내 시선을 끌었다. 예수 그리스도는 방황하던 나를 용서했다. 그림에 반하고 예수 그리스도의 자비를 느끼면서 마음이 편안해졌다. 그 덕분일까? 죽음은 나를 비켜갔다. 죽음의 신이 사랑으로 가득한 예수 그리스도의 성스러운 빛 쪽으로 가는 듯했다. 빛은 정말로 부드럽고 아름다웠다. 주위에는 의료기구, 다른 환자들 곁에서 바쁘게 움직이는 수녀들이 쓴 하얀색 베일, 자주색 알코브의 탁자가 보였다. 몸이 가볍고 부드러워진 것 같았다. 나의 존재가 공기가 된 것처럼 가벼웠다. 순간 두려웠다. 내가 미쳐가는 것은 아닐까? 나는 어디에 있는 걸까? 나는 누굴까? 내 눈에 보이는 것은 진짜 같았다. 그림자? 꿈? 악마 같은 환상? 아까 꿈속에서 나는 빛나는 그림을 지나 끝없는 동굴을 걷고 있었다. 익숙한 목소리가 내 이름을 부르는 소리가 들렸다. 내 목소리? 아니면 가까운 사람의 목소리? 곧이어 아버지와 에티엔 고조부가 나타났다. 두 분은 동굴 출구에서 눈부신 빛을 받으며 서 있었다. 나는 두 사람에게 다가가고 싶었지만 두 분은 나에게 다시 돌아가라는 신호를 보냈다. 이승으로 돌아가라는 신호였다. 내가 고열로 의식 없이 누워 있는 침대로 돌아가라는 신호였다. 그런 다음에는 깜깜해졌다. 이렇게 해서 내 영혼은 깨끗한 침대에 힘없이 누워 있는 내 육신으로 돌아왔다.

의식이 돌아오자 한스 쿠퍼의 근심 어린 얼굴이 보였다. 우리 아버지 밑에서 채색공으로 일했던 한스였다. 그는 내가 의식이 돌아오자 기뻐했다. 그러고는 내 손을 잡았다. 한스와 손을 잡으니 이상하게도 정신이 점점 더 맑아졌다. 그는 에이크를 떠난 후 아틀리에 이곳저곳을 전전하다가 도르드레흐트에 있는 즈벤더 아틀리에까지 왔다고 했다. 한스는 평소에 이 아틀리에에서 일하고 싶어했다. 그는 다시는 내 곁을 떠나지 않겠다고 했다. 한스는 우리 부모님을 생각하며 나를 다정하게 바라봤다. 문득 돌아가신 아버지 생각이 났다. 아, 가족이 정말로 그리웠다!

나는 당장에 후베르트 형과 화해하고 싶었다. 투르네 축제 때처럼 슬픔이 몰려왔다. 그러나 한편으로 이제 살았다는 기쁨이 밀려왔고 아버지와 에티엔 고조부가 생각났다. 내가 꿈속에서 본 것이 무엇인지 확실하지는 않았으나 어쨌든 두 분 덕에 나는 이렇게 살았다는 생각이 들었다. 한스는 영문을 몰라 나를 바라봤다. 그가 아무 말도 하지 않으니 왠지 모르게 마음이 편안해졌다.

몸은 점점 회복되었다. 그 와중에 나는 꿈속에서 환영으로 보았던 것을 대충 스케치했다. 훗날 최후의 심판이 되는 스케치였다. 성스러운 빛의 자비를 슬퍼하는 사람들에게 그림으로 표현해서 희망을 줘야겠다는 생각이 갑자기 들었다. 자비로운 신 덕분에 나는 이렇게 살아서 작품을 그리고 있으니 말이다.

네덜란드는 마침내 항복했다. 바이에른 요한 주교는 발 강 연안에 상륙했다. 그가 지배하게 된 네덜란드 해안은 바이에른-에노 백작의 저택과 네덜란드를 상징하는 붉은색과 푸른색 깃발로 뒤덮였다. 나는 다리를 절룩거리며 헤이그의 비넨호에서 작업을 했다. 다리가 뻣뻣해서 기마 시합에 갈 수가 없었고, 바이에른 요한 주교와 엘리자베스 드 고를리츠 뤽상부르 공작부인과의 결혼식에서도 춤을 출 수가 없었다. 하지만 상관없었다. 몸이 회복되어가고 있다는 사실만으로도 기뻤다. 감수성이 풍부하고 욕심 없는 단순한 어린아이처럼 살아갈 수 있어서 기뻤다. 기분이 좋아진 나는 쾌활한 청년으로 변했다. 아틀리에들과의 관계도 수월해졌다. 엘로이즈는 우리를 즈벤더 반 퀼렘보르흐 스승에게 보내기로 했다. 즈벤더 반 퀼렘보르흐 선생님은 예전에 한스 쿠퍼의 후원자였다. 엘로이즈 수녀는 맡은 바 임무를 마치자 궁전에서 나갔다. 그녀가 내게 베풀어준 친절은 오랫동안 내 머릿속에 남아 있었다. 즈벤더 선생님은 캉팽 선생님보다 지적이었고 자신감이 넘쳤다. 그런 그는 동료들에게 존경을 받았다. 유쾌한 즈벤더 선생님 덕에 모두 조화롭게 일할 수 있었다. 사실 함께 일하는데 긴장감이 감돌면 작품은 망하는 법이었다. 하지만 친절한 즈벤더 선생님 덕에 우리는 다같이 사이좋게 일할 수 있었다. 또한 즈벤더 선생님은 우리의 새로운 시도를 높이 평가했고 우리의 연구를 도와주면서 바이에른 요한 주교의 변덕스러움을 용케 피해갈 수 있게 해주었다. 주교는 마음이 넓긴 하지만 신중하지 않고 변덕이 죽 끓듯 했다. 그는 변덕이 생기면 프랑스 궁전이나 부르고뉴 궁전과 경쟁하고 싶어서 우리에게 너무 많은 것을 요구했다. 즈벤더 선생님은 여러 하인들의 도움을 받아 우리가 궁에 납품할 벽화 준비를 도와주었다. 벽화를 완전히 다시 채색하는 작업이었다.

보수는 정확하게 지급받았고 작업은 즐거웠다. 식사도 맛있었고 내 그림에 대해 생각할 시간도 충분했다. 즈벤더 선생님의 아틀리에에서 일하면서 캉팽 선생님에 대해 품었던 반감이 사라졌다. 그러나 내 작품은 아직 캉팽 선생님과 완전히 결별하지 않았는지 그의 영향이 내 작품에 계속 남아 있었다. 이 흔적을 지우려면 오래 걸릴 것 같았다. 오랫동안 배어 있던 습관을 없애기 위해 노력했다. 젊었을 때 각인된 것을 없애려면 시간이 걸리는 법이었다. 나는 최고의 자리에 오르겠다는 욕심에 연연하지 않았고 즈벤더 선생님의 친절함에 마음이 편했다. 동료들과의 우정도 즐거웠다. 바이에른 요한 가문의 초상화, 그 외에도 여러 작품에 대한 주문이 들어왔다. 기도서 채색을 해달라는 주문도 들어왔다. 기도서를 채색하려면 무엇보다도 정확한 손길이 필요했다. 랭부르 형제는 드 베리 공작 곁에서 작업하고 있었다. 즈벤더 선생님은 토론을 거친 다음 아틀리에의 동료와 도제들에게 일을 배분했다. 선생님은 개개인의 특별한 능력을 볼 줄 알았다. 우리는 그의 현명한 선택에 따르기만 하면 되었다. 선생님의 선택은 모두에게 만족스러웠고 공평했다. 이곳에서 나는 공평함에 대해 배울 수 있었다.

투르네에서 내가 얼마나 외로웠고 통제 속에서 살았는지를 이제야 확실히 깨달을 수 있었다. 젊었을 때는 무조건 그림을 그리기에 바빴지만 이제는 나만의 작품을 만들고 싶었다. 그림 속 대상들이 조화를 이루고 입체감이 살아 있으며 평화로운 느낌을 주는 그림을 그리고 싶었다. 캉팽 선생님이 해내지 못한 일이었다. 그는 마치 높은 곳에서 바라보는 것처럼 구도를 잡았고 빠른 속도로 그림을 그리기만 했다. 어떻게 하면 단조로운 느낌을 없앨까? 어떻게 줄일까? 그림의 대상과 구도를 어떻게 조화시킬까? 빛에도 주의를 기울여야 했다. 빛을 너무 강하게 표현하는 것도 그리 좋은 것은 아니었다.

한스는 이제 나이가 지긋했으나 작업하는 모습은 여느 청년 못지 않게 정력적이었다. 그런 한스에 비해 젊은 내가 오히려 몸이 더 골골하니 걱정이었다. 특히 내 건강은 네덜란드 전장에서 보낸 이후 많이 망가져 있었다. 한스는 가을을 보람 있게 보냈다. 그는 풍부한 경험을 살려 상상력을 발휘했고 세련되고 강렬한 채색화에 자유로운 영감을 불어넣었다. 한스는 한때 우리 어머니를 사랑하다가 거절당한 일이 있기는 했지만 그 일 이외에는 오로지 그림을 위해서만 살아왔다. 그는 최대의 기량을 발휘하며 작품에 임했다. 나도 한스처럼 잠자고 먹는 일을 줄이며 쉬지 않고 작업했다. 그는 자신의 재능과 예술에서 필요로 하는 오랜 참을성을 내게 행동으로 직접 가르쳐주고 있는 셈이었다.

물론 한스의 금욕적인 태도도 내가 본받을 만했다. 하지만 욕구를 참다 보니 마음이 안정되기는커녕 오히려 더 산란해졌다. 한편, 장은 너무나 섬세한 성격이라 나로서는 이해하기 힘들었다. 더구나 그와 나는 그림 기법도 달랐다. 그는 빛이 강해야 한다고 생각했다. 나는 아침 일찍 바닷물에 들어갔다. 바닷물이 오랫동안 약해진 내 다리에 탄력을 주었다. 참았던 욕구는 파티에서 해결했다. 샤를로트가 이렇게 말한 적이 있었다.

"젊어서 누릴 수 있는 쾌락은 모두 누려야죠."

연회에서 사람들의 요청에 따라 샤를로트는 하프를 켜고 노래를 불렀다. 그녀는 고상해 보였다. 샤를로트는 부드러운 목소리로 연회장을 감싸며 길고 날씬한 손으로 하프를 달콤하게 연주했다. 분위기가 조용히 흐르며 잠시 가볍고 부드러워졌다. 샤를로트, 내 음악의 천사! 그녀는 다시 원래대로 냉정함을 유지하며 박수 소리 앞에서도 동요하지 않았다. 그녀는 몽상적이면서도 강렬한 시선으로 우리 모두를 사로잡았다. 샤를로트는 너무나 묘한 여자였다. 그래서 그녀를 품에 안으면서도 늘 불안했다.

하지만 이상하게도 예전처럼 샤를로트에 대해 집착하지는 않았다. 왜 그런지는 알 수 없었다. 이젠 그녀의 모습을 보는 것만으로도 충분했다. 내가 집착을 버리자 오히려 샤를로트가 더 다정해졌다. '우리 사이는 무엇일까? 사랑일까?' 나는 생각했다.

그림은 술술 잘 그려졌다. 실제 건축물과 얼굴도 원 없이 그렸다. 즈벤더 선생님은 여러 모델을 데려와 다양하게 스케치 연습을 할 수 있게 해주었다. 나도 안정되고 빠르게 그림을 그렸으며 구성도 더욱 자연스러워졌다. 장이 이런 내 변화를 제일 먼저 알아챘다. 겨울철의 정원은 내게 상상력을 불어넣어주었다. 정말로 재미있게 그림을 그릴 수 있었다. 다채로운 색을 자랑하는 조각상들은 여전히 온실을 밝게 해주었다. 코를리츠 공작부인은 그리 쾌활한 성격이 아니라서 온실에서 책을 읽거나 친하게 지내는 몇몇 부인들을 초대하여 시간을 보냈다.

바이에른 요한 주교는 은근히 음란한 것을 좋아했다. 나는 그런 주교의 취향에 맞는 기괴한 그림을 그렸지만 공작부인은 특별히 트집을 잡지는 않았다. 주교는 덩치에 맞지 않게 간편하고 작은 것을 좋아했다. 그래서인지 그는 상자 속에 쉽게 넣을 수 있는 작은 그림을 선호했다. 작은 그림들이 그의 거실에 차곡차곡 쌓여갔다. 그 거실의 열쇠는 내가 가지고 있었다. 주교는 내게 샤를로트를 비너스 여신으로 표현하여 그림을 그려달라고 의뢰했다. 나는 정말 난감했다. 그는 알고 있을까? 샤를로트가 대단히 가식적인 여자라는 사실을……. 분명 그녀가 이번 그림을 그려달라고 뒤에서 입김을 넣었으리라……. 작품에 대한 금액은 후했다.

주교는 내가 그린 작품을 보고 만족해했지만 나는 씁쓸한 기분을 지울 수가 없었다. 내 작품에서 샤를로트는 거의 베일을 걷어내고 몸을 드러낸 채 파도 속에서 나와 연인들이 사랑을 즐기는 섬을 바라보는 모습으로 표현되었다. 그런데 이상하게도 주교는 이 그림을 자신이 갖지 않고 어느 미술 애호가에게 선물로 보냈다. 혹시 그는 내가 샤를로트의 반나체를 상상이 아니라 실제 경험에서 그렸을 것

이라고 의심하는 것일까? 그녀의 어린아이 같은 뽀얀 살결, 허리 곡
선을 실제 보지도 않고 정확하게 그려낸 나에 대해 의심을 하는 것
은 아닐까?

열일곱 권의 기도서 장식 작업에서 우리 아틀리에는 새와 전설적
인 가지를 배경으로 택했다. 주교는 마음에 들어 했다. 뿐만 아니라
우리 아틀리에는 세밀화의 사실성을 살리기 위해 원근법에 더욱 신
경을 썼다. 주교가 검소한 느낌의 방에서 태어나는 장면을 묘사하
는 그림이었는데 여기에 먹이를 먹느라 정신이 없는 개와 고양이의
그림을 넣어 자칫 무거워 보이는 분위기를 밝게 해주었다. 여러 인
물들이 도는 장면(이렇게 새로운 시도를 해보는 것이 좋았다)에 빛의 효과를
살렸다. 색깔은 더 이상 빛을 보조해주는 것이 아니라 빛을 돋보이
게 해주는 역할을 했다.

죽은 자를 위한 미사가 나를 강하게 사로잡았다. 우리는 경험했
던 감각을 살려 공간을 다시 표현했다. 그 후 브루넬레시를 알게 되
었는데 그는 공간 구성에서 마사초에게 도움을 준 인물이었다. 브
루넬레시의 공간 표현 방식은 탁월했다. 배경, 인물, 멀리 떨어져 있
는 대상이 한 공간에 뚜렷하게 구분되면서도 자연스럽게 어울렸다.
기병들이 지나가는 해변을 테마로 세밀화를 그릴 때에도 브루넬레
시의 공간 표현 방식이 많은 도움이 되었다.

몽트로에서 용맹공 장이 암살되었다는 소식이 들렸다. 그는 퐁티
외 백작(훗날 샤를 7세)과 타협을 하기 위해 몽트로에 왔다가 변을 당

한 것이었다. 용맹공 장의 암살로 동맹 구도에 변화가 생겼다. 암살 소식에 필리프 공작은 괴로워했지만 영국과 협상을 재개했다. 프랑스와 영국의 전쟁, 프랑스와 부르기뇽의 전투는 끝이 보이지 않았고 어제의 친구가 오늘의 적이 되었다. 이 시기 플랑드르의 기사들은 모두 흥분을 감추지 못했다.

1425년 1월 6일 바이에른 요한 주교가 세상을 떠났다. 주교의 시신은 차가운 방의 좁은 침대에 눕혀 있었다. 마름모꼴 창문 다섯 개를 통해 붉은빛과 초록빛이 반사되어 건장한 그의 시신을 비추었다.

주교는 생전에 매우 현실적이었고 고해성사 후 병자성사를 받았다. 바이에른 요한 주교의 치열했던 삶을 생각한다면 고해성사는 지나치게 밋밋했다. 헤이그 사람들은 주교의 죽음을 애도하며 반기를 달았다. 그의 죽음에 사람들은 겉으로는 눈물을 많이 흘렸지만 마음속으로는 별로 아쉬워하지 않았다. 우리 궁정의 개들은 후원자였던 주교의 장례를 도왔다. 주교는 주문한 기도서가 완성되는 모습을 보지 못하고 저세상으로 가버렸다. 나중에 그 기도서는 아무도 몰래 아틀리에에서 사라졌다.

고인이 된 바이에른 요한 주교를 추모하는 식이 열렸기 때문에 주교의 저택에서 나는 밤을 샜다. 비넨호프의 신하들은 대리석 위에 무릎을 꿇고 앉아 있었다. 중간에 샤를로트가 힘을 써준 덕분에 나는 주교 시신의 초상화를 그릴 수 있게 되었다. 영원히 잠든 주교의 모습은 평화로워 보였다. 생전에도 그렇게 편안 모습은 아니었는데……. 시신의 입은 턱 끈으로 고정되어 있었다. 인자하고 교활한 약탈자였던 그의 얼굴이 턱 끈 때문에 웃기게 보였다. 촛불과 희미한 어둠은 묘한 대조를 이루었다.

주교의 시신을 보면서 재빨리 스케치를 했다. 시신의 창백한 보랏빛 뺨, 보라색 입술, 기미를 재빨리 그렸으며 시신의 목주름과 이마 주름, 양손의 핏줄을 자세히 표현하기 위해 애썼다. 시신은 은색 십자가 위로 양손을 포개고 있었다. 다행히 예전에도 그의 초상화를 여러 번 그린 적이 있어서 작업은 빨리 진행되었다. 시신의 육신 속에는 무엇이 있을까? 어떤 근육, 뼈, 피로 되어 있을까? 시신의 몸속을 자세히 보고 이해하려면 해부를 해야 하는데, 수도회에서는 절대로 금지하는 일이었다. 푸이유의 시신을 절개하고 그 안에 있는 것을 봤던 일이 떠올랐다. 주교의 시신도 그렇게 해보고 싶었다. 순간 인부들이 다가왔다. 나는 비켜섰다. 인부들은 주교의 시신을 씻어 황금색 자수가 박힌 검은색 벨벳 옷을 입혔다.

갑자기 샤를로트가 나타났다. 어디서 나타난 것인지 알 수 없었다. 샤를로트는 짙은 푸른색 눈으로 시신의 얼굴을 뚫어지게 바라보았다. 샤를로트와 나는 주교의 개인 저택을 빠져나와 작은 방으로 갔다. 게임을 하는 방인데 온통 선홍색으로 되어 있었다. 방은 아직 어두웠다. 샤를로트가 멈춰서더니 내 손을 잡아 자신의 가슴 위에 얹었다. 그녀의 가슴은 검은색 레이스로 덮여 있었다. 그녀의 가슴이 뛰고 있었다. 샤를로트의 피부는 따뜻했다. 방 안은 너무나 조용해서 그녀의 상복이 내는 소리가 크게 들릴 정도였다. 샤를로트는 생생한 입술로 미소를 짓더니 내 손을 자신의 가슴에서 배까지 가져갔다. 나는 피하지 않고 가만히 있었다. 내가 일부러 끄지 않은 촛불 하나가 빛나고 있었다. 그녀는 흥분했는지 뺨과 목이 붉어졌다. 샤를로트가 옷매무새를 가다듬는 동안 그녀의 모습을 머릿속에 기록했다. 진주빛 같은 살결에 주근깨가 있었고 이마 위로는 머리카락 하나가 흘러내려와 있었으며 입술은 진홍색이었다. 그리고 나는 샤를로트의 눈빛을 잊으려고 눈을 감았다. 우리가 사랑을 나누면서 움직이자 체스판 무늬의 작은 테이블이 삐걱거렸다.

우리가 욕정으로 헐떡이는 동안 빈소에서는 슬픈 신도송이 들려왔다. 곧이어 날이 밝았다. '샤를로트와 내가 있는 이곳에 갑자기 누가 들어오면 어쩌지?' 하지만 더 이상은 생각하지 않았다. 단조로운 기도 소리 뒤로 인부들이 서로 지시하며 작업하는 소리가 들렸다. 샤를로트는 다리와 팔로 나를 꽉 껴안은 채 헐떡였다. 사랑을 나누는 중에 그녀의 얼굴에는 오만한 표정이 조금 사라졌지만 미스테리한 표정은 여전했다. 샤를로트가 풀어헤친 검은 상복 사이로 어린아이 살결처럼 하얀 가슴이 드러났다. 그녀가 흥분에 못 이겨 신음 소리를 내려 하자 나는 얼른 그녀의 입을 막았다. 샤를로트가 피가 나도록 내 손을 꽉 깨물었다. 그 순간 쾌락이 내 몸을 감쌌다. 밖을 지나던 주교의 측근들이 우리의 신음 소리를 듣고 잠시 멈춘 듯했지만 폭풍우 소리라 생각했는지 그냥 지나치는 것 같았다. 실제로 바깥에는 폭풍우가 거세게 몰아치고 있었다. 폭풍우의 위력에 성이 흔들릴 것 같았고 들판도 뽑힐 것 같았다. 나와 사랑을 나누던 샤를로트의 눈은 승리감으로 빛났다. 샤를로트는 우아한 몸짓으로 속

치마를 내리고 상복을 가다듬었다. 이윽고 그녀는 고개를 들더니 다시 본래의 도도하면서도 미스테리한 표정으로 돌아갔다. 샤를로트는 그런 여자였다. 우린 한 마디도 나누지 않았지만 즐거운 마음으로 방을 나갔다.

북풍 때문에 파도가 심하게 몰아쳤다. 바다는 모든 것을 삼킬 태세였다. 폭풍우 때문에 3일 동안 꼼짝없이 주교의 궁전에 머물러야 했다. 대성당까지 갈 수도 없었다. 엘리자베스 드 고를리츠 공작부인은 주교의 장례식을 장엄하게 치르고 싶어했지만 폭풍우 때문에 여의치 않자 장례식을 연기했다. 주교의 방에 있는 창문 다섯 개가 강한 바람 때문에 삐걱이며 열렸다. 그 소리가 마치 인생은 짧다는 것을 알려주는 듯했다. 주교의 성은 조용했다. 공작부인은 고위직 사제들과 만났다. 하인이 술을 따르며 시중을 들었다. 부인이 이제는 모두 돌아가도 좋다고 했다.

"그 동안 훌륭한 재능을 조촐한 저희 성에서 힘껏 써버리셨는데 이제는 훨훨 날아가실 때도 되지 않았나요?"

공작부인이 내게 한 말이었다.

장례식에 사람들이 줄을 섰다. 아무런 질문도, 말도 없었다. 분위기는 상당히 엄숙했다. 과부가 된 공작부인은 다이아몬드 반지를 끼지 않은 퉁퉁 부은 손을 흔들었다. 인간의 운명은 예측할 수 없었다. 주교의 죽음을 보니 그런 생각이 들었다. 공작부인은 빚을 갚기 위해 담보로 보석과 귀한 원고를 내놓았다. 그 원고 가운데에는 우리 아틀리에에서 아직 완성하지 못한 미완성 기도서도 있었다. 여러 번 일어난 흉년, 어마어마한 비용이 들어간 전쟁, 주교의 낭비벽으로 국고는 바닥이 났다. 공작부인은 그 미완성 기도서를 누구에게 팔았을까? 트레브의 주교에게? 이슬 아담의 영주 장 드 빌리에에게? 아니면 보두앵 반 즈벤텐에게? 윌리엄 반 에흐몬트에게? 하지만 이들은 많은 돈을 지불할 정도로 여유 있는 사람들이 아니었다.

"그 기도서 장식 작업에 대한 계약은 바이에른 요한 주교 쪽과 미처 체결하지 못했습니다. 다시는 이런 식으로 계약을 허술하게 해서는 안 됩니다."

장은 그냥 이렇게만 말하고 말았다.

그는 뻔뻔한 주교들의 행동, 치사한 조합의 행동에는 이미 익숙해져 있었다. 장은 늘 침착했다. 그는 자비로운 신이 모든 일을 해결해줄 것이라고 늘 말했다.

샤를로트와 함께 있는 내 모습을 누가 본 것은 아닐까? 공작부인이 말한 '훌륭한 재능'이란 무슨 뜻이었을까? 바이에른 요한 주교의 개인 방은 꽉 잠겨 있었다. 주교가 소장하고 있던 외설적인 그림들도 사라져버렸다. 하지만 당황스럽다는 티를 낼 수도 없었다. 공작부인은 거의 아무도 만나지 않았으나 즈벤더 선생님은 특별히 만나주었다. 즈벤더 선생님은 공작부인을 찾아가 조언과 위로를 했다. 모사화가와 연구자들이 떠나기 전에 우리에게 인사를 하러 왔다.

독일로 가는 사람들도 있었고, 릴과 파리로 가는 사람들도 있었다. 샤를로트가 이로 깨문 자국이 아직도 내 손에 그대로 남아 있었다. 당황한 나는 그림, 캔버스, 롤러, 두루마리를 밀어 넣으며 손을 감추었다. 어디로 가야 할지 알 수 없었다. 한스와 장은 내가 어떤 결정을 하든지 내 곁을 떠나지 않겠다고 했다.

　장례식 전날, 사람들의 분노에도 아랑곳없이 샤를로트가 내 방으로 몰래 들어왔다. 그녀는 말도 안 되는 핑계를 대며 나를 따라갈 수 없다고 했다. 미칠 정도로 분노가 치밀어 올랐다. 더 이상 듣고 싶지 않아 그녀의 뺨을 때렸다. 결혼이라는 것이 무엇인가? 샤를로트는 이제까지 나를 욕정을 해소하는 대상으로만 이용한 것이 아닌가? 나는 그녀를 꽉 붙들고 뺨을 때리고 흔들고 또 뺨을 때렸다. 그녀는 아무 말 없이 조용히 몸부림쳤고 묘한 눈길로 나를 뚫어지게 바라보았다. 내가 때리는 것을 멈추고 부드럽게 애무하자 그녀도 탐욕스럽게 반응했다.

　샤를로트에 대한 집착 때문에 괴로웠다. 순간 수치스러운 기분이 들면서 지금 이 기억을 모두 지우고 싶다는 생각이 들었다. 하지만 현재 이 순간에도 그녀에 대한 기억이 나와 함께 있다. 지금 나는 색깔을 보지 못해 잿빛 세상에 살고 있지만 그녀와의 기억만은 붙잡고 싶었다. 하지만 그녀에 대한 기억도 잿빛 속 세상에 묻히며 희미해지고 있다. 그녀와 헤어져야 한다는 생각에 나는 미칠 것만 같았다. 그녀와의 그날 밤이 특별히 기억에 남았다. 그날 밤에는 바람이 불었지만 그녀와 내가 있는 방은 조용했다.

　벽난로의 불꽃이 반짝였다. 침묵이 흐르는 이 방에서 벽난로의 불만이 살아 있는 유일한 존재처럼 파닥 소리를 냈다. 비는 계속 내렸다. 초승달 빛은 폭우에 뽑혀버린 들판의 나무들을 비추고 있었다. 들판은 비로 젖었다. 한스는 옆방에서 코를 골았다. 하루 종일 짐을 싸느라 피곤했던 것이다. 가방과 짐이 체스 무늬 타일 위에 차곡차곡 놓여 있었다. 순간 나는 침통한 생각이 들었다. 바이에른 요한 주교의 궁정화가로 일했던 몇 년 동안은 행복했다. 주교는 코발트 푸른색, 황금색 안료가 필요하면 언제든지 돈을 대주었는데……. 어쩌면 주교는 파티, 술, 사생아로 뒤얽힌 자신의 방탕한 삶을 속죄하기 위해 화려한 그림을 원했던 것은 아니었을까?

주교는 저승에 가서도 화려한 그림을 통해 삶을 속죄하고 싶었던 것은 아니었을까? 생전에 간혹 슬픈 표정을 짓던 그의 모습이 생각났다. 샤를로트는 내가 기다리던 말은 해주지도 않은 채 태평하게 자고 있었다. 그녀의 뺨에는 내 손자국이 희미하게 남아 있었다. 갑자기 이상한 상상에 빠졌다. 자웅동체인 샤를로트의 몸을 늙은 바이에른 요한 주교가 육중한 몸으로 위에서 누르고 있는 장면이었다. 역겨운 상상이었다. 나는 자리에서 일어났다. 샤를로트는 한 번도 나를 사랑한 적이 없는 것일까? 그녀의 매정한 행동 때문에 머릿속이 혼란스러웠다. 컴컴한 밤 풍경을 바라보았다. 조용한 파도가 넘실거리며 보이지 않는 것과 끝없이 내리는 비를 빨아들이는 것 같았다.

이불을 감싸고 자는 샤를로트에게서 돌아누웠다. 분명 그녀는 내게 강한 애정을 갖고 있긴 했다. 솔직히 나는 배경이 좋은 남자가 아니었다. 만일 나와 함께 도망친다면 그녀는 평생을 숨어 지내며 산

송장처럼 살아야 할지도 몰랐다. 이것이 사랑일까? 미치도록 죽이고 싶은 이 마음이 사랑일까? 나는 그녀의 작별 인사에 대답했다. 아마도 그녀는 내가 얼마나 비참한 기분인지 짐작도 하지 못할 것이 분명했다. 생각지도 못하게 샤를로트와 쾌락의 절정을 맛보고 격렬한 감정에 사로잡히면서 당황스러웠다. 그녀의 육체는 내가 그동안 생각한 것보다 미스테리했다. 원래 나는 폭력을 싫어하는 사람이었다. 하지만 그녀를 때린 나도 다른 사람보다 나을 것이 없었다. '나 역시 다른 사람보다 나을 것이 없었다.' 이것이 그녀가 내게 가르쳐준 교훈이었다. 멜루진 요정을 통해 이 같은 황홀감을 경험했다. 고통과 즐거움이 뒤섞여 죽음도 두렵지 않은 황홀감. 투르네에서 뭣도 모르고 방탕하게 살았던 생활이 후회가 되었다. "죄가 많아질수록 자비도 쌓여갔다." 성 베드로가 한 말이었다. 하지만 여기서는 그 어디에도 자비가 보이지 않았다. 샤를로트 드 델프트는 개성이 아주 강한 여자였다. 그런 그녀를 잡고 있을 수는 없었다. 이제는 놓아주어야 했다. 그녀는 문을 삐걱 열고 나가더니 어둡고 넓은 복도 속으로 사라져버렸다. 이렇게 그녀와 나의 관계는 끝나버렸다.

폭풍우가 잠잠해지자 공작부인은 검은 상복을 입었고 상복 차림의 신하들이 그 뒤를 따랐다. 공작부인은 이제 부군을 신에게 보내는 장례식을 치렀다. 교구의 사제들, 탁발 수도회, 헤이그의 사법관, 궁전 사람들과 주교의 친척들도 장례식에 참석했다. 터번을 두른 상인들, 털옷을 껴입은 화가들, 베일을 쓰고 고개를 숙이고 있는 샤를로트도 장례 행렬을 따라 구덩이와 바퀴 자국 사이를 지났다. 베일을 쓰고 고개를 숙이고 있으니 그녀가 더욱 매력적으로 보였다. 그런데 바이에른 요한 주교가 기도서에 묻은 독가루 때문에 죽었다는 소문이 있었다. 말도 안 되는 소리였다. 혹시 사람들이 우리 아틀리에를 의심하는 건 아닐까? 사람들은 주교가 국고를 낭비한 것에 대해서는 침묵을 지키면서도 헛소문에 불과한 독살설에 대해서는 비난의 목소리를 높였다. 아무 잘못 없이 추방당하면 어떻게 할까 하는 걱정이 들었다. 하지만 의사가 바이에른 요한 주교의 사인은 심장마비라고 분명히 밝혔다. 생전에 일삼던 과식과 폭음이 심장마비를 초래한 것이었다. 그러나 사람들은 암묵적으로 우리 아틀리에를 좋지 않은 시선으로 보고 있었다. 장은 잘 느끼지 못했겠지만 나는 사람들의 그런 암묵적인 비난을 느꼈다. 만일 이러한 분위기에 견디지 못해 도망간다면 죄를 인정하는 꼴이 되리라. 억울했다.

장례식용 양초들, 창문을 넘어 들려오던 추도의 기도, 샤를로트와 나누었던 관능적인 쾌락, 억울하게 독살설에 휘말린 우리 아틀리에, 이 모든 것이 내 상상력에 영향을 미쳤다. 미사 중간에 노래를 불렀다. 마침내 오랜 미사가 끝나고 주교의 시신은 지하 납골당에 안치되었다. 성당을 지나 불어오는 바람에 몸이 오들오들 떨렸다. 바람은 마치 죽음의 신이 애무해주는 것 같았다. 돌아오는 길에 가난한 사람들의 시신이 든 관들이 가득한 여러 대의 수레가 지나가는 모습을 보았다. 그 시신들은 근처 공동묘지에 묻혔다. 시신들은 땅속에서 서로 뒤섞여 백골이 되어가겠지.

비가 계속 내렸다. 장은 새로 마련한 아틀리에에서 일에 집중했다. 나는 아무 일도 하지 않고 있었다. 장은 그런 나를 보며 말도 안 되는 소문에 마음 상해하지 말라고 했다. 그는 신앙심으로 버텼다. 한스가 장을 도왔다. 네덜란드의 길드는 새로운 우리 아틀리에의 등장을 못마땅해하며 의도적으로 과한 세금을 매겼고, 영업이 잘 되지 못하도록 갖은 술수를 썼다. 바이에른 요한 주교의 총애를 받던 시절 우리는 존경과 관심의 대상이었지만 여기 네덜란드에서는 방해자일 뿐이었다. 장은 궁전에서 멀지 않은 곳에 머물고 싶다고 고집을 부렸다. 여전히 헛소문이 완전히 다 가라앉지는 않았다. 그나마 다행히 우리는 바이에른 요한 주교의 궁전에서 어느 정도 지원을 계속 받고 있었지만 주교의 후임이 오면 처음부터 다시 시작해야 했다.

샤를로트는 원래 살던 곳으로 돌아가기로 했고 작별 인사도 없이 떠났다. 나는 밤마다 그녀의 흔적을 찾아 헤맸다. 항구의 창녀들이 내게 다가왔다. 야위긴 했어도 내 얼굴은 아직 준수했다. 또한 내게는 아직 돈과 매력도 있었다. 내 거친 성격은 좋은 평가를 받지 못했지만 취향은 좋은 평가를 받았다. 사람들은 나를 조금은 방탕한 사람이라고 생각했다. 생각해보니 내가 방탕하긴 했다. 하지만 나는 예의바르고 마음이 넓기도 했다. 예의와 넓은 마음을 지키려고 노력했기 때문에 두려움도 극복할 수 있었다. 새로운 경험, 즉 창녀들과 즐기는 남자들, 죽은 바이에른 요한 주교, 샤를로트의 나신이 머릿속에 떠오르자 알 수 없는 은밀한 기쁨이 느껴졌다.

쇠약한 육체, 방탕함, 타락과 관련한 이미지만 생각했다. 위고가 가르쳐준 것이 다시 생각났다. '화가든 시인이든 뭐든지 봐야 알 수 있어.' 나는 촛불을 켜놓고 마마 자국, 색욕의 흔적인 주름살, 창녀들의 물렁거리는 살, 이불의 주름을 그렸다.

목욕하다 나온 여성을 머릿속에 기억해두었다가 스케치할 때도 있었다. 선원들의 주름진 얼굴, 빨래하는 여인들의 부푼 손, 매춘하는 피곤한 아이들의 얼굴에 드리워진 검은색 기미는 특별히 내 마음을 끄는 그림 소재였다.

네덜란드의 시골과 비루한 이곳이 비슷하다는 생각이 들었다. 궁전에 살 때는 이런 비루함을 느껴본 적이 없었다. 스케치할 때는 주로 목탄을 사용했다. 지금 나는 색깔을 보지 못하기 때문에 예전 그림들을 보는 것이 괴롭다. 하지만 목탄화로 스케치한 그림은 보아도 그리 슬프지 않다. 목탄화는 원래 검은색이기 때문이다. 동시에 목탄화는 검은 상복이 출렁이는 장례식을 생각나게 한다.

다시 회상에 잠긴다. 선술집 구석에 앉아 있으면 나 역시 비참하고 타락한 사람들과 같은 부류가 된 것 같았다. 정신이 멍했다. 잔인한 운명의 신이 부리는 변덕에서 헤어나지 못하는 것 같았다. 운명의 신은 감옥의 창살과 가난의 굴레보다 더 나를 짓눌렀다.

불쾌한 이 선술집에서 얼른 나가야겠다는 생각이 들었다. 발걸음을 빨리 했다. 집으로 돌아와 아까 보았던 창녀들의 허벅지, 배, 상반신을 기억나는 대로 단번에 그렸다. 흥분이 되면서 비로소 자유를 느꼈다. 땀구멍이 뚫려 있는 물컹한 살……. 눈으로 단순히 보는 것보다는 손으로 직접 그리니 좋았다. 단순히 눈에 보이는 것만 그려서는 안 되고 그 이면에 숨은 뭔가를 그려야 했다. 겉보기에는 추한 것들이어도 이면에 숨어 있는 보이지 않는 처연함과 아름다움을 그림으로 표현해야 했다. 추한 것을 보면 화도 났지만 희한하게 흥분이 되기도 했다. 그래, 추한 것을 다른 시각으로 그리려면 타락을 알아야 했다. 결국 놀음을 시작하게 되었다. 그러던 어느 날 밤, 나는 단검으로 사기 도박꾼을 찔렀다. 사기 도박꾼은 차갑고 마른 해변에 피투성이가 되어 쓰러졌다.

내가 죽인 걸까? 사기 도박꾼이 정말 죽었는지 확인도 하지 않고 자리를 떴다. 왜 갑자기 사기 도박꾼을 죽인 것일까? 모르겠다. 일단 한스와 장을 데리고 겐트에 있는 후베르트 형을 찾아가 넷이서 힘을 합해 더 넓은 예술 세계를 구축해야겠다는 생각이 들었다. 우리 넷의 재능을 합해 그림을 그린다면 하급 영주들이 모두 탐내는 작품을 탄생시킬 수 있을 것 같았다. 이곳을 떠나야 했다. 이곳에서는 더 이상 좋은 기회를 잡을 수가 없었다.

07

아직 어슴푸레한 새벽이었다. 한스와 장, 그리고 나는 서둘러 말을 몰았다. 다른 곳으로 가서 우리의 작품을 소개하고 팔아야 했다.

눈이 조금씩 내리고 있었다. 격렬하게 출렁이는 검푸른 바다를 뒤로 한 채 이곳을 떠났다. 나는 이곳에 아무런 미련도 없었다. 오히려 속이 시원했다. 좀더 앞으로 가자 미끄러운 빙판길이 나왔다. 우리는 일단 멈췄다. 잠시 여인숙에서 뜨거운 와인을 한 잔 마시기로 했다. 여인숙은 양배추와 비계에서 풍기는 악취로 진동했고 음침할 정도로 어두웠다. 지저분한 바닥에는 눈 녹은 자국이 남아 있었다. 장은 어떤 우아한 여자를 보더니 '휴' 하고 한숨을 쉬었다. 한스는 추위 때문에 지쳤는지 테이블에서 꾸벅꾸벅 졸고 있었다.

우리는 다시 길을 떠났다. 눈이 계속 내려서 땅은 온통 하얀 눈으로 덮여 있었다. 이어서 눈보라가 몰아쳤다. 여전히 내 머릿속은 복잡했다. '내가 그를 죽인 걸까?' 사기 도박꾼이 두 손으로 허리를 잡은 채 해변에 쓰러지면서 조그만 소리로 신음하던 장면이 떠올랐다. '그래, 바다가 그 남자를 휩쓸고 갈 거야. 찡그린 얼굴, 칼에 찔린 상처……. 그 남자의 모든 것이 바다에 휩쓸려가겠지. 바다에 휩쓸려간 그는 아주 컴컴한 모래 구덩이 속에 묻히게 될 거야.' 나는 속으로 생각했다. 말 등에 눈이 쌓인 모습이 마치 침대에 깔린 하얀 침구 같았다. 눈 덕분에 괴로운 마음도 점점 씻겨갔다. 눈이 내릴수록 샤를로트의 부드러운 육체, 상복 차림으로 담담하게 지켜보던 그녀의 모습이 희미한 기억 속으로 사라져갔다. 그녀와의 쾌락, 샤를로트라는 이름도 잊을 생각이었다. 이제는 성실하고 바르게 살아가야겠다고 마음먹었다.

하얀 서리가 헐벗은 나뭇가지, 경작지, 운하 위에 내려 아름다운 예술 작품을 만들어냈다. 대성당에 내려앉은 서리가 햇빛에 빛나며 반짝이는 모습이 멋졌다. 잠시 후 햇빛이 들자 서리가 조금씩 녹기 시작했다. 순간 알 수 없는 느낌이 온몸을 휘감았다. 눈에서 눈물이 흘렀다. 자연 속의 빛 자체가 그림이었다. 앞으로는 빛을 아름답게 표현하는 그림을 그리겠다고 다짐했다. 또한 능력을 훌륭하게 갈고 닦아 한스처럼 성실하고 얌전하게 살아갈 것이며, 이를 위해 독실한 후베르트 형의 도움을 받아야겠다고 결심했다. 내 자신에게 하는 약속이었다. 나는 이 약속을 '서리와의 맹세'라고 불렀다. 새로운 마음을 가지자 감동이 벅차올랐다. 그런 마음가짐을 가진 채 한스와 장의 뒤를 따랐다. 늪지에서 갑자기 자고새가 퍼득거리며 나타나자 한스와 장은 깜짝 놀랐다. 눈물이 고인 내 눈에는 말을 타고 저만치 앞서간 한스와 장의 실루엣만이 보였다. 그 뒤로는 하얀 파도가 부서지는 푸른 바다만 보였다.

　마침내 우리는 겐트에 도착했다. 맑은 아침이었다. 따뜻한 봄바람이 불고 있었다. 데이지 꽃이 피어 있는 풀숲은 그윽한 향기를 풍기며 일렁이었고 숲은 부드럽게 흔들렸다. 또 백합들도 물결처럼 출렁거렸다. 맑디맑은 하늘, 곡선을 이루는 교량, 그라슬레이 상인들의 높은 저택…… 갑자기 피곤함이 몰려왔다.

　후베르트 형이 나를 가볍게 포옹하며 맞아주었다. 기분이 묘했다. 나를 이렇게 다정하게 포옹해주는 사람이 후베르트 형 맞아? 처음에는 형의 아틀리에가 아니라 엉뚱한 곳에 왔나 하는 착각이 들 정도였다. 그는 아직 나를 용서한 것도, 나에게 애정이 있는 것도 아니었다. 형은 여전히 나를 못미더워하고 있었다. 다만, 연민 때문에 나를 보자마자 가볍게 포옹하며 맞아주었던 것이다. 주름살이 생긴 그의 얼굴은 식어버린 용암처럼 회색빛을 띠었다. 형의 얼굴이 내게 가까이 다가왔다. 뚫어지게 바라보는 그의 시선에 나는 주눅이 들었다. 나는 형에게 그 동안 우리 사이가 서로에게 실망한 것 같았다며 예전 이야기를 꺼냈지만 그는 별로 듣고 싶어하지 않았다. 형은 계속해서 서랍에서 뭔가를 찾았다. 누군가 찾아올 사람이 있는 것 같았다. 그의 아틀리에는 길게 이어져 있었다. 밖에는 작은 정원이 있었고 정원에는 어린 밤나무가 꽃을 피우고 있었다. 커다란 패널들이 벽에 세워져 있었다. 작업대, 구겨진 데생 종이, 널브러진 그릇들, 물감이 묻은 팔레트가 여기저기 놓여 있는 지저분한 테이블, 바닥의 먼지…… 궁핍한 사람의 집같이 보였다. 반쯤 비어 있는 몇몇 유리병에서는 맛이 간 와인 냄새가 강하게 풍겼다. 형은 대충 실내복을 입고 있었고 의자에도 진홍색 이불이 아무렇게나 걸쳐져 있었다. 귀한 꽃병 하나, 송아지 가죽 표지로 된 원고들도 보였다. 이곳에서 그는 정말로 아무렇게나 살고 있었다. 나는 우리 이야기를 열심히 했지만 형은 귀담아듣지 않았다. 나이가 들어 귀가 안 들리는 것도 아니고 왜 이럴까?

형은 통그레스 참사회 성당의 도움을 받고 있었다. 작품에 대한 감독은 요하네스 반 임프가 맡고 있었다. 예술의 대가인 그는 예루살렘의 영광을 빛낼 수 있는 화려한 작품을 판매하는 일을 하고 있었다.

"생각 같아서야 그러고 싶지만 너와 동료들을 전부 받아줄 수는 없어."

형이 딱 잘라 말했다.

솔직히 그는 처음부터 우리 모두를 받아줄 마음이 없어 보였다. 형은 친절하긴 했지만 머리 회전이 빠르기도 했다. 대신 그는 우리가 '겐트 화가 조합'에 들어갈 수 있도록 도와주겠다고 했다. 형은 사제 신분이라 '겐트 화가 조합' 회원은 되지 않았다. '필리프 공작 곁에서 기회를 잡아보는 것은 어떨까?' 문득 나는 이런 생각을 했다.

한스와 장은 후베르트 형이 받아줄 수 없다며 미안해하자 잘 알겠다고 했다. 에이크에서 한스는 형을 돌봐준 사람이었지만 세월이 많이 흐른 지금, 형은 한스가 해준 일에 대해서는 잊고 있었다. 한스는 어깨만 으쓱할 뿐 더 이상 형에게 부탁하지는 않았다. 나도 형에게 투르네 이야기와 캉팽 선생님 이야기는 하지 않았다. 여전히 형과 나는 맞지 않았다. 네덜란드 땅을 떠나올 때부터 바랐던 것들이 하나도 이루어지지 않았다. 다시 누군가의 아틀리에에 들어가 일해야 한다고 생각하니 끔찍했다.

잔을 비우기도 전에 나는 한스와 장에게 이제 그만 가자고 했다. 바로 그때 후베르트 형의 아틀리에 문이 열렸다. 뚱뚱한 사제가 먼저 들어와 요스 비지와 엘리자베스 부뤼뤼 부부를 모셔왔다고 했다. 이 부부가 권력자처럼 자신 있게 들어왔다. 두 사람은 담비 모피로 몸을 따뜻하게 감싸고 있었다. 형이 분주하게 움직이며 자신의 스케치들을 보여주었다. 작품을 본 그들은 테이블에 조심스럽게 돈을 내려놓았다. 비지-부뤼뤼 부부는 형이 그린 〈어린 양에 대한 경배〉 스케치들을 보면서 칭찬을 아끼지 않았다. 형은 인생의 역작이 될 스케치를 상아 같은 하얀 손으로 들고 있었다. 그들 부부는 화랑 근처의 생 바봉 성당에 있는 예배당을 새로 단장할 계획이었고 그곳에 기념비적인 그림을 걸고 싶어했다. 그래서 형에게 〈어린 양에 대한 경배〉를 의뢰한 것이었다. 이날 비지-부뤼뤼 부부가 형의 아틀리에를 찾은 이유는 작업이 어느 정도 진행되었는지 보기 위해서였다. 그들은 새로운 예배당이 완전한 모습을 갖추면 앞으로 계속 매일 하느님, 성모 마리아, 모든 성인들에게 기부자와 조상의 영혼이 편히 쉴 수 있게 해달라고 기도를 올릴 예정이라고 했다. 겐트의 제단화 〈어린 양에 대한 경배〉는 어린 양이 상인들, 기사들, 처녀들에게 둘러싸여 있는 장면이 주요 테마였다.

그림의 색깔, 구도에 대해서 계속 토론이 이어졌다. 신학 이론에 정통한 사제가 중간에 조언을 했다. 사제는 라틴어에 능통해서 그런지 말솜씨가 뛰어났다. 사제는 말할 때 턱을 들고 이야기해 권위적이고 자신감이 넘쳐 보였다. 형은 연륜과 경험이 있어 이번 작품처럼 큰 주문을 받을 수 있는 위치까지 왔다. 다만, 지나치게 전통적인 기법에만 집착하는 것이 형의 단점이었다.

사제, 요스 비지와 엘리자베스 부륄뤼 부부가 돌아갔다. 형은 우리에게 그들 부부에 대한 이야기를 들려주었다. 요스 비지는 비스 지방의 간척지에 제방을 쌓고 플랑드르에서 아내의 도움으로 직물 사업에 성공하면서 필리프 공작의 눈에 띄었고 그 곁에서 권력과 영향력을 키웠다는 것이다. 부부 사이에 아이는 없었다. 예전에 요스 비지의 부친 니콜라 비지는 루이 드 말의 봉신이었는데, 1390년 행정관리를 잘못하여 용담공 필리프에게 고소를 당했다. 그래서 아들이 아버지의 죄를 대신 속죄하는 의미에서 비싼 겐트 제단화 값을 지불했던 것이다. 형은 사람들의 속마음을 잘 눈치채지 못했다. 사실 비지-부륄뤼 같은 부르주아는 예술을 사랑해서가 아니라 과시하기 위해 화려한 그림을 좋아하는 것인데 형은 그 점을 잘 간파하지 못하는 것 같았다.

형은 잘 나가는 화가가 되어서 그런지 조금 오만해져 있었다. 그는 겐트 시청으로부터 그림 두세 점, 사법관실로부터 정의를 테마로 하는 그림 한 점을 주문받은 상태였다. 형 밑에는 아주 어린 도제가 있었다. 온 지 이틀밖에 안 된 어린 도제는 혼자 있는 것을 좋아했다. 하녀인 제안은 음식을 간단히 준비했다.

나는 밖으로 나갔다. 생 바봉과 생 니콜라 주변에는 집들이 있었고, 그 옆에는 시장이 있었다. 집들 주변은 잠잠해지긴 했지만 직공들의 분노가 여전히 느껴졌다. 반세기 전 직공들은 대담하게도 루이 드 말의 권위에 도전했다. 형과 허심탄회하게 이야기를 나누지 못해 마음이 답답했다. 마음을 달래기 위해 나는 일단 성의 요새들을 따라 걸었다. 걷다 보니 기분이 좀 나아졌다. 앞으로 뭘 하지? 형은 혼자 유명세와 영광을 차지하는 데 방해가 될까 봐 우리를 받아주지 않는 것 같았다. 단순히 아틀리에에서 먹고 자겠다고 했다면 받아주었을지도 모르지. 헤이그에서 번 돈으로는 거처를 마련하기가 힘들었다. 겐트에 대해 잘 모르는데다 세금도 만만치 않았기 때문이다. 형에게 도움을 받는다고 해도 필요한 돈을 다 모으려면 시간도 많이 걸리고 일도 그만큼 많이 해야 할 것 같았다. 그는 혼자 일하고 싶어하는 것 같았다. 이미 눈치는 챘지만 내색은 하지 않았다. 나야말로 형처럼 혼자 일하고 싶어하지 않았는가? 하지만 어디로 간단 말인가? 바이에른 요한 주교가 세상을 떠난 후 우리가 있던 아틀리에는 억울한 독살설에 휘말렸고 소문은 꼬리에 꼬리를 물었다. 우리가 여기까지 온 것은 불명예를 견디지 못해서인가? 공작부인과 즈벤더 선생님의 추천서가 있기는 했지만 어떤 길을 가야 할지 알 수가 없었다. 필리프 공작이 자주 머무는 프린센호프로 가서 면담을 요청하는 수밖에 없었다. 하지만 공작이 그곳에 올까? 면담 허락을 받을 수 있을까? 공작은 이미 헤이그의 직공들에게 둘러싸여 있는데 나를 기억이나 할까? 공작은 내가 그린 세밀화들을 보기나 했을까? 그에게 무작정 면담을 요청하는 것은 무모한 짓이 아닐까?

예배당이 서 있는 광장에 거지 한 명이 누워 있었다. 거지가 이렇게 편안하게 누워 있는 것을 보니 예배당은 아직 자비를 베풀고 있었다. 그런데 거지가 갑자기 벌떡 일어나 내게 끈질기게 구걸을 했다. 순간 두려운 생각이 들었고 마음도 불편했다. 내가 도움을 주지 않자 거지는 얼굴을 찡그리며 욕을 해댔다. 그러고는 퀭한 눈으로 나를 바라보았다. 나는 두려웠다.

세상 밖으로 쫓겨난 거지는 비참함 그 자체였다. 두 발로 서 있다는 것 외에는 인간으로서의 가치도 잃었다. 그 후로 욕을 하던 거지의 모습이 내 머릿속에 뚜렷이 박혔다. 더럽고 추하며 외로워 보이고 알 수 없는 말을 중얼거리는……. 갑자기 그가 작은 교현금을 연주하기 시작했다. 더 이상 나를 귀찮게 하지 않았다. 결국 나는 동냥 그릇에 동전 몇 푼을 넣어주고는 얼른 자리를 떠났다. 거지, 욕설, 동냥, 끼익거리는 교현금 음악이 비참함을 불어넣는 이곳에서 빨리 벗어나고 싶었다. 어쩌면 거지는 나의 감춰진 추한 모습일지도 몰랐다. 그 동안의 잘못을 회개하고 운명이 이끄는 길을 당당히 따르

라는 뜻에서 저 거지가 내 눈 앞에 나타난 것일까? 혹시 나는 화가라
는 탈을 쓴 범죄자가 아닐까? 나를 계속 괴롭히는 질문이 아니던가?

　그로부터 며칠 후 나는 한스와 장에게 이곳에 있는 여러 아틀리
에를 돌아보고 있으라고 했다. 그리고 나는 브뤼헤로 떠났다. 브뤼
헤는 어린 시절부터 상상하던 곳이었다. 브뤼헤……. 내게는 하얀
색과 황금색으로 빛나는 예루살렘 같은 곳.

　브뤼헤……. 노란 꽃과 하얀 꽃들이 피어 있는 운하 주변을 거닐
었다. 백조들은 깃털을 다듬고 있었다. 아직도 확실한 것은 없었지
만 왠지 기분은 좋았다. 그림들이 나열된 장식장은 본능적으로 피
해 다녔다. 그냥 여기저기 돌아다녔다. 둘둘 만 양모와 삼베 더미가
가득한 섬유 공장에서는 사람들이 열심히 작업하는 소리가 들렸다.

　알아들을 수 없는 언어로 말을 하며 비틀거리는 선원들이 보였
다. 혹시 러시아어인가? 포르투갈 출신의 하녀 제안이 찬장에 올려
놓은 오렌지를 주었는데 그 중 하나를 꺼내 맛을 보니 달콤했다. 게
르만 사람들, 피렌체 사람들, 제노바 사람들, 롬바르드 사람들은 장
사로 이익을 많이 가져갈 듯했다. 장사로 돈을 많이 번 부르주아들
도 영주들처럼 자신의 집을 멋진 그림으로 꾸미는 것이 요즘 유행
이었다. 부르주아들은 귀족들보다 더 부유했다. 그래서 귀족들이
부르주아들에게 돈을 빌리는 경우도 있었다. 부르주아들은 자신의
재미를 위해 돈을 쓰기도 하지만 과시하기 위해 돈을 쓰기도 했다.
부르주아들도 겐트의 비지-부뤄 부부와 마찬가지로 돈 자랑을

하고 싶어했다. 하지만 돈 자랑은 신의 계율을 어기는 짓이었다.

계속 걷다 보니 피곤했다. 가장 괜찮은 여인숙을 찾아 방을 잡은 후 바로 침대에 누웠다. 여관 주인은 친절한 남자였다. 그에게는 마르그리트라는 딸이 있었는데, 그녀는 아버지 일을 돕고 있었다. 방 안을 둘러보면서 이런저런 상상을 했다. 에이크에서 본 사형수들, 네덜란드의 황량한 땅, 그 외의 우울한 장면들이 생각났다.

해변에서 내가 칼로 찌른 사기 도박꾼이 괴로워하며 죽음을 기다리던 모습이 떠올랐다. 나의 존재, 내가 했던 일을 잊고 싶었다. 이제 나의 눈은 다른 사람의 눈처럼 이제까지 보지 못했던 새로운 것을 보게 되었다. 골목길에서 통 제조공들이 널빤지를 두드리는 소리를 들으니 바이에른 요한 주교의 장례식에서 본 사람들이 생각났다. 샤를로트의 갸름한 얼굴, 열정에 사로잡힌 얼굴……. 순간 우울해져 더 이상 생각하고 싶지 않았다. 어느 새 내 눈에는 눈물이 고여 있었다. 샤를로트는 저택에서 나를 그리워하고 있을까? 왜 그녀는 나를 사랑하지 않은 걸까? 가슴이 아팠다. 시끌시끌한 소리 때문에 짜증이 났다. 여행객들의 웅성거리는 소리가 식당에서 들려왔다. 이윽고 밤이 깊었다. 여관은 쥐죽은 듯이 조용해졌다. 밤늦게 베긴교단 수녀원의 종이 날카롭게 울렸다. 종소리와 함께 수녀들은 예배를 드리러 일어났다. 여인숙에 있는 사람들은 여전히 자고 있었다. 여관 주인의 코 고는 소리가 메트로놈처럼 들려 시간 가는 소리와 비슷했다. 나는 침대에 누워 어둠 속에서 허공을 바라보며 기묘함과 빈곤, 고독함에 대해 생각해봤다. 가난한 사람들에 섞여 내 자신을 잊어볼 생각에 골목길로 나왔다.

새벽이 되자 마르그리트가 날이 밝았다고 알려주었다. 그녀의 얼굴은 평범했지만 친절한 인상이었다. 날이 밝자 근심도 다시 살아났다. 마르그리트는 나를 뚫어지게 바라보며 수프와 흑빵, 맥주잔, 청어를 테이블에 올려놓았다. 여인숙의 손님은 대부분 장사꾼과 콤포스텔로 순례하기 위해 북쪽에서 온 사람들이었다. 이들 사이에서 나는 눈에 띄는 존재였다. 나는 마르그리트에게 스케치한 그림을 몇 점 보여주었다. 그녀는 감탄하면서 그림을 감상했다. 그 모습을 보니 기뻤다. 오늘 아침에는 왜 그렇게 우울했던 걸까? 게임이 벌어지고 있는 도박을 가만히 바라보다가 나도 끼어들었다. 하지만 남아 있는 돈마저 모두 잃고 말았다. 맥이 풀렸다. 모든 것이 무의미하게 느껴지는데 왜 브뤼헤로 온 것일까? 마르그리트는 내가 무엇 때문에 괴로워하고 있는지 알기나 할까? 말해봐야 무슨 소용이 있겠는가! 그녀가 나에게 아버지의 과수원에 함께 가자고 했다. 여관 주인은 점심 식사를 준비하라고 주방에서 명령을 내렸지만 마르그리트는 나를 데리고 과수원으로 갔다. 뭐, 안 될 거야 없겠지. 산책을 하자 머리가 조금은 맑아졌고 복잡했던 마음도 조금 편안해졌다. 내가 기다리고 있는 것은 무엇일까? 기적? 나는 이곳에 무엇을 하러 온 것일까? 현재 성공가도를 달리고 있는 후베르트 형을 피하기 위해서? 예전에 브뤼헤야말로 내가 머물 곳이라고 생각했기 때문에 직접 확인해보려고? 한가한 놈의 넋두리에 불과했다! 빨리 필리프 공작과 만나야 했다. 하지만 내게는 힘이 없었다.

시끌시끌한 여인숙의 홀을 지났다. 홀에서는 수도사 한 명이 어린 수도사 두 명과 함께 소시지 구이와 과일 설탕 졸임을 맛있게 먹고 있었다. 어린 수도사 두 명도 농담을 하며 음식을 먹었다. 수도사는 리오 울로 근처 자크 르 마죄르의 무덤 주변에서 주운 것이라며 납으로 된 조개껍데기를 어린 수도사들에게 보여주고 있었다. 수도사처럼 단순한 사람이 행복한 법이다! 작은 것에도 행복해하는 수도사가 부러웠다. 말을 타고 온 사람들은 선 채 와인을 꿀꺽 마신 후 다시 말을 타고 달렸다. 그들은 말을 타고 브뤼셀과 파리로 향했다. 날씨만 좋다면 3, 4일 내에 갈 수 있었다.

밖에는 햇빛이 쨍쨍 비추고 있었다. 5월인데도 여름 태양처럼 뜨거웠다. 하마터면 여름이라고 착각할 정도였다. 이럴 줄 알았으면 양말을 두껍게 신는 게 아니었는데…….

마르그리트는 공사 중인 집들이 있는 부르그를 지나 지저분한 골목길로 나를 데려갔다. 가는 도중 물동이를 무겁게 진 어린아이들이 마르그리트 주위를 둘러싸며 웃었다. 아주 가난해 보이는 남자가 그녀에게 인사했다. 가을 홍수 때 모든 것을 다 잃은 농부라고 했다. 이어서 지붕 잇는 일꾼이 서툰 지팡이를 짚은 채 인사를 했다. 역시 그녀와 아는 사람이었다. 마르그리트는 방금 만난 어린이들과 사람들은 정말 비참하게 살아간다고 담담하게 설명했다. 그녀는 펠리칸 보호 시설에 바구니를 하나 내려놓았다. 안뜰에서는 늙은 여인이 햇볕을 쬐고 있었다. 여인은 눈이 잘 안 보이는지 무릎 위로 양손을 흔들며 따뜻하고 부드러운 햇볕을 즐기고 있었다. 짐마차꾼들은 돌에 걸터앉아 주사위 놀이를 하고 있었다.

도시의 문을 지나자 나무 그늘이 시원하게 있는 커다란 과수원이
나왔다. 휴식하기에 좋은 곳이었다. 마르그리트와 나는 나무 아래에
앉았다. 시냇물이 졸졸 흐르고 있었다.

"어디에서 오셨어요?"

그녀가 손바닥으로 반짝이는 물을 떠서 마시려고 고개를 숙이며
물었다.

"에이크에서 왔습니다. 동쪽에 있죠. 뫼즈 근처에. 하지만 어렸
을 때 일찍 투르네로 떠났습니다. 헤이그에도 있었죠."

내가 대답했다.

입이 말라서 말이 잘 나오지 않았다. 헤이그…… 묘한 매력의 샤
를로트가 있는 곳이었다. 나의 관능적인 연인…… 샤를로트에 대
한 격렬한 욕정을 불태우고 최근까지 방탕하게 보낸 곳이 헤이그였
다. 나는 땅에 누워 눈을 감았다. 고민이 많아 내 얼굴에는 다크 서
클이 있는 것일까? 마르그리티는 자세한 내막은 몰라도 내게 우울
한 고민이 있다는 것을 알고 있을까? 그렇지 않다면 왜 그녀는 나를
이 과수원까지 데리고 왔을까? 바람이 살랑거렸다. 눈을 떴다. 순진
한 마르그리트는 나를 계속 위로했다. 마음속에서 우러나오는 진심
어린 위로였다.

따뜻한 과수원에 있으니 우울한 기분이 점점 나아졌다. 얌전한
마르그리트를 보면서 생각을 다시 정리했다. 그녀는 전혀 흐트러짐
이 없는 여자였다. 이 여인숙에 어떻게 이토록 얌전한 여자가 있을

수 있을까? 그녀는 브뤼헤에서 가장 상냥한 여성에 속하는 것 같았다. 도대체 어떻게 그녀는 일부 궁전 여인들에게서나 볼 수 있는 고상함을 갈고 닦은 것일까? 혹시 베긴교단의 여신도 수도원을 이끌면서 고귀한 임무를 맡고 있는 것은 아닐까? 대부분 마르그리트 같은 신분의 여성들은 무지하지만 그녀는 아니었다. 마르그리트가 이렇게 순수한 것은 무지해서가 아니라 원래 천성 때문인 듯했다. 아마도 신앙심이 깊은 여자 같았다. 그녀는 젊은 여성치고는 상당히 똑똑했는데 직관적 스토파 철학의 영향을 받은 듯했다.

나는 눈을 반쯤 뜨고 마르그리트를 바라보았다. 그녀는 흰색 라일락 가지를 조심스럽게 꺾었다. 나무에 해를 주지 않으려고 조심하는 모습이었다. 정말로 사랑스러운 모습이었다. 한치 흐트러짐 없는 그녀의 몸가짐이 세련된 무용보다 더 아름답게 느껴졌다.

마르그리트가 입은 얇은 보라색 옷에는 깃 부분에 레이스가 달려 있었다. 그녀가 쓴 머리쓰개는 베이지색이었다. 손은 일을 많이 해서 그런지 튼튼해 보였다. 조화가 잘 이루어진 그녀의 모습을 보니 마음이 편했다.

마르그리트를 바라보고만 있어도 내 자신과 화해하는 느낌이 들었다. 그녀를 보면서 우정 비슷한 감정이 싹텄다. 분명 육체적인 욕망은 아니었다. 평소와 마찬가지로 나는 스케치를 위해 그녀의 모습 하나하나를 머릿속에 새겼다. 나중에 초상화를 그릴 생각이었다. '가난하고 몸이 아파도 당신은 화가이지 않요? 그림을 그리는 것이 당신의 의무가 아닐까요?' 그녀가 속으로 이렇게 말하는 것 같왔다. 겐트에서 거지가 화내던 모습, 내가 형에게 품고 있는 원망이 사라져갔다. 수치스럽게 죽음을 맞지 않으려면 강으로 이어지는 눈 덮인 길 위에서 한 맹세를 지켜야 했다. 마르그리트가 다시 나무 그늘로 왔다. 나는 즐거운 마음으로 그녀를 기다리고 있었다. 그녀의 머리쓰개가 잔잔한 바람에 날려 벗겨지면서 금발머리가 드러났다. 나는 그녀에게 고맙다고 했다. 그때 내 목소리는 평소와 다르게 너무 부드러웠다. 오히려 내가 깜짝 놀랄 정도였다. 브뤼헤에서 마르그리트와 만났던 순간들은 지금도 생생하게 기억난다. 하지만 머리가 아프다. 그녀와 만난 기억도 점점 희미해져간다. 그녀의 초상화를 그리려면 천천히 기억을 떠올려야 했다. 하지만 생각이 잘 나지 않는다. 눈이 고장나다 보니 기억도 희미해진 것이 아닐까? 즐거운 추억도 떠올리지 못한다면 내게 남은 것은 무엇이란 말인가? 아무리 글을 써도 과거가 생각나지 않으면? 더 깊은 곳으로 가서 숨어버릴까? 과연 내가 그럴 수 있을까? 이런저런 기분나쁜 생각이 들었다.

다음 날 브뤼헤의 필리프 공작에게 면담을 요청했다. 다행히 면담 허락이 빨리 떨어졌다. 공작은 나를 알아보았다. 헤이그에서부터 나를 찾았다고 했다. 내가 겐트에 있었던 동안 그는 나를 만나보고 싶었다고 했다. 공작은 내가 브뤼헤에 왔다는 것을 이미 알고 있었다.

1425년 5월 중순. 마침내 나는 필리프 공작을 모시게 되었다. 묘한 행복감이 들었다. 이 행운을 누구 덕으로, 무엇의 덕으로 돌려야 할지 몰랐다. 이런저런 평범한 아틀리에를 전전할 줄 알았는데 이렇게 쉽게 공작을 모시게 되다니 놀라웠다. 해변에서 내가 칼로 찌른 사기 도박꾼이 죽었는지 몰라 두려워하던 마음도 이제는 사라졌다. 그 일은 이제 아무것도 아니었다. 지금 나는 귀한 분을 모시게 되었다고 내 마음을 다잡았다. 공작은 나를 총애했고 인자했다. 감동적이었다. 드디어 내 능력이 인정을 받게 되었다니! 예전에 나는 공작의 친척인 바이에른 요한 주교 밑에서 궁정화가로 있었다. 그래서 공작은 나를 곁에 두기로 한 것이었다. 신, 운명의 신, 내가 알고 있는 것은 무엇인가? 순간, 모든 것이 결정되었다는 확신이 들었다. 이제 나는 새로운 세계에 들어선 셈이었다. 갑자기 두려웠다. 그래, 앞으로 공작의 신하로서 해야 할 의무, 높은 자리까지 오를 수 있다는 생각, 공작이 내게 보내는 전폭적인 신뢰가 부담스럽고 두려웠다. 너무 두려워서 하마터면 도망칠 뻔했다.

공작으로부터 우선 봉급으로 황금 50리브르를 받기로 했다. 그가 원하면 언제든지 갱신할 수 있었다. 봉급은 크리스마스, 성 요한절에 지불하는 것으로 했다. 마침내 우아하게 살 수 있게 되었다. 내게는 '시종'이라는 지위가 하사되었다. 보석을 지키는 관리인, 태피스트리 제작자, 소극 배우, 기타 장인들, 궁전 납품업자와 같은 급의 직위였다.

내 마음속 허영심은 이렇게 속삭였다. "시종이라는 지위는 별 것 아냐. 결국은 하인이잖아." 하지만 내 마음속 이성은 이렇게 속삭였다. "잘된 거야." 이성이 이겼다. 공작으로부터 화려한 장신구, 모피, 말, 신하들을 하사받으면서 '명예와 특권, 자유, 풍족한 생활과 보수' 라는 것이 무엇인지 구체적으로 실감했다.

공작을 모시는 재정관리 담당자들은 내 이름을 데이케, 에이케, 반 헤이크, 반 헤크, 디크 등으로 잘못 썼다. '반 에이크' 라고 제대로 쓰는 사람을 거의 본 적이 없었다! 하지만 중요한 문제는 아니었다. 공작의 총애로 자유로운 예술 활동을 할 수 있게 되고, 브뤼헤 길드에 들어갈 필요가 없어졌다는 것이 중요했다. 길드에 들어가면 막대한 가입비를 내야 하고 장인의 지위를 얻은 뒤에도 세금을 많이 내고 판매에 제약을 받으며 그 외 여러 가지 의무를 지켜야 해서 머리 아픈 일이 많았을 텐데 이제는 그런 고민을 할 필요가 없어졌다. 특히 누군가의 아틀리에에 들어가 지루한 그림을 끝없이 반복해서 그릴 필요가 없어 더 기뻤다. 게다가 공작은 내게 독립적인 아틀리에를 열 수 있게 허락해주었다. 이제 나는 자유롭게 내 작품을 그리고 팔 수 있게 되었다! 도시에 살며 작업하고 주문이 많을 때는 어시스턴트들을 많이 고용할 수도 있게 되었다.

나는 서둘러 3층짜리 석조 건물을 빌렸다. 1층은 두 공간으로 나누었다. 한쪽은 공통 아틀리에였다. 나와 동료들이 그린 작품들을 전시할 수 있는 장식장을 마련했다. 그리고 나머지 공간은 좀더 작고 운하가 보이는 뒤뜰로 잡았다. 이곳은 나만의 공간이었다.

집이 낡아 다시 수리해야 했다. 벽지와 마루를 새 것으로 바꿨고, 위층에 커다란 방을 만들었다. 겐트에서 장과 한스가 왔다. 후베르트 형은 짧은 편지로만 내게 축하한다고 전했고 일전에 따뜻하게 맞아주었으니 은혜를 잊지 말라고 했다. 형이지만 정말 치사한 인간이었다. 그는 내가 성공하자 질투하고 있었던 것이다.

공작의 총애를 받으며 출세하자 많은 사람들과 사귀게 되었다. 하지만 동시에 나를 질투하고 비방하는 사람들도 늘어났다. 총애를 받는 사람들에게는 언제나 더러운 질투와 비방이 따라다니는 법이다. 특히 나는 말조심하는 법을 배웠다. 말 한 번 잘못했다가는 내게 칼이 되어 돌아온다는 것을 잘 알고 있었다. 내가 지금의 행운을 잡을 수 있었던 것은 릴라당의 장 드 빌리에의 덕이 컸다. 장 드 빌리에가 주교의 기도서를 사서 서둘러 필리프 공작에게 보여주었기 때문이다. 호기심 많고 질투 많은 사람들 때문에 짜증이 나기도 했다. 하지만 가능한 행동을 조심했으며 친절하고 겸손하게 행동했고 동시에 만만하게 보이지 않도록 애썼다. 즈벤더 선생님의 행동을 생각하며 배우려고 노력했다. 선생님처럼 친절을 베풀자 얻는 것은 그만큼 많았다. 마르그리트가 나를 도와주러 왔다. 그녀는 어머니처럼 세세하게 연회 준비를 도왔다. 공작은 직접 말은 안 했지만 내 충성심을 높이 사는 것 같았다.

여러 외국 궁전에서 내게 초대장을 보내왔지만 모두 거절했다. 필리프 공작이 원하는 그림을 그리느라 바빴기 때문이다. 정해진 것은 아무것도 없었다. 공작은 작품보다는 자신이 부르면 언제든지 왔으면 좋겠다고 했다. 그가 명하면 나는 언제든 달려갔다. 신에게 영광을. 공작은 내가 브뤼헤에서 살도록 해주었다. 축복받은 것 같았다. 인생이 아름다워 보였다.

그로부터 15년 동안 공작과 돈독한 관계를 유지하게 되었다! 용감하고 영광스러우며 인자한 공작에게 신의 가호가 있기를!

공작의 저택들은 플랑드르, 겐트, 브뤼헤의 프린센호프, 브뤼셀, 에뎅, 릴, 디종, 부르고뉴에 있었다. 브뤼셀에는 로히어르 판 데르 베이던이 작업을 하고 있었다. 당시 베이던은 여전히 캉팽 선생님 밑에서 일하고 있었다. 에뎅에서는 아르투아의 로베르 2세 저택에 살았다. 동방의 요정들이 살 것 같은 느낌의 궁전이었다. 이 궁전은 콜라 르 볼뢰르가 위 드 불로뉴, 그의 아들 요한과 함께 돌보던 곳이었다. 위 드 불로뉴와 요한은 문장 장식 제작하는 일을 맡았다. 릴은 공작이 다스리는 주요 영토였고, 디종은 공작의 원래 봉토였다.

우선 공작은 나를 릴로 보내 자신의 성과 전시실 호텔을 꾸미게 했다. 황금빛 태양이 빛나는 더운 8월이었다. 릴은 더웠다. 장 코안과 나는 시원한 와인을 마시며 즐겼다. 몽롱해지는 것이 기분이 좋았다. 나는 공작의 성과 전시 호텔을 열심히 복원했다. 헤이그의 비넨호프에서처럼 그림과 벽지, 태피스트리를 모두 바꾸었다. 나는 베이지색과 황금빛을 띠는 연두색을 택했다.

루이 드 말의 무덤을 멋지게 꾸미는 일이 중요했다. 루이 드 말은 플랑드르의 마지막 백작이었다. 묘지에는 세 사람이 잠들어 있었다. 루이 드 말, 아내 마르그리트 드 브라반트, 딸 마르그리트 드 플랑드르였다. 마르그리트 드 플랑드르는 필리프 공작의 할머니였다. 커다란 두건을 쓰고 다양한 옷을 입은 채 각각의 포즈를 취한 남녀 80명을 그렸다. 환상적인 분위기를 연출하면서 선으로 정확함을 표현했다. 상복을 입고 눈물을 흘리는 사람들이 무덤을 둘러싸는 장면이었다. 예전에 후베르트 형이 투르네에 있는 무덤과 비석을 그대로 그려보라고 한 적이 있었는데 그때의 경험이 이번 작업에서 도움이 되었다. 이번 작업은 그 어떤 작업보다도 수월했다.

공작은 경건한 그림으로 무덤을 장식하여 자신이 브라반트 공작령, 홀란트 백작령, 젤란트 백작령, 에노 백작령의 영토를 물려받을 만한 정당한 군주라는 것을 증명하고 싶어했다. 공작은 에노 백작령을 놓고 자클린 드 바비에르와 신경전을 벌인 적이 있다. 바이에른 요한 주교도 에노 백작령을 놓고 전투를 벌인 적이 있다. 순간 내 역할에 대해 의심이 들었다. 나는 필리프 공작의 권력과 그림을 이용한 그의 허영심, 그의 탐욕을 만족시키기 위해 일하고 있는 것이 아닐까? 그러나 브뤼헤에서 어렵게 살았던 일과 투르네에서 당한 모욕을 생각하면 지금이 훨씬 행복했다. 그러자 다시 마음이 편해졌다.

공작을 모시면서 금은세공사 미키엘 라나리의 집에 머물 수 있게 되었다. 1426년 세례 요한 축일까지 그의 새 저택 옆에서 머물게 되었다. 미키엘은 키가 작고 무뚝뚝한 인상이었다. 그는 허영심 많은 아내와 일곱 딸에게 시달리며 살고 있었다.

미키엘의 아내와 딸들은 만족하는 법이 없어서 스페인어로 늘 투덜거렸고 새벽부터 저녁까지 뭘 사달라고 노래를 불렀다고 한다.

그의 사는 모습을 보니 결혼이 무서워졌다. 좋은 시절은 잠시뿐 늘 구속과 방해를 받게 되는 건 물론 가족과 오해가 생겨 악감정이 쌓이는 생활이 바로 결혼이었다. 미키엘은 신이 아내와 딸들 같은 잔인한 빚쟁이들을 만들어주었다며 냉소적으로 말했다. 하지만 그렇게 당하고도 그는 여자들에게 여전히 관심이 많았다. 그는 만찬을 열 때마다 여자들에게 노골적으로 관심을 보였다. 만찬을 여는 것도 여자들을 유혹하기 위한 것이었다. 화려한 진주를 달고 손가락마다 귀한 보석이 박힌 반지를 낀 미키엘의 여자들은 다른 여자들을 경멸스럽게 아래위로 훑어봤으며 교활하게 머리를 써서 남자들을 유혹해 불행하게 만들었다. 일명 '르 베그'라 통하는 보두앵 르 라노이 지사, 공작의 시종, 그리고 공작의 대사, 몽테뉴 요새의 대장, 몰랑백스 영주들이 이 여자들에게 넘어갔다. 내가 보기에 미키엘은 이 남자들에 비해 용기 있고 재능도 있었다. 하지만 여자들은 미키엘이 말을 너무 어렵게 한다며 놀려댔다. 그러나 미키엘은 건강한 체격에 강인한 정신을 가지고 있었다. 나는 미키엘과 함께 스페인과 포르투갈을 여행하고 싶다는 생각이 들었다. 아내와 딸들 때문에 고생하는 그에게 연민을 느낀 나는 그와 친해졌다.

미키엘의 친척인 길베르 드 라노이가 동방에서 돌아왔다. 그는 프러시아 땅과 폴란드 땅을 지나 러시아 국경을 넘었다고 했다. 거기에서 그는 헝가리, 발라시, 몰다비아, 타타르를 거쳐 지중해 섬까지 갔다. 그러고는 바다를 지나 이집트 피라미드에 올라갔다. 길베르 드 라노이는 많은 것을 보고 경험했지만 오직 베네치아만이 좋았다고 했다.

여자들은 잘생기고 언변도 좋은 길베르 드 라노이에게 관심을 보였다. 베네치아에 대한 추억을 이야기할 때 그는 미스테리해 보였다.

그는 말 많고 머리 빈 여자들을 싫어해 냉소적으로 대하며 거리를 두었다. 그는 좋은 가문에서 태어났다는 자부심이 있었고 눈을 쉬지 않고 깜빡이는 이상한 습관이 있었다. 그의 이야기를 듣고 있자니 문득 위고 생각이 나서 한숨이 나왔다.

브뤼셀에 있는 장 팡탱만큼 미키엘도 실력이 뛰어나 엄청나게 성공했다. 미키엘은 에메랄드 같은 녹색의 빛을 띠는 순금 보석을 만들어 팔았다. 세심한 세공이 돋보이는 보석이었다.

그는 독일, 영국, 심지어 헝가리에서까지 주문을 받았다. 말재주가 좀 없긴 했지만 그는 안목과 재능이 뛰어난 사람이었다. 미키엘은 보석이 상징하는 의미와 효력을 설명해주었다. 다이아몬드는 사랑과 화해를, 석류석은 분노를 의미하며, 리네란드는 부를 가져다주고 정숙함을 상징한다고 했다. 그는 보석에만 관심 있는 것이 아니라 보석을 지닌 여자에게까지 관심이 많았다. 미키엘은 보석을 지닌 여자들을 전문가 같은 태도로 감상했다. 여자들은 천사, 꽃, 혹은 동물 모양으로 새겨진 고리가 달린 커다란 목걸이를 한 채 즐거워했다. 장 코안도 보석에 관심을 보였다. 크리스마스였다. 내 것으로는 알렉산드리아 루비를 샀고, 마르그리트에게 줄 선물로 산호초 팔찌와 폴란드산 흰색 호박으로 된 펜던트를 골랐다. 순수한 마르그리트와 잘 어울리는 흰색 호박이었다.

추위와 함께 사순절이 시작되었다. 벽난로에서는 연기가 모락모락 피어났다. 그림은 잘 마르지 않았다. 내 도제는 손이 얼어붙어서 힘이 없었다. 위안이 되는 것은 딱 한 가지였다. 미키엘의 집에 가는 것. 전날 진수성찬에 이어 수프와 훈제 정어리를 먹을 수 있었다. 미키엘의 여성들은 기도와 단식 덕분에 현명하고 지혜로워서 함께 있는 것이 즐거웠다. 열여섯 살 된 이사벨라는 나를 부드러운 눈으로 쳐다보았다. 나는 조심스럽게 그녀의 눈길을 피했다. 내게는 아직 샤를로트뿐이었다. 그녀가 아직도 내 머릿속에 남아 있었다. 육체적인 욕구는 어느 과부에게 풀고 있었다. 조용하고 식물을 아주 좋아하는 여자였다.

쉬는 시간에는 우리 집의 문장, 즉 생-뢱 길드의 방패꼴 무늬를 응용한 것을 그렸다. 은화 세 개를 푸른색으로 표현한 것이었다. 생-뢱은 최대 황금 생산 지역이었다. 가족들을 브뤼헤로 불러오고 싶다는 생각이 더욱 간절해졌다. 에이크에 있는 어머니에게 편지를 썼다. 마고를 내 곁에 있게 하면 어머니와 마들렌이 좀더 편해질 것이라는 내용과 람베르트를 내가 아는 화가의 도제로 보내겠다는 내용을 적었다. 내 대신 파도 무늬를 그리는 화가였다.

릴은 정말로 하품 나도록 지루한 곳이었다. 필리프 공작 소속의 재정 관리 담당자들은 활달하기는 했지만 탐욕스러웠다. 한 마디로 여러 모로 번거로운 사람들이었다! 이들은 공작을 위한다는 명목으로 일체 모든 지출을 거절했다. 예술이 무엇이고 무엇을 필요로 하며 어떤 흐름을 필요로 하는지 전혀 이해하지 못하는 인간들이었다. 제우스처럼 나도 할 수만 있다면 돈이고 뭐고 다 포기하고 싶다는 생각을 한 적이 있었다. 예술은 돈으로 따질 수 있는 것이 아니었

173

다. 그러나 현실은 현실이었다. 돈이 쪼들리다 보니 짜증이 났다. 재정 관리 담당자들은 공작이 얼마나 너그러운 계획을 세우고 있는지 모르고 있었다. 공작은 예술을 인정하는 분이었다. 그분의 마음을 탐욕스런 이 인간들이 알 리가 없었다. 어쨌든 예술은 상품이 아니었다. 재정 관리 담당자들은 심각한 얼굴을 했다. 심각한 얼굴을 하면 현명하게 보이는 줄 착각하고 있는 듯했다. 사실 이 사람들은 예술의 '예' 자도 모르는 무식쟁이들이었다. 이 무식한 사람들을 설득하기 위해 입 아프게 논리를 내세우며 설명해야 했다. 결국 이 사람들이 무슨 변명을 댔는지 아는가? 세금이 충분히 걷히지 않았단다! 말이 되는가? 농가들은 토지에 대한 세금, 귀리, 호밀, 과일, 가금류 생산에 대한 세금을 내고 있고 연못의 물고기, 벌목, 사냥감, 참나무 껍질, 도토리 수확, 노동, 재산 상속에도 세금이 붙었다. 도시 사람들이 내는 세금, 도로세도 있었다. 이런저런 세금이 많기 때문에 공작의 금고는 절대로 빌 수가 없었다! 내가 이렇게 논리적으로 설명하자 재정 관리인들은 이번에는 전쟁 때문에 돈이 없다는 궁색한 변명을 늘어놓았다.

이 인간들의 말도 안 되는 변명에 화가 머리끝까지 뻗쳤다. 결국 나는 공작에게 편지를 쓰겠다고 협박했다. 물론 단순한 공갈 협박이 아니었다. 공작에게 편지 쓸 준비는 되어 있었다. 공작은 나를 지지해주고 있는 분이다. 그래서 재정 관리 담당자들은 나를 아주 눈엣가시처럼 생각했다. 더구나 공작은 재정 담당 관리자들에게 내게 지급하는 돈은 절대로 줄이지 말라고 명령을 내린 상태였다. 그가 이

174

런 명령을 내린 데에는 다 이유가 있었다. "예술과 학문에 이토록 뛰어난 인물을 찾아내지 못할 것이다." 공작이 나를 두고 한 말이었다.

지금의 나는 색깔을 볼 수가 없다. 공작이 과거에 내게 해준 이같은 찬사를 생각하니 오히려 괴롭다. 색깔을 볼 수 없는 지금의 비참한 나. 공작의 칭찬도 이런 나를 구해줄 수는 없다.

한스가 아틀리에 소식을 알려주는 편지를 보내왔다. 기뻤다. 한스는 아주 젊은 동료 두 명을 채용하기로 했다. 한 명은 페트뤼스 크리스튀스, 또 한 명은 담에서 온 크리스토퍼였다.

그건 그렇고 함께 작업하는 기술자들 때문에 골치가 아팠다. 태피스트리 제작자, 자수 놓는 기술자, 장식가가 서로 손잡고 작정이나 한 듯이 납품을 늦게 해왔다. 화가 났지만 헤이그에서 봤던 즈벤더 선생님의 차분한 모습을 떠올리며 화를 삭였다. 사람들을 어떻게 다루어야 할지 몰라 난감했다. 이처럼 난관도 있었지만 작업은 척척 진행되었다. 마침내 내가 할 일을 끝냈다. 공작이 잠시 와서 내가 선택한 소재들을 보더니 서둘러 결정을 내렸다.

공작은 식사하기 전에 기도를 오래 하는 편이었다. 식사 후 공작은 기운이 솟자 내가 사귀던 과부에게 눈독을 들였다. 나를 부드럽게 안아주던 여자였다. 색욕이 강한 공작은 동방 이야기에 나오는 권력자처럼 여자들을 수집했다. 공작은 눈처럼 하얀 과부의 팔을 잡더니 뚫어지게 바라보았다. 공작의 뜨거운 눈과 마주치자 과부는 얼굴이 빨개졌다. 그녀는 내 쪽을 바라보며 머뭇거렸다. 나는 그의 호의를 받아들이라는 의미로 고개를 끄덕였다. 내게 무한한 호의를 보여주는 공작이기에 무조건 복종했다. 공작은 그런 나를 총애했다. 장 군주의 시대에도 깊은 상처를 입은 적이 있었다. 솔직히 이제 과부에 대한 욕정도 식었다. 그래서 과부를 눈여겨보는 공작에게 여자 보는 눈이 대단하다고 아첨을 했다. 과부는 샤를로트와는 어차피 게임이 안 되는 여자였다. 내게 과부는 일시적인 성욕을 푸는 도구에 지나지 않았다. 그러니 공작이 과부를 차지한다 해도 상관없었다.

난 브뤼헤로 돌아가야겠다고 생각했다. 미키엘은 눈물을 글썽이며 거추장스러운 예의를 차려가며 나를 안아주었다. 나는 여자들에게 철저히 예의를 지키는 편이었다. 그림을 그리고 싶다는 생각이 강하게 들었다. 나는 기쁜 마음으로 길을 떠났다.

브뤼헤로 돌아왔다. 나를 본 마고가 너무 반가운 마음에 울면서 맞았다. 마고 혼자 에이크에서 이곳으로 왔다. 어머니는 몸이 너무 쇠약해져서 알베넥 수도원에 들어가기로 했다. 마고가 어머니를 잘 돌보지 못해 미안하다고 했다. 유모 마들렌은 어머니가 가는 곳이면 어디든지 따라갔다. 그런데 단순히 어머니 일 때문에 마고가 슬퍼 보이는 것이 아니었다. 후베르트 형이 몹쓸 열병에 걸려 오늘내일 한다는 것이었다. 다음 날 나는 길을 떠났다. 한스에게 마고를 잘 돌봐달라고 신신당부했다.

형은 휴식을 취하며 기도도 하고 약도 먹었지만 다 소용없었다. 자리에 누운 그는 계속 피를 쏟았다. 형의 방은 지저분했다. 그는 의식을 잃었다가 다시 정신을 차렸다.

"희미한 빛밖에 안 보여. 빛이 너무 희미해."

형이 말했다.

그는 처음에는 두려워했지만 이제는 신의 부름에 응할 준비가 되어 있었다.

"어둠 속에서 지혜로워 보이는 여성이 나타났어. 토비아스와 그 아들처럼 나도 대천사를 만나게 되는 걸까?"

형이 말했다.

나를 위로하려고 하는 말이었다.

형은 내 손을 꼭 잡더니 축복이 있기를 바란다고 했다. 그는 조그만 목소리로 띄엄띄엄 말을 했다. 형이 나를 이해하지 못하는 줄 알았는데…… 사실 그는 있는 그대로의 내 모습을 이해하고 있었다. 형은 나를 언제나 사랑했던 것이다. 그는 겐트의 제단화 〈어린 양에 대한 경배〉를 완성해달라고 부탁했고 나는 그러겠다고 약속했다. 형은 내가 충분히 그림을 완성할 수 있다고 했다. 그가 원하는 것은 모두 해내겠다고 약속했다. 형과 나는 눈물을 흘렸다. 그 동안 서로 오해하고 있었던 것이 눈물로 씻겨나갔다.

평소 엄격하던 형이 죽음을 앞두자 부드러워졌다. 내 발소리, 의사들이 서로 이야기하는 소리에 그는 고개를 돌려 쳐다보았다. 의사들은 형이 안 들린다고 생각했는지 시끄럽게 서로 웅성거리며 이야기를 하고 있었다. 그는 고통 속에서도 때때로 미소를 지었다. 아픈 형을 보는 것도 무서웠지만 그렇게 미소를 짓는 모습을 보는 것이 더 무서웠다. 시끄럽게 수다를 떠는 의사들을 더 이상 보고 있을 수가 없어서 밖으로 나가라고 했다. 너무 화가 나서 의사들에게 무능하다고 했다. 사실 그 분노는 신을 향한 것이었다. '왜 형에게 이런 벌을 내리십니까? 그는 자신의 능력을 발휘해 오로지 하느님만을 섬겼습니다. 안 그런가요? 형은 매일 기도했고 하느님의 이름을 부르며 부탁하는 사람들을 도와주었습니다. 한참 부족하고 방탕하던 저를 형이 돌봐주었습니다. 안 그런가요?' 형은 훌륭한 화가였지만 보통 사람들처럼 욕설과 상소리를 하기도 했다. 비지가 방문했다. 형에게 〈어린 양에 대한 경배〉를 의뢰한 사람이었다. 비지는 형이 그림을 완성하지 못하고 세상을 떠날까 봐 초조해했다. 비지의 방문은 오히려 임종을 앞둔 형에게 방해만 되었다. 형은 죽음을 앞두고 있는 상황에서도 〈어린 양에 대한 경배〉를 완성하지 못할 것 같다며 안타까워했다. 이처럼 그는 성실한 사람이었다. 마음이 너무 아팠다. 형의 순수했던 인생을 생각해봤다. 왜 갑자기 그런 생각을 했는지는 나도 모르겠다.

며칠 후 형은 조용히 숨을 헐떡이더니 저세상으로 떠났다. 죽기 전 형은 담담하게 자신의 죄를 고해하고 병자성사를 받았다. 형도 죄가 있다니 믿어지지 않았다. 병자성사를 받은 후 형은 그렇게 우리 곁을 영원히 떠났다.

비지는 형을 자신의 예배당에 묻기로 했다. 그렇게라도 형에게 존경을 표하고 싶다는 것이었다. 그 예배당은 나중에 〈어린 양에 대한 경배〉가 걸릴 곳이었다. 그림이 완성되어 걸리면 형의 신앙이 영원히 빛날 것이라는 생각이 들었다. 비지에게는 죽은 형과 한 약속을 말해주지 않았다. 형 대신 내가 그림을 완성하겠다는 약속 말이다. 왜 비지에게 그 이야기를 하지 않았는지는 나도 모르겠다.

형의 무덤 위에는 하얀색 돌로 만든 죽음의 신 동상을 세웠고, 동상 옆에는 작은 금속판에 시를 새겨넣었다. 플랑드르어로 된 오랜 카르미나에서 발췌한 시였다.

나를 본받으라. 내게로 걸어오는 그대여
나도 그대처럼 한때는 살아 있는 인간이었지.
지금은 이렇게 땅속에 있지만
그대가 보고 있듯이 나는 죽어서 땅속에 묻혔다네
그 무엇도 내게 도움이 되지는 않았네. 조언도, 의학도,
예술도, 행복도, 학문도, 권력도, 많은 돈도
죽으면 모든 것이 다 허무하다네
사람들은 나를 '후베르트 반 에이크'라고 불렀지
지금은 땅속에 묻혀 벌레들의 영양분이지만, 나도 한때는
아주 존경받는 화가였다네
그러나 얼마 못 가 죽음을 맞았네

08

하녀 제안의 도움을 받으며 마고는 형의 옷가지와 아틀리에를 정리했다. 형의 옷가지는 몇 벌 안 되었다. 커다란 암말 같은 체구에 퇴색한 금발 머리의 제안은 눈물범벅이 되어 있었다. 그녀의 위로는 오히려 나와 마고를 짜증나게 했다. 하지만 제안의 위로가 진지하기 때문에 그나마 가만히 있었다. 하녀 제안이 왜 이렇게 슬퍼하는 것일까? 단순히 주인을 여윈 하녀 같지 않았다. 설마 그렇게 금욕적이던 후베르트 형이 제안과 잠자리를 했던 것은 아니겠지? 제안은 남은 급료를 받았고 이어서 사투리로 신의 은총을 빈다는 이야기를 여러 번 하고 계속 성호를 긋더니 형의 아틀리에를 떠났다.

마고는 〈어린 양에 대한 경배〉 밑그림, 성 요한 묵시록의 여러 버전의 그림을 조심스럽게 모았다. 성 요한 묵시록의 여러 버전은 형이 살아 있었을 때 해설을 달아놓고 구상 중인 작품이었다. 마고와 형의 아틀리에를 다 정리할 즈음 반 임프 드 통그레스가 갑자기 나타나 달려들었다. 그는 형의 후원자였는데 자기 그림을 가지러 왔다고 했다.

나는 탐욕스러운 이 인간에게 그대로 당하고 있지 않았다. 오히려 동생으로서 형의 작품을 상속할 권리가 있다고 하면서 그와 맞섰다. 즉석에서 해결하기에는 돈이 부족했지만 반 임프 드 통그레스에게는 중요하지 않았다. 내가 필리프 공작에게 요청할 시간이 필요하다고 하자 그는 마지못해 그렇게 하겠다고 했다. 일단 그는 마음을 가라앉혔지만 불쾌해하며 물러갔다.

난폭한 그의 등장에 마고는 깜짝 놀랐다.

"우리, 오빠 그림을 가져가자. 작은 오빠가 비지 부부가 요청한대로 겐트의 제단화를 완성해줘."

마고가 내게 말했다.

나는 망설였다. 형이 저세상으로 떠난 것을 계기로 내 인생을 돌아보았다. 에이크에서 투르네로 가고 헤이그에서 브뤼헤로 갔으며 생각지도 못한 일들을 맡게 되었던 그 동안의 내 삶을 돌아보았다. 죽은 형에게 대신 겐트의 제단화 〈어린 양에 대한 경배〉를 완성하겠다고 약속은 했지만 내 스타일과는 정반대로 지나치게 엄숙했다. 형이 살아 있을 때는 차마 이런 말을 하지 못했다.

여기서는 부뤼뤼 부인의 노하우가 더 나았다. 하지만 겐트의 제단화보다는 우선 필리프 공작의 명을 받드는 일이 더 중요했다. 부뤼뤼 부인은 내가 자유롭게 일할 수 있도록 해주는 타입이었다. 형이 시작한 겐트의 제단화를 보니 부뤼뤼 부인 밑에서도 자유롭게 작품을 표현할 수 있을 것 같다는 생각이 들었다. 하지만 겐트의 제단화를 완성하려면 시간이 좀 걸릴 것 같았다. 다행히 부뤼뤼 부인은 잘 기다려줄 것 같았다. 겐트의 제단화에 대해 내가 망설이는 것이 있으면 부뤼뤼 부인은 친절하게 해결책을 알려주었다. 나는 겐트의 제단화를 완성하는 작업에 들어가겠다고 했다. 부뤼뤼 부인은 계약을 맺는 일에 익숙했으며 설득과 합의의 달인이었다. 만일 남자로 태어났다면 뛰어난 대사가 되었을 것 같았다. 비지는 오만한 표정으로 동의했다.

비지-부뤼뤼 부부와 나는 겐트의 제단화를 감상하며 서 있었다. 왕관을 쓴 예수 그리스도가 한없이 자비로운 시선으로 바라보고 있었다. 순간 여기서 형의 순수한 시선을 느꼈다. 겐트의 제단화 상단 부분은 성모 마리아와 아기 예수가 앉아 있는 장면이었다. 아래에는 신비로운 어린 양이 피를 흘리는 장면이었는데 거의 밑그림 상태였다. 기사, 판사, 성인들이 집단으로 등장하는 주요 구성 부분은 아직 미완성 상태였다. 뒷 배경은 따로 스케치해놓은 것이 없었다. 원근법은 제대로 되어 있지 않았다. 그래서 초원은 너무나 생기가 없었고 나무들도 단조로운 모습이었다. 배경 그림이 전혀 되어 있지 않아서 일단 전체적인 구성을 일관되게 다듬은 다음 세세한 작업을 해야 할 것 같았다.

겐트의 제단화를 어떻게 작업해야 할지 고민을 해보았다. 어려워 보이긴 했지만 그렇기 때문에 잘해 보고 싶다는 도전 의식이 생기기도 했다. 릴에서 하는 자질구레한 일만 마치고 나면 겐트의 제단화를 본격적으로 작업할 생각이었다. 내게는 중요한 의미가 될 수 있는 종교화였다.

브뤼헤로 돌아오자마자 필리프 공작으로부터 추가로 돈을 더 받았다. 형의 그림을 상속받기 위해 지불할 돈이었다. 내가 릴에서 한 작업에 공작이 만족하여 상을 내린 것이었다. 형의 그림들은 수레로 옮기게 했다. 페트뤼스에게 형의 작품을 옮기라고 지시했다. 단풍이 붉게 든 가을이었다. 그는 구불구불하고 축축한 길을 덜컹이며 수레를 몰았다. 그런데 페트뤼스는 어느 선술집에서 통통한 아가씨의 유혹에 넘어가 그녀와 관계를 갖느라 하마터면 짐을 도둑맞을 뻔했다. 다행히 페트뤼스가 셔츠와 샌들 차림으로 진흙길을 달려가 도둑을 붙잡았다. 형의 그림 한 점을 갖고 달아나던 거지였다.

형이 세상을 떠나자 살고 싶은 욕망, 그림을 그리고 싶은 욕망이 더욱 불타올랐다. 투르네에서 흥분했던 일이 떠올랐다. 몸속에 에너지가 가득 넘치는 기분이었다. 새로운 목소리가 이 시대의 그림에 대해 진지하게 다시 생각해보라고 부추기는 것 같았다. 사실 요즘(거울에서 캉팽 선생님이 나를 경멸하며 얼굴을 찡그리는 모습이 나타나는 것 같았다) 필리프 공작 곁에서 과연 내 역할이 무엇인지 이런저런 생각을 하고 있었다.

다른 화가들 역시 아틀리에에 틀어박혀 그리스·로마 시대와 마찬가지로 관례에 사로잡혀 있었다. 우리 예술가들은 무엇을 제시해야 할까? 아름다움과 본질을 추구하는 것? 신? 아니면 오로지 공작의 영광?

내 예술은 이 모든 것을 추구하고 있기는 했다. 하지만 내가 진정으로 원하는 예술은 세상 사람들에게 공감을 주고 범접할 수 없는 신비함을 갖춘 작품이었다. 영원한 작품을 만들려면 밤새 생각해야 했다. 남다른 예술가가 되려면 단순히 교훈적인 그림만 그려서는 안 되었다. 순간 형이 밑그림을 그려놓은 〈어린 양에 대한 경배〉가 생각났다. 하지만 이렇게 한가하게 생각만 하고 있을 수 있는 상황이 아니었다.

공작의 고문인 니콜라 롤랭이 나를 찾아왔다. 그는 아첨하는 목소리로 의례적인 질문을 하더니 중요한 임무들이 나를 기다리고 있다고 했다. 처음에는 대규모 작품 주문이 있나 보다 했다. 그러나 그의 말을 들어보니 안타깝게도 그건 아니었다. 필리프 공작은 정식 자손을 보고 싶어했다. 우리 모두 바라는 일이기도 했다. 공작은 두 번이나 부인을 잃었고 그 마음의 상처를 치유하느라 상류층 가문의 아가씨들과 어울렸으며, 그 사이에서 낳은 사생아들에게 막대한 돈을 썼다. 하지만 공작은 늘 정식 아내와 자손을 꿈꾸고 있었다.

"반 에이크 선생, 공작님의 신붓감 후보들을 초상화로 그려주셔야겠습니다. 실물과 똑같은 모습으로 그려주십시오. 정치적인 목적에서 하는 정략결혼이긴 하지만 신부가 매력적이면 금상첨화이죠. 안 그렇습니까?"

니콜라 롤랭이 말했다.

이번 출장은 각별히 입을 조심해야 한다고 했다. 공작의 재정 담당 관리자들에게도 이번 내 여행 목적을 비밀로 해야 했다. 최종 혼인 결정이 있기 전까지는 모든 것을 숨겨야 했기에 위압적인 느낌의 대사와 함께 가는 것이 아니라 특사 몇 명이 사절단으로 간다는 것이다. 평범한 임무라는 느낌을 주며 눈속임을 하기 위해서였다. 특급 비밀 임무라고 하니 긴장이 되기도 했다. 공작은 신붓감 초상화뿐만 아니라 해당 국가의 도면을 원했기 때문에 나를 이렇게 멀리 보내라고 명령한 것이었다.

사실 공작은 지적이고 권력 있는 니콜라 롤랭을 은근히 두려워하고 있었다. 니콜라 롤랭은 음모를 꾸미고 있었고 사람들을 모았으며 감시를 하고 공작 못지않게 여행도 많이 다녔다. 공작은 니콜라 롤랭이 여행을 하면서 영향력을 키운다고 확신했다. 니콜라 롤랭은 권위적이고 눈은 날카로웠다. 권력에 익숙한 그는 공작을 충성스럽게 섬겼다. 공작은 자신에게 잘하는 사람에게는 잘 대해주었다. 하지만 부르주의 국왕, 즉 미래의 샤를 7세를 보좌하던 자크 쾨르와 마찬가지로 니콜라 롤랭도 공작의 이익과 자신의 개인적인 이익을 모두 잘 챙길 줄 알았다. 니콜라 롤랭의 포도주, 맛있는 치즈, 밀, 보리가 본에 있는 봉토에서 나와 강을 건너 우리를 위해 열리는 축하연에 도착했다. 니콜라 롤랭은 본에 시료원을 한 곳 건설할 것이라고 뽐냈다. 그는 특이한 사람이었다. 다른 봉신들과 마찬가지로 그도 내 예술과는 어느 정도 거리를 유지했다. 나는 니콜라 롤랭, 다른 봉신들과 마찬가지로 공작을 모시는 신하이지만 완전히 그 안에 종속되고 싶지는 않았다. 권력과 명예를 잃고 평범한 인간으로 전락한다 해도 내게는 그림이 남아 있을 것이기에 상관없었다. 그런데 지금 나는 색깔을 보지 못하는 처지가 되었다. 당시에는 훗날 내가 이렇게 될 줄은 상상도 하지 못했다.

공작의 특별 사절단에 속하게 되자 뿌듯하기는 했다. 나는 즐거운 마음으로 배에 올랐다. 미래 공작부인의 초상화도 그리고 해당 국가의 도면도 그리는 것이 내가 할 일이었다. 릴에서 내가 완성한 작품에 공작은 감탄을 금치 못했다. 그 이후로 공작은 나를 측근으로 삼았다. 그의 신뢰에 보답하기 위해서라도 이번 임무의 보안은 철저히 유지해야 했다. 공작과 가까워지면 즐거움을 누릴 수 있지만 자칫 잘못하면 관계가 깨질 수도 있었다. 하지만 시간이 걸려 신뢰가 쌓이게 되면 그의 측근이 될 수 있었다.

앞으로 도로, 성, 강을 지도에 그리는 일을 해야 하기 때문에 자연의 아름다움을 보는 눈을 더욱 길러야 했다. 작업을 수월하게 하기 위해 필요한 준비 단계라고 할 수 있었다. 사람들도 만나야 했는데 지겨웠다. 역시 사람들이 사는 세상은 야심과 분열로 얼룩져 있으며, 규칙만 다를 뿐 추구하는 목적은 다 똑같았다. 부와 권력, 영광……. 하지만 개개인이 자신의 이익에만 집착하다 보면 큰일을 이루지 못하는 법이다. 시골 귀족에서 군주에 이르기까지 단결이 필요했다. 단순히 섬기고 복종하는 관계만으로는 부족했다. 그러나 현실은 어떤가? 시골 귀족에서 군주까지 모두가 하나같이 이웃이나 친척보다 강해지고 부유해지려고 경쟁하고 있다. 공작에게 중간에 편지를 보내 내가 보고 들은 것을 보고했다. 어렸을 때 에이크를 떠나 투르네로 간 것이 첫 여행이었는데 투르네에 대해서는 쓸쓸한 기억이 많았다. 하지만 공작의 명으로 가게 된 이번 여행은 즐거웠다. 특히 공작이 함께 보내준 기수들이 모는 말을 타고 브뤼헤까지 달렸다. 달리는 말의 힘에 내가 들고 있는 초상화들이 흔들렸다. 브뤼헤로 돌아온 지 얼마 안 되어 새로운 임무를 받고 또다시 길을 떠났다. 계획도 꼼꼼해야 했고 성과도 좋아야 했다.

그런데 요즘 밤마다 마음이 불안해 견딜 수가 없었다. 어떤 날 밤에는 이유도 모른 채 울면서 잠에서 깨어난 적도 있었다. 낮에는 정신이 또렷했지만 밤에는 집중할 수가 없었다. 숙소는 시끄러운 소리로 가득했고 사람들을 만나고 파티에 참석하다 보니 더욱 그랬다. 이번 겨울은 살을 에는 듯한 추위가 찾아왔다. 유럽은 눈으로 뒤덮였다. 내 여행도 그만큼 어렵고 오래 걸렸다. 집은 뭐니뭐니해도 브뤼헤였다. 브뤼헤가 그리워서라도 빨리 임무를 마치고 싶었다. 나는 강박 관념에 사로잡힐 정도로 손과 눈 관리를 철저히 했다. 손에는 면 장갑, 양모 장갑, 가죽 장갑을 번갈아 끼었고 매일 저녁마다 눈을 닦았다. 촛불을 켜놓고 늦게까지 기억 속의 그림을 스케치했고 동시에 건강을 해치지 않도록 주의했다. 나는 그리스, 콘스탄티노플까지 갔다. 그리고 마침내 공작이 나를 다시 불러들였다.

추위는 계속되었다. 브뤼혜에 다시 돌아가니 즐거웠다. 추방된 사람이 다시 집으로 돌아갈 때 느끼는 기분과 같았다. 마고는 내가 가져온 선물을 보며 기뻐서 어쩔 줄 몰라 했다. 브뤼혜는 언제나 똑같았다. 브뤼혜로 돌아오고 나서야 기분도 나아졌다.

쉬고 싶었지만 위고의 아버지가 찾아오는 바람에 휴식을 망쳤다. 홀아비인 그는 전에 플랑드르를 누비고 다니다가 새로운 대학 근처 루뱅에서 아들 위고를 찾아냈다고 했다. 두 사람은 결국 화해를 했다. 위고는 모사를 전문으로 하는 아틀리에를 하며 근근이 살고 있고, 책도 몇 권 팔았다는 것이다. 또한 그는 학생들에게 즐거움을 주는 이야기를 여전히 쓰고 있었다. 하지만 위고는 풍자화 때문에 독실한 가톨릭 신자인 교수들과는 사이가 좋지 않았다. 위고 아버지는 놀라운 소식도 들려주었다. 위고가 마르트와의 사이에서 아이 셋을 두었는데, 그 중 한 명은 위고의 아이가 아니라는 것이었다. 위고의 아버지는 심각한 얼굴을 하며 한탄했다.

나이를 먹어갈수록 삶이 안락해지다 보니 마음이 여유로워졌다. 위고와 아버지는 많이 닮았다. 턱, 팔꿈치, 냉소적인 푸른 눈, 청산유수 같은 말솜씨……. 사실 위고가 키우고 있는 사생아는 내 아이가 아니던가? 내 아이를 임신했던 미셸은 어떻게 되었을까? 위고의 아버지는 미셸에 대해 이야기하지 않았다. 그래서 나는 위고에게 편지를 썼을 때도 미셸에 대해 아무것도 묻지 않았다. 얼마 후 위고를 브뤼혜로 초대했다.

옛 친구 위고를 다시 만나니 정말 기뻤다. 하지만 그와 재회의 기쁨도 잠시, 수도원장으로부터 우울한 소식을 듣게 되었다. 수도원에 계시던 우리 어머니가 형이 죽은 슬픔 때문에 큰 시름에 잠기더니 3월 말, 주무시던 중에 세상을 떠났다는 것이었다. 관 속에 있는 어머니의 표정에는 여전히 슬픔이 남아 있었다. 어머니는 세상을 떠나도 맏아들을 계속 그리워하고 있던 것이다. 수도원장은 우리 어머니의 영혼이 신성했다고 편지로 알려주었다. 마고는 어머니를 잃은 슬픔에서 오랫동안 헤어 나오지 못했다. 마르그리트는 그런 마고에게 자신의 여인숙 일을 도와달라고 했다. 마르그리트는 아버지를 여읜 후 여인숙을 혼자 꾸려가고 있었다. 마고는 바쁘게 일을 하면서 슬픔으로부터 어느 정도 벗어날 수 있었다. 마르그리트의 배려가 감동적으로 느껴졌다.

나는 지도 제작, 아틀리에에 들어온 여러 가지 주문, 니콜라 롤랭과의 연속 회의 때문에 정신없이 바빠 돌아가신 어머니를 생각할 여유조차 없었다. 공작의 신붓감 후보의 초상화를 그려야 한다는 생각에 정신이 없었다. 그래서 어머니를 마음껏 그리워할 수가 없었다.

1427년 7, 8월 여름. 나는 사절단이 되어 팀과 함께 발렌시아로 떠났다. 왕녀의 초상화를 그리러 가는 것이었다. 건조하고 따뜻한 스페인을 향해 가벼운 마음으로 여행을 떠났다.

알폰스 V. 아라공의 질녀 이사벨 우르겔은 공작의 신붓감 후보 중 하나였다. 나는 이사벨 왕녀의 초상화를 그려야 했다. 이사벨 왕녀는 종려나무 숲에서 포즈를 취했다. 주변에서는 시녀들이 노래를 부르며 레이스 부채를 부쳐주고 있었다. 공작은 신붓감 후보를 미화하지 말고 본모습 그대로 그려오라고 명했다. 오만한 인상에 특별한 매력이 없으며 약간 멍청해 보이기도 한 이사벨 왕녀의 모습을 그대로 그렸다. 그녀는 장미원에서 다시 한 번 포즈를 취했다. 나는 열심히 그림을 그렸다. 이사벨 시녀 한 명이 나를 마음에 들어했다. 기품 있지만 탐욕적이고 관능적인 여자였다. 그녀의 욕망 앞에 나는 굴복했다. 나는 다시 한 번 열정적인 사랑에 빠졌다.

폭풍우처럼 격정적인 사랑이었다. 며칠 동안 그녀와 열정을 불태웠다. 쾌락은 절정에 달했다. 이 순간이 영원할 것 같았다. 하지만 불꽃 같은 순간은 너무나 짧았다. 아쉽지만 우린 이별을 받아들일 수밖에 없었다. 그녀도 그렇고 나도 그렇고 이제 이 같은 열정을 불태울 상대를 다시 만나기가 힘들 것 같았다. 그런 기회는 흔치 않았다. 이별 앞에서 우리는 마음이 찢어질 듯이 아팠다. 그녀의 이름은 리비니아. 그녀는 유부녀였기 때문에 남편과 자식들 곁에 있어야 했다. 더구나 리비니아는 자신만을 바라보고 사는 남편을 차마 버릴 수 없었다. 그녀는 남편을 존경하기도 했다. 어느 날 밤 리비니아와 나는 함께 도망칠까도 잠시 생각했다. 하지만 다음 날 아침 우린 서로 안타까운 이별을 했다.

나는 다시 바르셀로나로 갔다. 그곳에 가자 기분 전환이 되었다. 넓디넓은 지중해가 반짝였다. 짙은 푸른색 바다 위로 하얀색 베일 같은 파도가 치고 있었다. 감동적인 풍경이었다.

아프리카는 이곳에서 그리 멀지 않은 곳에 있었다. 프레트르 장의 왕국, 이집트의 향과 미라⋯⋯. 거친 사막의 모래바람에 몸을 맡긴 채 여행하고 싶다는 생각이 들었다. 바르셀로나, 붉디붉은 히비스커스 숲, 리넨 제품, 레몬색 건물, 연두색 덧문, 소란스러운 배……. 강렬하고 다채로운 빛깔 앞에서 정신을 차릴 수가 없었다. 이곳에 비하면 브뤼헤의 안개와 하늘은 너무나 단조로운 색채였다. 리비니아……. 아직도 그녀가 뇌리 속에 남아 있었다. 그녀가 나와 함께 브뤼헤로 갔다면 겨울이 긴 브뤼헤의 추위를 견디지 못했을 것이다. 리비니아는 바르셀로나처럼 따뜻한 곳과 어울렸다. 반면, 나는 북풍과 안개의 땅 북유럽과 어울렸다.

문득 투우 장면이 떠올랐다. 모래사장에서 기사들이 황소 주변에서 바람을 잡았고 기운 센 황소는 겁이 없었다. 담력 넘치는 투우사가 등장하자 관중은 흥분했고, 어서 황소와 한판 붙으라고 아우성이었다. 투우사와 황소 중 한쪽이 죽어야 끝나는 경기였다. 투우사와 황소가 긴장감 있게 싸울 때마다, 황소가 열받아 날뛸 때마다 관중은 소리를 질렀다. 마침내 검은색 황소가 황토색 먼지를 풀풀 날리며 쓰러지자 관중의 환호성은 절정에 달했다.

갑자기 집시들의 노래가 구슬프게 들려왔다. 마음을 아프게 하는 노래였다. 얼른 선술집으로 들어가 두 시간 동안 리비니아를 생각하며 괴로워했다. 리비니아……. 그녀 생각 때문에 앞으로도 마음이 쓰릴 것 같았다.

플랑드르에서 소식이 왔다. 좋지 않은 소식이었다. 필리프 공작이 이사벨 우르겔과 결혼하지 않기로 했다는 소식이었다. 무산된

이유가 셀 수 없이 많았다. 결혼은 물 건너 갔으니 발렌시아 궁전에는 갈 필요가 없었다. 떠나기 전에 리비니아를 마지막으로 한 번 더 만났다. 그녀와 마지막으로 작별 인사를 하자 마음이 찢어질 듯이 아팠다.

리비니아와의 이별은 상처로 남았다. 지금 나는 색깔을 볼 수 없다. 그래서 과거의 기억도 흑백처럼 희미해져갔다. 리비니아를 떠올리면 깊고 다정한 눈, 무성한 속눈썹, 가무잡잡한 살결, 가슴과 허리를 수놓은 점이 겨우 생각날 뿐이다. 그녀의 부드러운 목을 떠올리며 그 살결을 기억해보려고 애쓴다.

아, 리비니아와 내가 함께 누웠던 베이지색 침대, 추억 속의 우리 사랑……. 바르셀로나의 붉은 히비스커스 숲이 점점 기억에서 멀어져간다. 반짝이던 바다도 눈앞에서 점차 단조로운 색으로 변해간다. 모든 기억이 내 머릿속을 빠져나가고 있다. 기억이 점점 희미해진다. 덩달아 글도 진도가 나가지 않는다. 나는 마치 퇴위한 국왕처럼 어디로 갈지 몰라 방황한다. 두 팔을 어둠 속에 내밀고 잿빛 세상 속에서 혹시 있을지도 모를 빛을 찾아 헤매는 꼴이다. 무섭다. 결국 눈에서 눈물이 흐른다. 기억이 희미해져가고, 글은 멀어져가는 기억을 잡으려고 애쓴다. 그러나 기억은 무정하게도 머릿속에서 완전히 멀어진다. 리비니아를 영원히 잃어버렸다! 기억이 멀어지면서 내 자신도 잘게 쪼개지는 느낌이다. 어떻게 해야 하지?

10월 중순. 브뤼헤의 대사가 생-뤽으로 가는 길에 투르네에 머물렀다. 길드에서 파티가 열렸다. 캉팽 선생님은 과거 안 좋았던 기억은 다 잊은 듯 나를 반갑게 맞아주었다. 선생님은 그새 많이 말랐지만 여전히 기품을 간직하고 있었다. 예전에는 열정이 넘치던 선생님의 얼굴이 부드러운 인상으로 바뀌었다. 사실 캉팽 선생님은 '로랑스 폴레트'라는 여성과 사랑에 빠진 대가로 1년 동안 투르네에서 추방되어 생-질로 순례를 떠나라는 판결을 받았다고 한다. 선생님이 '나의 교황님'이라고 부르며 친하게 지내던 투르네 주교도 불륜에 대해서는 엄격했기 때문에 변호를 해주지 않았다는 것이다. 다행히 선생님은 후원자 자클린 드 바비에르가 힘을 써준 덕분에 얼마간의 벌금을 내는 것으로 사건은 해결됐다. 자클린 드 바비에르가 교회 쪽과 돈독한 관계를 맺고 있었기 때문에 가능한 일이었다.

앙리 르 시앵은 그새 체격이 많이 커졌다. 앙리도 과거의 일은 잊었는지 나를 안아주며 반가워했다. 모두 건배하며 즐거운 시간을 가졌다. 캉팽 선생님은 새로 보수하여 넓어진 아틀리에를 보여주겠다고 했다. 내 앞에서 과시를 하려는 것일 수도 있고, 내가 정말 반가워서 그러는 것일 수도 있었다. 최근 선생님의 아틀리에를 찾아오는 손님들은 자신만의 기도서를 꾸며달라는 주문을 주로 한다고 했다. 요즘은 묵주, 향수병, 보석상자와 함께 자신만의 기도서를 갖는 것이 유행이라는 것이다. 부르주아 가정에서는 집에 기도서를 장식하는 것이 유행이었다. 부르주아들은 삽화집, 시집, 식물학 책을 즐겨 수집했다.

캉팽 선생님은 손을 비비며 기뻐했다. 선생님의 동료로는 로히어르 판 데르 베이던, 자크 다레가 있었다. 선생님의 그림은 예전이나 지금이나 거의 변화가 없었다. 지나치게 화려했다. 나는 그림을 그릴 때 색 배합에 신경을 쓰는 편이었다. 선생님은 이제 자신은 구세대 화가라는 것을 알고 있었다. 베이던은 아직 젊은 나이지만 대단한 실력을 갖고 있었다. 그의 그림은 조용하고 경건한 느낌이었다. 그는 마치 고통을 그림으로 승화시킨 듯했다. 구도와 색깔도 좋았다. 그는 앞으로 좋은 화가로 성장할 것 같았다. 특히 그의 그림은 내 그림과 같이 빛의 효과를 적절하게 사용하고 있었다. 나는 그에게 조용한 소리로 이렇게 말했다.

"여기서 너무 오래 있지는 말게."

나는 좋은 뜻으로 한 말이었는데 그는 뒤로 물러나더니 화를 내며 얼굴을 붉혔다. 나는 수줍음이 많은 성격이라 그의 오해를 풀어 주지도 못했다. 그를 격려하려고 한 소리였는데 오히려 화를 나게 하고 말았다.

한편, 알렉시스는 브리튼 후작 곁에서 그림을 그리며 상당히 냉소적인 성격이 되었다고 들었다. 장 밥티스트는 시료원에서 하루하루를 살고 있다고 했다. 그가 몸이 거의 마비되어 죽고 싶다는 타령만 해서 캉팽 선생님이 시료원에 보낸 것이었다. 그와의 일이 떠올랐다. 예전에 내가 광기에 사로잡혀 얼굴과 양팔에 붉은색 물감을 칠했을 때 그가 보지 않았던가? 나는 옛정을 생각해서 캉팽 선생님에게 스페인산 붉은색 물감을 선물로 주었다. 오묘한 색을 내는 특별한 붉은색 물감이었다. 선생님은 비굴할 정도로 내게 고맙다고 했다. 그런 선생님을 보며 은근히 승리감을 느꼈다. '권력 있는 필리프 공작 곁에 있으니 이런 날도 오는군.' 나는 생각했다. 선생님은 선물에 대한 답례로 봄에 나를 위한 연회를 마련할 테니 참석해달라고 했다. 나는 그러겠다고 약속했다.

위고와 함께 살았던 생-브리스의 초라한 집을 다시 가보니 감회가 새로웠다. 여전히 집값은 쌌다. 내가 가지고 있는 돈으로 사고도 남았다. 하지만 그러지 않았다. 구질구질했던 시절이 지겨웠다! 이제 젊은 시절은 내 곁을 떠났다. 젊어서도 외로웠지만 지금은 더 외로웠다. 내가 방황하면 혼을 내며 바로잡아줄 형도 이제는 없었다. 그는 비지-부룰뢰 부부의 예배당 지하묘지에 잠들어 있었다. 어머니도 이미 저세상 분이셨다. 앞으로 끝까지 내 머릿속에 남을 리비니아. 그러나 그녀와는 더 이상 만나서는 안 되었다. 캉팽 선생님 아틀리에에서 와인을 너무 마셨고, 이런저런 생각으로 머리가 무거워서인지 몸이 피곤했다. 테트 도르 여인숙에 자정 무렵 도착해 잠자리에 들었다.

09

마고는 오렌지, 풍접초 꽃, 꿀로 달콤한 소스를 만들었다. 밖의 풍경이 한눈에 들어왔다. 사람들이 아주 많았다. 나는 계단을 하나씩 올라갔다. 네 번째 계단에서 삐걱이는 소리가 났다. 마고는 겨울철처럼 창문을 조금 연 다음 창가에 신선한 소스를 올려놓았다.

마침내 아틀리에의 조용한 분위기를 즐길 수 있었다. 작업대에 앉아 일을 하다 보니 시간이 금새 흘러갔다. 이렇게 있으니까 한 번도 떠나지 않고 계속 이곳에 있었던 듯한 느낌이 들었다. 운하를 따라 흐르는 물이 바람에 일렁였다. 황금빛으로 물든 낙엽들이 물 위에 떠다녔다. 지금 내 마음은 잔잔하게 흐르는 운하의 물처럼 평화로웠다. 브뤼헤에 있으면 즐겁고 마음이 편했다. 뒤에 든든한 성벽이 있는 것처럼 마음이 놓였다. 브뤼헤는 나를 좋아했다. 브뤼헤와 내가 안 지도 16년째였다. 이제 나는 브뤼헤에게 짐짝밖에 되지 않았다. 브뤼헤가 이런 나를 내쫓는다면?

브뤼헤에 있는 여러 성당을 다니며 기도했고 궁전도 자주 찾아갔다. 이곳에서 열리는 축제들도 좋았다. 나중에 내가 결혼한 곳도, 두 아이를 낳은 곳도 브뤼헤였다. 묘한 도시, 정말로 나의 도시 브뤼헤에서 이슬비가 보슬보슬 내리면서 바람이 더 시원하게 불었다. 종탑에서 들려오는 소리는 인간의 행복과 불행을 알려주는 것 같았다. 저녁에 조용한 도시를 산책하면서 다리와 운하를 보면 즐거웠다. 깨끗한 거리, 다채로운 색채의 덧문을 자랑하는 흰색 집들, 작은 광장, 분수. 브뤼헤에 있는 이 모든 것이 마음에 들었다. 정돈되고 아름다운 것을 좋아하는 내게 브뤼헤는 안성맞춤한 도시였다. 잔잔한 파도를 배경으로 바람과 해변에 몸을 맡긴 채 행복한 신처럼 말을 타고 달리지 않았는가!

브뤼헤 사람들은 장사에 능했고 자립심이 강했지만 감각적인 쾌락에는 관심을 보이지 않는 속을 알 수 없는 성격이었다. 브뤼헤에 있으면 유럽 각국에서 온 사람들이 장사를 하고 즐겁게 시간을 보내며 비밀 이야기를 하는 모습을 볼 수 있었다. 스페인, 아르곤, 포르투갈, 스코틀랜드, 베네치아, 플로렌스, 밀라노, 제네바, 루카에서 온 사람들이 조용하고 단조로운 브뤼헤에 활기를 불어넣어주었다. 이 외국인들이 사는 집은 풍요롭고 경건한 브뤼헤를 더욱 아름다운 도시로 만들었다. 사거리와 광장에서는 외국인들이 떠드는 낯선 언어들이 들려왔다. 축제에서는 아름다운 외국 여성들이 관능적인 열정을 뿜어냈다. 브뤼헤의 항구는 열리고 닫히며 다양한 모습을 연출했고 리스본, 베네치아, 베르겐, 니주니노브고로드의 항구와 경쟁했다.

이곳 브뤼헤에서 내 그림은 매우 독특한 작품으로 알려졌다. 덕분에 나는 유명세를 탔고 돈도 많이 벌었다. 하지만 다른 사람이 잘되는 꼴을 못 보는 인간들은 이런 나를 질투하고 미워했다. 또한 내가 공작과 각별한 사이라는 것이 알려져서 내 주변에는 사람들이 모이지 않았다.

브뤼헤에서 비즈니스를 하면서 다른 사람과 얽히다 보면 피곤했다. 하지만 알베르가의 추기경, 세공사 드 눈, 연주자 질 뱅슈아, 르베그는 나를 자랑스럽게 생각했고, 내가 그린 그리자이유 화법의 작품을 좋아했다. 이들은 한결같이 나를 좋아했다. 모두 박학다식하고 새로운 것을 좋아하는 남다른 인물들이었다. 이들의 배려가내게는 소중했다. 또한 우리는 성격도 비슷해서 매우 친하게 지냈다. 의견이 달라도, 눈에 보이지 않아도 늘 변함없이 친했다. 마음이잘 맞는 이들과는 열심히 교류했지만 이 사람들 이외에는 다들 나를 피하는 것 같았다. 그래서 두려웠다.

스페인에서 브뤼헤로 돌아오자 리비니아와의 사랑으로 생긴 상처가 어느 정도 치유되었다. 변덕스러운 잿빛 하늘은 번민하는 내마음 같았다.

사냥철이 되어 손님들 또는 맹금류 사냥꾼들과 사냥을 나갔지만 지루했다. 사냥개들, 과시하듯 화려하게 차려입은 옷들, 들판 위를 마구 달리는 흥분한 말들, 사냥 등으로 주변이 워낙 시끄러워 차분하게 있을 수가 없었다. 공작은 이렇게 과시하며 다니는 것을 좋아했다. 공작의 총애를 받고 있는 사람으로서 그가 가자면 갈 수밖에 없었다. 공작은 자신의 궁전에 있는 사람들을 즐겁게 할 수도, 파멸시킬 수도 있었다. 그러므로 우리 같은 예술가들은 공작에게 비굴하게 굴 수밖에 없지 않겠는가? 아무리 부와 권력이 일시적이라 해도 공작을 완벽하게 모셔야 하는 의무가 있지 않은가. 어쨌든 공작은 우리에게 무한한 애정을 보냈다. 그가 좋아하는 축제에 참석하게 되면 모두들 회색, 검은색, 흰색 옷을 입어야 했다. 기사는 비단, 다른 사람들은 양모와 나사 천으로 된 옷을 입어야 했다.

의상의 천과 색이 엄격히 정해진 이 자리에서 유일하게 광대만이 붉은색과 황금색이 어우러진 옷을 입고 신나게 흔들 수 있었다. 이날 나는 감기 때문에 마음이 우울했고 재채기를 많이 해서 그런지 피곤했다. 지금 이렇게 사람들과 떨어져 글을 쓰면서 생각해보니 의상에 달린 진주는 화려했어도 파티의 분위기는 우울했던 것 같다. 어쩌면 언젠가 내 인생이 화려함에서 우울함으로 추락할 것이라는 사실을 예견해주는 징조가 아니었을까? 지금 점점 더 우울해지고 있는 것에 비하면 예전의 우울함은 그래도 나은 편이었다. 젊었을 때는 예술 덕분에 지조도 있었고 섬세했지만 색깔을 보지 못하는 지금은 기억마저도 점차 색을 잃어가고 있다. 왠지 두렵다. 매일매일 글을 쓰면서 고통을 잊으려 하지만 자꾸 리비니아가 생각나 괴롭기만 하다. 내 꿈도 잿빛이 되어가고 있다. 이런저런 고민 때문에 오랜 시간 동안 뜬 눈으로 밤을 지새우기도 한다. 지금 다시 기억을 더듬어 옛날을 생각한다. 평소처럼 간결한 글로 추억을 열심히 써내려간다. 아니, 이게 아니다. 완전히 새로운 글로 써야 한다. 계속 글을 쓰려면 내 자신을 드러내야 한다. 점점 눈을 뜨고 있을 때가 많다. 최근의 기억은 아직도 생생한데 가장 오래된 기억은 희미하다. 어린 시절의 과수원도 흑백으로밖에 떠오르지 않는다. 리비니아는 희미한 그림자 속으로 사라진다. 지금 나는 감각보다는 정신으로 기억을 더듬으며 글을 쓰고 있다. 그러다가 너무 지치면 쓰는 것을 멈춘다. 차라리 목숨을 끊는 것이 낫다는 생각이 든다. 단편적인 기억마저도 희미해진다면 더 살아서 무엇하겠는가?

이러다가 나중에는 기억나는 것이 하나도 없어지면 어떻게 하지? 머릿속이 온통 캄캄해질지도 모른다는 생각을 하니 절망스러울 뿐이다. 어떻게든 그런 최악의 상황만은 막아야 한다는 생각에 다시 책상에 앉는다. 내가 살아 있었다는 흔적을 남기려면 기억을 계속 더듬어 글을 써내려가야 한다. 하지만 노력을 해도 소용이 없다. 질 뱅슈아도 더 이상은 말릴 수 없다. 내가 무기력하게 있자 질은 나를 위로해주려고 소극을 몇 편 연기해준다.

어쨌든 그날, 파 드라 벨 페를린 토너먼트. '파리스처럼 아름답고 에네처럼 경건하고 율리시스처럼 현명하고 헥토르처럼 열정적인 인물이다.' 훗날 역사가들이 자크 드 랄랭을 묘사한 글이었다. 자크 드 랄랭은 스코틀랜드, 카스티야, 헝가리, 포르투갈, 아라곤에서 온 기마 창 시합 선수들을 당당히 물리치고 승리했다. 모두 오랫동안 자크 드 랄랭이 도전한 선수들이었다. 하지만 그때 나는 알 수 없는 이유로 슬픔에 잠겨 박수칠 기분이 아니었다.

그 좋던 한스의 눈도 나이가 들면서 함께 나빠졌다. 나는 필리프 공작에게 도움을 청해 한스가 쉴 수 있도록 해주었다. 어느 포근한 오후에 한스는 창밖을 바라보았다. 지나가는 행인들은 그의 얼굴을 보고 누렇게 뜬 주름투성이 가면 같다고 생각했을 것이다. 기괴한 사육제에서나 볼 수 있는 그런 가면 말이다.

어떻게 내가 한스를 이렇게 방치했단 말인가! 인간은 타인의 고통을 너무 쉽게 생각하는 경향이 있다. 본래 말이 없는 성격이라 한스는 그 동안 불평 한 마디 하지 않았다.

한편, 장은 아르놀피니 부부의 집에서 요리를 하는 이탈리아 여자와 관계를 가졌다. 그는 성벽 가까이에 있는 예쁜 건물을 빌렸다. 젊은 이탈리아 여자는 집 안을 세련되게 정리했다. 그녀는 단순히 쾌활한 것이 아니라 신중했다. 하녀 신분의 여자들에게서는 보기 힘든 성격이었다.

겨울이 되자 지도를 완성해야 했다. 그 외에도 여러 초상화, 생 상 예배당에 걸릴 〈십자가에서 내리는 그리스도〉 그림 때문에 정신이 없어서 숨막히는 여름의 더위와 리비니아에 대한 열정을 잊어갔다. 거의 꿈에서 봤다는 생각이 들 정도였다. 토요일마다 마고와 하녀를 데리고 장에 갔다. 시장은 손님들이 피우는 불 덕분에 따뜻했다.

모직을 실은 선박에서 내린 영국인 선원들, 키가 큰 금발머리의 사람들이 장난삼아 채소장사들을 밀쳤다. 시장에서 세 블록 더 가있는 누추한 집에서 사랑의 맹세를 하는 사람들도 보였다. 나는 이미 유명인이라 마음대로 행동을 할 수도 없었다. 그래서 붉은 터번을 두르고 다녔다. 그렇게 하자 사람들이 나를 알아보지 못했다. 여전히 리비니아 생각이 났다.

시장 너머에 있는 탑에는 모피를 입은 세금 담당자들이 이 도시 사람들의 수입을 계산하고 있었다. 이들은 거래 시장을 살펴보고 계속해서 정확하게 협상한 후 판단했다. 나는 간혹 우리 조합의 회식 때 초대받아 이 탑에 가기도 했다.

3월, 투르네 시의 주교와 길드가 만장일치로 내 칭찬을 하고 있다고 들었다. 학 두 마리가 예쁜 새장 속에서 파닥거렸다. 새를 보니 어린 시절로 돌아간 것 같았다. 사실 나는 어렸을 때는 새를 길러본 적이 없었다. 칭찬과 돈보다는 새장 속의 학 두 마리가 더 좋았다. 어른들이야 조그만 것에 더 이상 감동하지 않고 칭찬과 돈을 좋아하지만…….

아르놀피니 부부가 투자한 금액을 불리니 돈 버는 재미가 쏠쏠했다. 불어나는 돈을 세어볼 때 남모르는 기쁨을 느꼈다. 돈 그 자체가 좋기보다는 돈이 가져다주는 자유와 안락함이 좋았다. 불쌍한 한스 대신 일할 채색화가를 고용하고 싶었다. 젊은 재능으로 내 아틀리에를 채워줄 새로운 채색화가. 그런데 새로 온 채색화가가 나보다 뛰어나다면? 문득 이런 생각이 들자 새로운 사람을 고용하고 싶지 않았다. 하지만 예술과 인생을 생각하면 고민은 사라졌다. 몇 시간 생각한 후 로히어르 판 데르 베이던에게 일을 맡아달라고 부탁해보았다.

그는 본능적으로 내 제안을 거절했다. 자신이 없어서 거절한 것이 아니라 나중에 필리프 공작의 눈에 들어 매이게 될까 봐 불안했던 것이다. 그는 자유로운 예술가였다. 나도 한때는 그처럼 생각한 적이 있었으므로 이해할 수 있었다. 그의 생각은 괜한 것이 아니었다. 실제로 그랬으니까…….

공작은 점점 더 나를 총애했다. 그와 대화하는 시간이 늘어났다. 뿐만 아니라 일도 잘 되어갔다. 공작과 궁정의 개들로부터 주문도 많이 들어왔다. 그런데 예술가에게는 늘 많은 위험이 도사리고 있는 법이다. 성공, 즐거움, 풍족한 돈이 따를 수 있지만 반대로 빈곤, 외로움이 따를 수도 있었다. 다행히 신 덕분에 후베르트 형을 추억하면서 마음을 다잡고 일에 전념할 수 있었다. 그렇게 열심히 일을 하다 보니 잡념도 없어지고 욕구 불만도 잊을 수 있었다. 나는 정말로 이중적인 인간이었다. 관능적인 것을 즐기고 허영심을 좋아하면서도 한편으로는 쾌락과 허영심을 경멸했다. 캔버스 앞에서는 금욕적이면서 목표가 있으면 반드시 도달하려고 수단과 방법을 가리지 않았다. 나는 이런 내 자신을 잘 알고 있었다. 하지만 내가 이중적이라는 것을 알고 있는 사람은 거의 없었다. 한스 이외에는. 한스는 눈이 침침해도 다른 사람들이 보지 못하는 것을 잘 보았다. 어렸을 때부터 나와 한스는 말하지 않고도 서로의 마음을 대충 알았다. 나는 본성을 드러내지 않았지만 한스는 이런 나를 매우 잘 알았다. 한스와의 무언의 대화가 다른 연설보다도 내게는 중요했다. 그의 건강이 극도로 나빠지자 뭔가에 한 대 얻어맞은 기분이 들었다. 예술 작업을 마치지도 못하고 죽음을 맞는 일처럼 충격적으로 다가왔다. 비록 요즘 이런저런 생각으로 마음은 우울했으나 한스에 대한 고마움은 나날이 커져간다. 몸이 극도로 나빠진 한스는 결국 펠리칸으로 떠났다. 아쉬웠지만 그와 작별할 수밖에 없었다.

마르그리트는 지치지도 않는지 수시로 들락날락했다. '혹시 나를 사랑하는 걸까?' 그럴지도 몰랐다. 하지만 그녀는 나를 사랑한다는 티를 전혀 내지 않아서 덕분에 편안한 관계를 유지할 수 있었다. 그냥 마르그리트가 가끔만 들러줬으면 좋겠다는 생각이 들었다. 사실 그녀는 예쁜 얼굴이 아니었다. 그래서 그런지 슬슬 그녀가 지겨워졌다. 그녀의 평범한 신앙심 역시 지긋지긋했다. 리비니아 생각으로 다른 여자에게 마음을 열 여유가 없었다. 나는 그저 묵묵히 일만 했다.

필리프 공작은 내 작품들을 보더니 무척 마음에 들어 했다. 그 덕에 후한 보수를 받았고 덤으로 은잔들도 함께 받았다. 공작은 알렉산더처럼 되고 싶어했다. 권력은 있었지만 왕위를 탐냈다. 그래서 그는 언젠가 왕이 될 수 있다는 희망을 품으며 전투를 벌였다. 또한 공작은 예술가들을 좋아했고 서재에는 수사본을 가득 꽂아놓았으며 궁전도, 파티도 소홀히 하지 않았다.

그러나 신은 어찌된 일인지 공작에게 국왕이 될 기회는 주지 않았다. 그는 효심도 깊었다. 공작의 부친은 암살당했는데 상복을 입은 채 부친을 잊지 않는 그의 효심에 감동한 적이 있었다. 그러나 공작은 타락한 사람이기도 했다. 그의 주위에는 호색한들이 가득했다. 그들은 아무렇지도 않게 간음을 했다. 애시 당초 예의와 도덕을 모르는 인간들이었다. 간혹 공작은 강한 욕구를 참지 못해 여인을 강제로 취하기도 했다. 헤이그에서 나 역시 잠시 밑바닥까지 타락한 적이 있었다. 하지만 그러한 경험을 한 적이 있었기 때문에 그 이후로는 비도덕적인 것이 혐오스럽게 느껴졌다. 공작의 서재를 장식할 그림을 그리기 위해 희한하고 선정적인 것들을 스케치했다. 예전에 리에주 군주를 위해서도 그런 스케치를 한 적이 있다.

"이곳에만 있으면 공작은 음란해지지."

샤틀렝이 한 말이었다. 정말로 공작은 알코브, 뜨거운 여자들, 흐트러진 침구, 금지된 체위, 뚱뚱한 여자 노예들이 둘러싸고 있는 동양풍 목욕을 좋아했다. 공작의 서재에는 내가 좋아하는 책 한 권이 있었다. 그가 아끼는 책 가운데 하나였다. 제목은 《오르가슴을 느끼기 위한 사랑의 기술》. 사랑을 통해 상상력을 강하게 느낄 수 있게 해주는 책이었다. 또한 나는 《랜슬롯》을 다시 읽었다. 소설 속에 나오는 에로틱한 대사가 마음에 들었다. 게일오트는 여왕에게 랜슬롯을 애인으로 생각하라 하고, 여왕은 게일오트의 아내에게 게일오트의 애인으로 생각하라는 장면이 나오지 않는가? 어렸을 때는 모험이야기만 읽었다.

내가 작업한 세계지도는 공작에게 자부심을 주는 작품이었다. 기독교 세계 전체에도 중요한 작품이었다. 장 제라맹의 〈영적인 지도〉를 참고로 아시아, 유럽, 아프리카의 세 대륙을 그렸고, 거리도 표시했다. 그리고 여러 국가와 인종, 예수 그리스도, 사도들, 순교자들이 삶과 죽음을 맞은 곳들에 대해 설명을 덧붙였다. 그런데 브뤼셀은 좋아해본 적이 없었다. 언덕과 안개로 둘러싸여 있는 숲은 신비한 분위기를 자아냈지만 더럽고 악취가 풍기는 매력 없는 도시였다. 그래서 브뤼셀에 있으면 서둘러 브뤼헤로 돌아갔다.

야무지게 살림을 하는 마고가 있어서 마음이 편했다. 살림하는 그녀의 모습은 영락없는 어머니였다. 나는 매일매일 규칙적으로 생활했다. 아침 일찍 일어나 아틀리에에서 브라만트 가문의 초상화를 혼자 작업했다. 내게 의뢰가 들어온 일이었다. 그 밖에도 고인이 된 용맹공 장과 필리프 공작을 표현하는 판화 작업으로 바빴다. 이번 작품들은 욕심 때문에 맡았다. 얀 반 에이크라는 이름을 알리고 싶었다. 욕심일까, 아니면 허영심일까? 내 이름을 영원히 알리고 싶은 바람? 이런 식으로 안심을 하고 싶었던 것일까? 그러나 한 가지가 걸려 찝찝했다. 〈어린 양에 대한 경배〉를 아직 완성하지 못해서였다. 왜 아직 완성을 못했는지는 나도 모르겠다. 왠지 게으름을 피우고 싶었고 공작을 모시느라 정신이 없었다. 솔직히 완성하지 못한 〈어린 양에 대한 경배〉와 마주치기 싫어서 일부러 주문을 많이 받기도 했다. 끊임없이 이런저런 생각으로 괴롭고 피곤했다. 정신이 멍해지기도 했다. 이런 나를 보고 농부들은 조금 미쳤다고 생각했다.

마고는 나처럼 이 같은 고민을 한 적이 없다. 그녀도 한 가지 개인적인 고민이 있기는 했다. 하지만 일 때문에 바빴고 생각할 일도 많았던 내가 덜어줄 수 있는 고민이 아니었다.

열한시 경, 나는 장 코안, 페트뤼스, 크리스토퍼의 작업을 감독했고 도제들에게 일을 나누어주었다. 내가 키운 도제들이었다. 간단하게 저녁을 먹은 후 한 시간 동안 눈을 붙였다. 그리고 아틀리에에서 다시 두 시간 정도 잠을 잤다. 고객들, 조합에서 보낸 사람들, 길드의 명사들을 맞기도 했다. 그런 다음에는 궁전에 가든가 아니면 마고와 운하를 걸으며 산책했다. 그리고는 질 뱅슈아와 다른 초대 손님들이 와서 함께 파이와 진한 수프, 닭고기 구이, 공작과의 사냥에서 잡은 사슴이나 꿩고기 요리를 먹었다. 양파잼과 귤잼도 있었다. 질 뱅슈아는 대단한 식욕을 자랑했다. 그런 질을 보는 것이 즐거웠다. 하지만 질처럼 게걸스럽게 먹는 사람이 되고 싶지는 않았다. 나는 한스처럼 소식주의자였다. 끈기 있게 작업하려면 소식을 해야했다. 그래서 와인도 조금만 마셨다. 와인을 조금만 마시면 근심 걱정과 피곤도 잊을 수 있고 잠도 잘 잘 수 있게 도와주는 약이 되었다. 이 시기 나에게 무엇보다도 필요한 것은 숙면이었다. 마고와 나는 주사위 놀이와 체스 놀이도 하고 노래도 불렀다. 마고와 둘만 있게 되면 나는 책을 읽었다. 그리고 손님들이 가면 그녀와 나는 이야기를 나누었다.

그런데 한 가지 놀라운 사실을 알게 되었다. 마고가 질 뱅슈아를 마음에 두고 있는 것이었다. 그녀가 질을 짝사랑해 고민하고 있는

지는 전혀 몰랐다. 그녀가 울면서 고백하는 소리를 듣고서야 알게 되었다. 그러나 질에게 사랑하는 여성이 있다는 것은 누구나 알고 있었다. 마고는 그 동안 혼자 속앓이를 해서 얼굴이 홀쭉해졌다. 그녀는 저주보다도 더한 짝사랑의 고통으로 마음이 시커멓게 타 있었다. 이런 사실을 알 리 없는 질은 그녀에게 친절하게 대했다. 차라리 무관심이 마고에게는 더 나았을지도 모른다. 그녀는 슬픔을 애써 감췄다. 심지어 마고는 내 옆에서도 슬픔을 감췄다.

시간이 지나자 드디어 〈어린 양에 대한 경배〉는 내 머릿속에서 조금씩 형태를 갖춰가고 있었다. 모든 것을 세세하게 그리기보다는 강한 이미지를 주는 소재들로만 표현하고 싶었다. 예를 들어 예루살렘의 경우 여러 도시에 있는 문화재들을 압축해 표현하고 싶었다. 그러나 정확하기는 했지만 하나로 표현하니 자연스럽지가 않았다. 후베르트 형이 적어놓은 설명을 다시 읽어봤다.

페트뤼스의 실력이 나날이 좋아졌다. 얼마 안 있어 나는 그에게 색 배합법을 알려주었다. 그는 능숙하게 색을 배합하며 자신만의 방식을 만들었다. 그는 내게 소중한 동료였다. 페트뤼스 같은 아들이 있으면 좋겠다는 생각이 들었다. 코안도 좋은 동료였지만 모방은 잘하는데 새로운 시도는 할 줄 몰랐다. 그런 코안보다는 페트뤼스가 더 나았다. 페트뤼스는 감수성이 뛰어나서 내가 가르쳐준 기술을 소화해 자신만의 기법을 만들어갔다.

언젠가 페트뤼스가 내 곁을 떠나리라는 것을 알고 있었지만 그를 열심히 도왔다. 나에게도 이런 따뜻한 면이 있었나? 함께 일하자는 내 제안을 거절했던 판 베이턴은 결국 내 뛰어난 그림 솜씨를 확인하고는 함께 일하기로 했다. 나는 사람들어 나 반 에이크의 뛰어난 힘을 거부하면 불행해질 수도 있다는 자신감을 갖고 있었다. 내가 스스로 만든 미신 같은 것이었다. 교회는 미신을 전부 없애려고 하지만 인간 세상에서 미신은 일상 속에 살아 있는 법이다.

기념비적인 겐트의 제단화 〈어린 양에 대한 경배〉도 조각처럼 세밀하게 표현하고 아주 넓은 공간을 마련해놓아야겠다는 생각이 들었다. 질은 나를 이해했다. 예술에서는 구도, 균형이 중요했고 아이디어, 기법, 정신을 조화시키는 일도 중요했다. 이러한 조건이 만족되면 만질 수 없는 추상적인 것, 우리를 둘러싸고 우연성에서 해방시켜주며 육신과 시간을 초월해 우리를 존재로 만들어주는 추상적인 것이 구체적인 것으로 될 수 있다. 투르네에 있을 때부터 좋아했던 이미지를 작품으로 되살리려면 궁수처럼 정확한 제스처가 필요했다.

점차 성숙해지면서 전통적인 기법만이 최고라는 생각을 완전히 버리게 되었다. 형의 노트에는 전통적인 기법에 대한 메모가 빼곡했다. 세밀화의 정확한 구도, 상세한 묘사를 사용하여 견고한 형태에 활기와 균형을 주어야 했다. 견고한 형태는 겐트의 제단화에서 엄숙한 분위기를 자아냈다. 또한 성모 마리아와 인간들을 인간적이면서도 성스럽게 표현해야 했다. 전통적인 비잔틴 양식으로부터 물려받은 기법을 그대로 표현하는 것이 아니었다. 비로소 나는 새로운 시도를 알게 되었다. 두렵긴 했지만 늘 새로운 시도를 원했다.

그런데 겐트의 제단화를 아직은 시작할 수가 없었다. 1428년 가을 리스본 궁전에 이사벨라 왕녀의 초상화를 그리라는 명령을 받고 포르투갈로 가야 했기 때문이다. 거의 1년 동안, 마르그리트는 내 아틀리에에 나타나지 않았다. 그녀는 내가 없는 아틀리에에에는 오지 않았다.

10

1428년 생-뤽 축일 다음 날 필리프 공작의 사절단 자격으로 배에 올랐다. 바람 때문에 모래가 회오리를 쳤고 배에 탄 사람들의 입속으로까지 들어왔다. 그리 멀지 않은 곳에 브뤼헤가 보였다. 브뤼헤는 안개와 10월의 쌀쌀한 바람 속에서 신음하고 있는 것처럼 보였다. 그 모습을 보니 가슴이 아프고 우울했다. 브뤼헤를 떠나기 전에 점성술사를 찾아갔었어야 했는데! 아틀리에를 점검했어야 했는데! 루뱅에 가서 위고를 만나보았어야 했다! 위고를 초대한 적이 있었지만 답신이 없었다. 욕을 먹은 것보다 기분이 더 안 좋았다. 아마위고는 공작의 총애를 받으며 높은 지위에 오른 내가 너무 부담스러웠던 것 같다. 마고는 숱이 많은 긴 머리를 풀어헤친 채 잠이 들었다. 허리까지 오는 그녀의 긴 금발머리가 눈물과 땀으로 범벅이 된 채 헝클어져 있었다. 내가 배를 타고 나가 있는 동안 마고는 막내 동생 람베르트를 만나 격려를 하겠지. 나는 람베르트를 도제로 맡겨 놓기만 하고 돌봐주지를 않았다. 람베르트는 자기를 맡아줄 선생님이 싫다고 했는데……. 마고와 람베르트를 내가 더 정성스럽게 보살펴주어야 했다! 떠나기 전에 시료원을 찾았는데 늙은 한스가 침침한 눈으로 뭔가를 보고 있었다. 두 줄로 놓인 침대 위의 어느 지점을 보고 있었다. 아마도 그의 눈에만 보이는 뭔가가 있는 것 같았다. 시료원에 있는 다른 사람들은 꿈을 꾸며 헛소리를 하는 사람들처럼 알 수 없는 소리를 지껄이고 있었다. 혹시 한스는 내가 언젠가는 찾아올 거라고 생각하고 있었을까? 내가 없는 동안 페트뤼스는 또 서랍에서 내 스케치들을 슬쩍 하겠지. 일전에도 그는 연습한다면서 내 스케치들을 몰래 가져간 적이 있었다. 서랍의 비밀번호를 그에게 알려줄까 생각했는데 알려주지 않은 것이 천만다행이었다. 씁쓸했다.

갈매기들이 울고 있었다. 갈매기들은 동그랗고 멍한 눈으로 나를 바라보다가 내게 관심이 없어졌는지 조용해졌다. 선원들의 긴장된 얼굴, 바람에 흔들리는 돛, 흐린 하늘, 사납게 이는 파도, 파도가 부서지는 소리, 앞으로 오랫동안 가야 하는 먼 길. 지루함 그 자체였다. 직업 군인처럼 보이는 선원이 바람에 대고 소리를 질렀다. 남색, 황금색, 흰색으로 그린 멜키오르 브루델람의 배 그림, 데이지 꽃무늬가 자수로 박혀 있고 '기다리겠노라' 라는 문장이 적힌 돛이 생각난다고 외치는 것이었다. '기다리겠노라' 는 필리프 공작의 할아버지가 한 말이었다. 선원들은 영국으로 출항 준비를 하고 있었다. 이제까지 한 번도 없었던 일이다. 오로지 어리석은 사람만이 이번 출항을 무슨 영광이나 되는 것처럼 생각했다. "전부 허영심이니라." 《전도서》에 적힌 글이었다.

아까 본 선원과 동료들이 레클뤼즈 수도사의 기도를 들은 후 조용히 성호를 그었다. 나도 좀더 젊었을 때는 배를 타고 떠난다는 생각에 흥분하곤 했다. 릴에서 열린 파티 때 항해사 길레베르의 이야기를 들으며 시리아, 베네치아, 성 요한의 왕국을 얼마나 꿈꾸었는가!

우리가 쓸데없는 출항을 하자 길레베르의 형 보두앵 드 라노이는 난간을 잡으며 농담을 했다. 그러나 내 얼굴이 창백해지는 것을 보고 보두앵은 농담을 멈췄다. 말, 병사, 협상자, 큰 기대를 갖고 따라나서는 여성들이 모두 지쳤지만 보두앵은 전혀 동요가 없었다. 한편, 미키엘과 나는 그때 이야기를 나눈 이후로 친해졌다. 아내와 딸들에게 시달렸던 미키엘에게 연민이 느껴졌다. 미키엘과 나는 공작 주변에서 자주 만났다. 말솜씨가 부족한 르베르는 말 대신 제스처를 사용하여 명령도 하고 위협도 했다. 바다가 화가나는 듯 세차게 일렁였지만 보두앵은 전혀 동요하지 않았다. 포위 공격, 새벽부터 진압해야 하는 시위에 비하면 이까짓 파도쯤은 아무것도 아니었다. 하지만 아무리 보두앵이 담담하게 있어도 나는 두려웠다. 높은 파도와 비에 나와 다른 사람들은 두려움에 떨었다. 하지만 질 뱅슈아는 위협적인 파도 소리에도 조용히 로프로 몸을 감았다. 그는 마치 사이렌 섬의 율리시스처럼 위협적인 거친 파도를 오히려 즐기고 있었다. 파도는 금방이라도 우리를 삼킬 것만 같았다. 깊은 바다 속에 빠지면 우리 같은 젊은 사람들의 몸은 영락없는 고기밥이었다. 두려움을 쫓기 위해 나는 방수포에 싼 캔버스, 물감과 도구가 들어 있는 가방을 다시 살폈고, 내가 묵을 선실의 반들거리는 벽을 만졌다. 피곤이 몰려왔다. 전날 공작의 명을 받고 투르네에서 밤새 말을 타고 달렸더니 너무 피곤했다. 결국 나는 간이침대 위에 털썩 누웠다. 예술 때문에 이 고생을 하다니 정말 짜증났다. 성 크리스토퍼에게 기도를 하면서 잠이 들었다.

영국에 도착할 때까지 폭풍우는 계속되었다. 몇 시간 동안은 런던에서 마음이 편했다. 랭커스터의 헨리 6세는 1422년에 부친 샤를이 서거하자 프랑스 국왕이 되었다. 그러나 부친이 아쟁쿠르에서 승리를 거두고 차지한 프랑스 영토를 그는 제대로 지키지 못했다. 요크 사람들은 헨리 6세가 과연 이대로 국왕 자리를 유지해도 되는지 의문을 품었다. 샤를 국왕과 마찬가지로 헨리 6세도 외모가 추해서 인상이 좋지 않았다. 더구나 궁전 분위기도 음산해서 소름이 끼쳤다. 국왕을 망친 것이 라 퓌셀이라고 사람들은 이야기하고 있었다. 라 퓌셀은 여성 양치기였는데 남장을 하고 머리를 짧게 깎은 다음 국왕을 위해 전투에 참가했다. 그녀는 가장 건장한 병사들과 함께 출전했다. 그런데 병사들은 라 퓌셀이 여자라는 것을 알고 상관으로 모신다는 서약을 하지 않았다. 그녀는 신학 시험에 합격했기에 신의 도움을 무시했다. 영국인들은 라 퓌셀을 가리켜 마녀라고 외쳤고 당장에 화형시키라고 했다. 라 퓌셀을 화형시켜 제물로 바

치면 영국이 다시 정당하게 프랑스 영토를 되찾을 것이라고 믿었던
것이다.

사람들로 붐비고 우울한 느낌의 런던을 여기저기 돌아다녔다. 템
스강의 초록빛 물이 잔잔하게 흐르고 있었다. 이윽고 악몽의 항해
가 다시 시작되었다. 샌드위치, 플레이마우스, 팔무스에서 우리 팀
은 날씨가 화창해지길 기다렸고, 런던에서 늦게 출발한 배들을 기
다리며 초조해했다. 우리 팀은 세찬 바람을 맞으며 아서 왕의 나라
영국을 지나갔다. 배가 거친 파도 때문에 무섭게 흔들렸다. 언제쯤
항해가 끝날지 걱정되었다! 나는 배멀미 때문에 속이 메스꺼워 누
워 있었다. 몸을 전혀 움직일 수가 없었다. 방데를 지나자 바다가 좀
잔잔해졌다. 날씨가 점점 맑아지면서 파도도 한풀 꺾였다. 마침내
내 몸도 편해졌다. 브뤼헤에서부터 알고 지낸 요리사가 내 허기진
배를 채워주었다. 포르투갈 성 바욘, 카스카이스를 지났다. 우리 팀
은 웃고 마시며 시간을 보냈고 마침내 12월 18일 리스본에 도착했
다. 리스본은 부드러운 안개에 둘러싸여 있었다. 날이 밝아오자 모
든 것이 뚜렷하게 보였고 색깔이 강렬하게 빛을 뿜었다.

1월 중순, 리스본을 출발한 우리 팀이 아지즈에 도착했다. 우리
팀의 리더는 공작의 시종인 장 드 루베 기사였다. 질 데수네이는 국
왕 요한이 선택한 접견실에서 국왕, 왕자, 공주들에게 방문 목적이
무엇인지 라틴어로 설명했다. 연회, 발레, 화려함, 선물, 서로 편을
나누어 경쟁하는 사람들, 예의를 지키며 이루어지는 거래. 물론 모
두 의례적인 것이었다. 이것을 진심이라 믿는 이는 아무도 없었다.

국왕의 성격이 좋아 일이 빨리 진행되었다. 며칠 후 각서가 체결되었다. 이번에는 잘하면 필리프 공작도 오랫동안 그렇게 원했던 정식 아내를 맞을 수 있을 것 같았다.

폭풍우와 파도의 위협에서 살아남아서인지 즐겁고 마음이 편했다. 네덜란드에서 부상을 입고 회복한 후 느꼈던 감정과 같았다. 나는 직설적인 성격이라 동료들을 불편하게 했다. 마음이 잘 통하는 질과 보두앵은 나와 마찬가지로 필리프 공작을 충성스럽게 섬겼다. 이러한 공통점 때문에 우리의 관계는 돈독했다. 공작의 훌륭한 야심에 감복하여 우리 모두 그를 위해 목숨까지 바칠 각오가 되어 있었다. 공작에게 이 정도로 충성하는 사람들은 우리뿐이 아니었다. 기사들도 있었다. 그러나 기사들은 내 친구가 아니라서 관심이 없었다. 포르투갈에 머물면서 질, 보두앵과 즐겁게 지냈다. 우리가 이렇게 돈독한 관계인 것은 서로 말없이 인정해주기 때문이었다. 우리 모두 영원한 것을 추구하고 있었다. 나는 그림을 그리면서 영원함을 추구했고, 모든 것을 분리하고 다시 연결하면서 그림을 그렸다. 저녁 불빛은 마치 검은 벨벳 위를 지나는 다이아몬드 같았다.

나는 이사벨라 왕녀의 초상화를 그리기 시작했다. 초상화는 식사 중에 그렸다. 그렇게 하면 왕녀의 자연스러운 포즈를 포착할 수 있었다. 평소에 이사벨라 왕녀는 포즈 취하는 것을 쑥스러워했다. 처음에 그녀는 30분만 머물다가 갔다! 필리프 공작이 보낸 전령은 초상화가 언제 완성되냐며 발을 동동 굴렀다.

전령이 이번 결혼을 서둘러 성사시키고 싶어하는 줄은 미처 몰랐다. 나는 최대한 초상화를 완벽히 그리려고 노력했지만 예술이란 시간이 많이 드는 작업이었다. 두 번째 작업에서는 어떤 아름다운 젊은 여자가 들어와 허스키하고 열정적인 목소리로 페트라르크의 소네트를 읽어주었다. 이사벨라 왕녀는 그 목소리에 즐거워했다. 이어서 뚱뚱한 부인 필리파가 간식거리를 가져오는 바람에 이번에도 초상화 작업은 완전히 망쳤다. 세 번째 작업 때는 방 안에 아무도 없었다. 바람맞은 것이었다. 나는 애꿎은 국왕의 조각상에 대고 기분나쁘다는 티를 냈다. 국왕의 조각상은 너무 아무렇게나 놓여 있었다. 그렇게 혼자서 기다렸다. 나무가 없는 정원 위 맑은 하늘은 희미한 태양빛으로 반짝였다. 정말로 따뜻하고 조용했다. 초상화의 초벌 그림은 은색 드라이포인트로 그려봤지만 마음에 들지 않았다. 실제 이사벨라 왕녀의 눈은 생기가 넘쳐흘렀지만 내가 그린 초상화에서는 눈에 생기가 전혀 없었다. 턱도 실물 모습보다 너무 튀어나왔고 코는 크게 그려져 어색했다. 그림에서 이사벨라 왕녀는 연회색 비단 드레스 덕분에 새하얀 얼굴과 검은 머리가 더욱 도드라져 보였다. 길쭉한 진주 귀고리, 단단한 목, 풍만한 가슴, 우아하고 가느다란 손 위로 희미하게 보이는 핏줄. 배경은 짙은 녹색을 선택했다. 필리프 공작은 실물과 최대한 비슷하게 초상화를 그려오라고 했다. 내가 그린 초상화를 본 다음 공작은 이사벨라 왕녀와 결혼할지 말지 결정할 생각이었다. 공작은 여자라면 거의 다 좋아하니 이사벨라 왕녀도 마음에 들어 할 것이란 생각이 들었다. 왕녀는 몸가짐이 정숙했으며 공작의 아내가 되면 의무를 다할 것 같았다. 이사벨라 왕녀는 엉덩이가 풍만한 다산형이었다. 나는 꾸준하게 초상화를 작업하고 싶었지만 향신료와 단 음식을 너무 많이 먹고 와인을 너무 많이 마셔서 그런지 몸이 안 좋고 불안했다.

다시 정신을 다잡고 은색 드라이포인트와 종이를 집어 들어 창문을 반쯤 열고 종려나무, 멀리 보이는 성벽, 푸른 언덕을 그리기 시작했다. 후베르트 형이라면 이곳을 좋아했을 것 같았다. 갑자기 〈어린 양에 대한 경배〉의 전체 구도가 머릿속에 떠올랐다. 나는 재빨리 머릿속에 떠오른 전체 구도를 잊지 않기 위해 스케치했다. 오랜 기다림이 드디어 결실을 보는 듯했다. 신에게 감사드리며 배경, 기증자들의 초상화, 그리자이유 화법으로 표현한 수태고지 장면, 무녀들의 모습을 구상했다. 본격적으로 〈어린 양에 대한 경배〉를 그리게 된다면 그림 크기를 바꿀 생각이었다. 벌써부터 그림을 고정할 패널을 다듬는 상상을 했다. 그림의 중심 구도는 이미 만들어졌다. 판사, 기사, 성인들의 모습도 어떻게 표현할지 윤곽이 잡혔다.

새로운 감각을 적용해 어린 양 주변의 인물들은 크기를 다르게 해서 서로 조화를 이루도록 할 생각이었다. 윗부분에는 내가 원하는 대로 완전 나체의 지극히 인간적인 아담과 이브를 그릴 생각이었다. 자와 컴퍼스로 내가 원하는 착시 효과를 자세히 표현할 수 있었다. 물론 직접 손으로 그리게 되면 머릿속으로 생각한 것만큼 빠르지는 않을 것이다. 머릿속으로 생각하는 것은 신의 도움으로 영감을 얻는 일이니 빠를 수밖에. 내가 신과 인간을 연결해주는 온순한 중개자라는 생각이 들었다.

나는 마음을 다잡고 서둘렀다. 내가 어디에 있는지, 내가 누구인지 잊은 채 〈어린 양에 대한 경배〉의 구도를 열심히 스케치했다. 이렇게 작품 구상이 저절로 되는 일은 흔치 않은데 정말 축복받은 순간이었다. 어서 〈어린 양에 대한 경배〉를 완성해야겠다는 생각이 들었다. 오직 〈어린 양에 대한 경배〉를 완성해야 해방될 수가 있다. 밤이 깊어갔다. 누군가 계속 내 방문을 노크하는 소리가 들렸다. 지난번에 페트라르크의 시를 읽어주던 젊은 여자였다. 여자가 들어오더니 방해해서 미안하다고 사과했다. 나는 아직도 〈어린 양에 대한 경배〉 생각에 잠겨서 여자의 사과를 듣지 못했다. 그리고 여자를 보자 본능적으로 〈어린 양에 대한 경배〉의 스케치들을 숨겼다. 이제야 제 정신이 들어 여자를 바라보았다. 여자 이름은 앙리에타였다. 방 밖은 약간 캄캄했고 나선 계단이 희미하게 보였다. 그녀의 얼굴은 계란형이고 입술은 산딸기 같았다. 커다란 푸른 눈은 사악한 느낌이 들었다. 북부 유럽 여자들 생각은 싹 달아났다. 앙리에타가 서랍을 열었다. 서랍에는 잉크로 그려진 지도들이 있었다. 앙리 르 나비가퇴르가 사그레스 학파에게 작성하라고 명한 지도들이었다. 내가 만든 세계지도는 유명했다. 서랍 속 지도 속에는 내가 만든 세계지도의 축소판 복사본이 하나 있었다. 그것을 보니 기분이 좋았다. 앙리에타가 지도들을 천천히 건네주었다. 나는 지도를 보려고 얼굴을 숙였다. 우리 두 사람은 그렇게 아무 말 없이 있었다. 앙리에타의 적극적인 태도에 나도 대담해졌다.

"뭐가 더 좋아요?"

그녀가 허스키한 목소리로 물었다.

내 마음 깊은 곳까지 움직이는 목소리였다.

"이게 좋군요."

내가 말했다.

이어서 나는 재미로 앙리에타의 손을 잡았다. 그녀의 양 볼이 약간 빨개졌다. 앙리에타에게는 아랍적인 매력이 있었다. 흑옥처럼 검은 머리, 관능적인 입술. 그녀의 몸에 아랍인의 피가 약간 흐를지도 모른다는 생각이 들었다.

기다림, 욕망, 싫증. 앙리에타가 손을 빼려는 시늉을 했다. 나는 망설였다. 갑자기 그녀와 묘한 분위기로 몸이 달아올랐다.

"제 이름은 앙리에타 곤잘레즈에요. 백작의 딸……."

"이런, 당신이……."

앙리에타가 내 입에 손을 갖다댔다. 그녀의 부드러운 손에서 재스민 향기가 났다. 그녀가 왜 내게 관심을 보이는지는 모르겠지만 같이 있으니 오늘 오후의 묵직한 피곤이 가셨다. 나는 그녀의 손바닥, 팔꿈치, 목 아랫부분, 입술에 입을 맞췄다. 그녀가 눈을 감았다. 앙리에타의 순진해 보이는 모습이 더 매력적이었다. 집중해서 작업을 한 후 여성에 대해 강렬한 욕구를 느낀 것은 이번이 처음은 아니었다. 그림을 그리면서 잊고 있었던 관능이 다시 깨어나듯 그 동안 굶주렸던 욕정이 솟아올랐다. 예술 활동을 할 때는 오직 작업에만 몰두해야 하기 때문에 욕망은 잠시 잠재워놓곤 했다. 앙리에타는 아무 말 없이 눈을 감고 내 품에 안겼다. 마치 오랜 기다림 끝에 내 애정을 받게 된 상황 같았다. 달콤한 상상이었다. 우리는 계속 키스했다. 그런데 갑자기 이사벨라 왕녀와 시녀들의 발소리가 들리는 바람에 깜짝 놀라며 서로 떨어졌다. 그녀는 아무 말 없이 그대로 서 있었다. 나는 의례적으로 인사를 드렸다. 이사벨라 왕녀는 매력적인 미소를 지으며 화려한 만찬에 참석해달라고 했다. 만찬에서 왕녀를 마음껏 그릴 수 있을 것이라는 생각을 했다.

이날 오후부터 색깔이 조화를 잘 이루었다. 이사벨라 왕녀의 초상화 작업은 착착 진행되었다. 초상화를 그리면서 필리프 공작에게 편지로 쓸 말을 생각했다. 공작에게 이사벨라 왕녀가 공작부인감으로 최고라는 사실을 알려주고 싶었다. 왕녀는 온화한 성격이라 표정이 순수했으며 미소는 환했고 몸가짐은 정숙했으며 의지가 강하지만 순진했다. 여러 모로 보아도 타고난 공작부인감이었다. 이사벨라 왕녀에 대해 외교관들은 칭찬만을 늘어놓았고 측근들은 찬사를 하기에 여념이 없었다. 궁전은 이사벨라 왕녀를 애지중지했다. 이사벨라 왕녀는 사랑스럽고 인자했으며 쾌활하고 지적이기도 했다. 왕녀는 독신으로 살아왔지만 메마른 여성으로 변하지는 않았다. 메마른 여성이 되기는커녕 관능을 현명하게 통제할 줄 아는 여성이 되었다. 꼭 다문 입술을 보면 알 수 있었다. 이사벨라 왕녀는 공작의 돌출 행동과 많은 정부들, 사생아들에 대해 알고 있을까? 결혼하게 되면 공작과 잠자리에서 하게 될 행위에 적응할 수 있을까? 공작은 눈이 생기로 빛나고 합리적인 성품일 것 같은 이사벨라 왕녀를 마음에 들어할 것 같았다. 그녀는 공작과의 부부 관계도 잘 견뎌

낼 것 같았다. 그의 퇴폐적인 사랑 방식이 놀랍긴 하겠지만 잘 참아
낼 것 같았다. 집안을 생각해서, 그리고 아내로서의 의무를 다하기
위해서 참을 것이 분명했다. 공작의 아내가 되는 일은 쉽지 않았다.

파티는 화려했다. 앙리에타는 새 아버지 곤잘레즈 백작의 눈을
피해 나의 정부가 되었다. 모피를 두른 곤잘레즈 백작은 검은색 두
꺼비처럼 보였다. 앙리에타는 내 앞에서는 더 이상 순진한 척하지
않았다. 그녀의 아름다움은 내게 영감을 주었다. 아름다운 앙리에
타의 모습 위로 나의 리비니아의 우아한 모습이 겹쳐졌다. 앙리에
타는 관능적인 사랑과 열정적인 사랑을 늘 갈망했다. 사실 나는 앙
리에타를 말로는 사랑한다 했지만 사랑하지는 않았다. 솔직히 아무
리 그녀를 안고 있어도 행복하지는 않았다. 오죽하면 억지로라도
행복을 느끼려고 그녀 앞에서는 만족해하는 척을 했겠는가. 다행히
그녀는 이런 내 속마음을 눈치채지 못했다. 그녀는 탐욕스럽고 뭘
잘 몰랐으며 음흉했고 어린아이 같았다. 그런 앙리에타를 보면 재
미있었다. 나는 육체, 눈, 입술이 매우 관능적인 앙리에타를 그렸다.
그런데 그녀는 그림 속 자신의 모습이 마음에 들지 않는다며 제발
없애달라고 눈물을 흘리며 부탁했다. 일단 그러겠다고 약속했다.
물론 나중에.

솔직히 그림을 없앨 마음이 없었다. 이 그림을 연애편지처럼 남
겨둘 작정이었다. 훗날 마음이 메말랐을 때 간혹 추억 삼아 읽고 또
읽는 연애편지처럼.

봄이 되자 이사벨라 왕녀의 초상화 두 점을 완성했다. 이 초상화를

보면 공작의 마음에 바로 사랑의 불길이 솟아오르지 않을까? 이 시대 궁정시인들이 노래하는 사랑의 불길. 이사벨라 왕녀의 초상화 한 점은 선박으로 보냈고, 나머지 한 점은 파발꾼 두 명을 통해 보냈다.

공작이 이사벨라 왕녀를 아내로 맞겠다는 결정을 내리려면 3개월을 기다려야 했다. 공작의 승인을 기다리는 동안 대사는 생 자크드 콤포스텔로 떠났다. 그곳에서 나는 마고에게 줄 선물로 사실적인 그림들을 사고, 독실한 친구 마르그리트를 위해서는 조개껍데기를 가져올 생각이었다.

나도 공작에게 옮아 아냇감을 까다롭게 고르는 것일까? 왜 마르그리트와 결혼하지 않는 걸까? 독실하고 헌신적이며 정확하고 활발하며 마음씨 좋은 마르그리트야말로 내게 필요한 것을 가져다줄 수 있는 여자였다. 아이들, 야무진 살림, 열정적인 사랑보다 오래 가는 우정.

마르그리트와 결혼하면 일부 기사들처럼 공작에게 아내를 빼앗길 위험이 없었다. 아내를 공작에게 빼앗긴 일부 기사들은 이익을 생각해서, 아니면 두려워서 아무 말도 하지 못하고 속앓이를 했다. 공작에게 내 생명을 바칠 수 있을 만큼 그를 좋아하지만 아내는 절대 그에게 뺏길 수 없었다! 설령 마르그리트가 예술에 전혀 관심이 없다 해도 내가 그림을 그려 번 돈은 적어도 잘 관리할 수 있지 않을까? 그녀의 아버지에게 나는 좋은 사윗감은 아닐 거라는 생각이 들었다. 마르그리트는 마고와도 잘 지낼 것 같았다. 마고는 우리 곁을 떠나지 않을 것이 분명했다. 잘 생각해보면 마고만큼 오랜 시간 꼼꼼하게 준비하는 여자도 없었다. 나는 좋은 집안에서 태어난 사람도 아니었고, 가문 좋은 여성과의 결혼은 꿈도 꾸지 못했다. 샤를로트 드 델프트와 부르고뉴 궁전의 일부 여자들처럼 자기중심적인 여자들도 아냇감으로는 맞지 않았다. 이들을 통해 귀족이 어떤 존재인지 제대로 알게 되었다. 열정적인 사랑이 없는 미지근한 관계는 아이의 출산을 기다리는 짧은 시간만큼만 기쁨을 줄 수 있다는 생각이 들었다. 만일 마르그리트와 결혼을 하면 그녀가 남편인 내게 요구하는 적당한 의무는 어느 정도 해줄 수 있을 것 같았다. 내 성격상 할 일은 하고 그림을 그려 생활을 유지할 수는 있을 테니까. 그녀야 신앙심이 깊으니 무리한 요구는 하지 않을 것 같았다.

콤포스텔. 전 유럽에서 몰려든 순례자들이 파도가 높고 세차게 요동치는 바다를 지나가는 곳이었다. 콤포스텔은 신전의 상인들, 곡예사들을 매혹했다. 또한 콤포스텔에서는 많은 사람들의 만남이 이루어졌다. 신앙의 힘은 이처럼 사람들을 모이고 만나게 했다. 기도에서 영감을 얻은 듯한 바위 뒤에서 이 같은 탄식이 들렸다. 기적의 회복을 기다리면서 느끼는 절망감에 사람들은 대성당의 광장을 떠나 콤포스텔로 왔다. 신은 자애로웠다. 하지만 신이 모든 곳을 똑같은 자비심으로 바라보는 것 같지는 않았다.

우리 팀은 카스티유의 국왕 요한 2세, 바야돌리드, 아르조나의 공작을 방문했고, 이어서 그라나다의 국왕이자 술탄 마호메트 8세를 방문했다. 놀랄 정도로 낯선 세계가 펼쳐졌다. 사라센 사람들을 보면서 우리 팀은 복잡한 감정을 가졌다. 사라센 사람들의 박학다식한 면에는 질투가 났고, 이들의 세련됨과 부에 대해서는 부러움이 일었다. 하지만 그들의 힘은 두려웠고 풍속에 대해서는 거부감이 들었다. 코란의 번역본은 늘어났다. 코란을 보면 신에 대한 절대 헌신이 중요했다. 이 점은 기독교와 다르지 않아 이단이라고 할 수가 없었다. 사라센 사람들의 역사 학문에 대해서는 이미 말한 적이 있지만 내게 깊은 인상을 주었다. 다른 존재가 되고 다른 곳에서 태어나 다른 재능을 갖고 싶다는 꿈까지 품을 정도였다.

1429년 6월 4일 신트라 왕궁. 드 볼드리에 경이 브뤼헤에서 필리프 공작의 혼인 동의서를 가져왔다. 대리인을 내세워 이루어지는 결혼식이 7월 말에 열렸다. 환하게 빛나는 이사벨라 왕녀, 아니 이제 이자벨 공작부인은 진심어린 존경과 축하를 받았다. 드 볼드리에 경은 페트뤼스의 편지도 가져왔는데 비지−부룰뤼 부부가 〈어린 양에 대한 경배〉 그림이 너무 진전이 없다며 불평한다는 내용이었다. '이들 부부는 이번 그림을 구상하는 일이 퍼즐처럼 얼마나 어려운지 이해할까?' 아직은 비지−부룰뤼 부부를 안심시킬 수 없었다! 마고가 보내온 편지도 있었다. 마고의 편지를 열심히 읽었다. 애정이 넘치는 편지였다. 내 아틀리에가 그리웠다. 필리프 공작은 카셀 전투를 기념하는 그림을 주문한 적이 있었다. 맨발 차림에 모자를 쓰고 도시 시민들은 진흙길에 무릎을 꿇고는 그를 향해 반란을 일으켜 죄송하다는 장면을 표현해달라고 주문했다. 공작은 실제로도 이런 일이 일어나기를 바랐기에 이와 같은 그림을 주문한 듯했다.

8월 중순경, 먼지가 풀풀 날렸다. 나는 몇 사람들과 곤잘레즈 백작과 앙리에타의 집에서 머물렀다. 황갈색과 푸른색이 강렬하게 두드러지는 하얀색 저택이었다. 한여름의 더위가 뜨거웠다. 잔인할 정도로 더웠던 발렌시아의 계절이 생각났다. 리비니아가 있는 곳에서 멀리 떨어져 있는 발렌시아. 리비니아를 생각했다. 지금 내 곁에는 한 여자가 있었으나 그녀를 사랑하지는 않았다. 남쪽답게 발렌시아의 햇빛은 매우 눈이 부셨다.

폭풍우가 오려는지 저 멀리 올리브 밭 위 하늘에 구름이 짙게 끼었다. 새들이 시끄럽게 지저귀었다. 바로 그때 앙리에타가 마당으로 나왔다. 그 뒤로 곤잘레즈 백작이 따라 나왔다. 백작은 건강이 좋지 않은 아내 때문에 수심에 잠겨 있었다. 우리 팀은 백작부인에게는 나중에 인사를 해야 할 것 같았다. 백작이 우리에게 편히 쉬라고 했다.

집 안 분위기는 엄숙했다. 방은 무어풍 양탄자와 조각품이 너무 많아 좁아 보였는데 나무로 된 격자 천장 때문에 더 작아 보였다. 또한 방 안이 어둡고 너무 조용해서 불안했다. 앙리에타가 방에 있다는 느낌이 언뜻 들었다. 그녀는 드레스의 끈을 풀었다. 드레스가 단번에 바닥으로 흘러내렸다. 뜨거운 열정에 휩싸인 우리는 아무 말 없이 미친 듯이 껴안았다.

앙리에타의 어머니는 병상에 누워 있었다. 백작부인은 아름다웠다. 앙리에타는 어머니에게서 미모를 물려받았다. 백작부인의 미모는 오랜 병상에서도 시들지 않았다.

백작부인의 먼 친척뻘인 요한 국왕은 백작부인 가족을 궁전으로 불렀다. 마침 곤잘레즈 백작은 아내를 좀더 열심히 간호하고 의붓딸 앙리에타를 교육시키고 싶다는 생각을 하고 있었다. 백작은 단조로운 성격에 혼잣말을 잘했다. 저녁마다 그는 혼잣말을 했다. 백작은 특별히 앙리에타에 대한 걱정이 많았다. 딸에 대한 걱정을 혼잣말로 중얼대는 백작과 있다 보니 짜증이 났다. 그녀의 친아버지는 항해사였는데 그녀가 어렸을 때 세상을 떠나서 그녀가 친아버지의 영향을 받기는 힘들었다. 앙리에타의 친아버지는 배를 타고 아랍 연안을 지나다 그곳에서 재산을 모으고 살았던 것으로 보아 앙리에타는 친아버지의 자유분방한 기질을 물려받은 듯했다.

그녀는 여자치고는 희한하게도 힘으로 하는 놀이를 좋아했고 황소 싸움에 열광했다. 곤잘레즈 백작은 이러한 앙리에타의 성격 때문에 큰일이 나지 않을까 걱정했다.

"어느 오후에 우리 부부가 앙리에타 때문에 놀랐던 일을 생각하면 숨이 막힙니다. 그 애도 친아버지처럼 매우 열정적인 성격입니다."

백작이 여러 번 말했다.

그는 얌전한 아들 하나를 바랐지만 신의 저주가 내린 것인지 아내와의 사이에서는 아이를 낳지 못했다고 와인을 마시며 말했다. 포트 와인 반병이 천천히 바닥을 드러냈지만 재미는 없었다. 앙리에타가 아무 말도 하지 않아서 곤잘레즈 백작은 여유롭게 말할 수 있었다. 그녀가 말이 너무 없어 마치 자리에 없는 것 같았다. 아니, 다른 여자 같았다. 순간 나는 그 동안 앙리에타를 너무 쉽게 생각했다는 것을 알게 되었다. 그녀의 요염한 면이 재미있다는 생각을 한 적도 있는데 이제는 슬슬 걱정이 되었다.

언젠가 그녀가 내게 못되게 굴 수도 있을지 몰랐다. 그녀가 양아버지 곤잘레즈 백작을 생각보다 심하게 증오하고 있다는 생각이 번뜩 들었다. 어쩌면 그녀는 백작을 파멸시킬 계획을 세우고 있을지도 몰랐다. '혹시 내가 그 계획에 이용당하는 하수인이 아닐까?'

리스본과 세계 무역만으로는 열정적인 앙리에타를 다스릴 수 없었다. 백작은 그렇게 느꼈지만 입 밖으로 표현하지는 못했다. 우리 팀은 앙리에타 같은 여자들에게는 결혼이 최선의 해결책이라고 말하며 백작을 어설프게 안심시켰다. 그녀가 냉소적인 미소를 짓고 있다는 느낌이 들었다. 우리 팀은 안도감을 느끼며 다음 날 길을 떠났다. 내 머릿속에는 오로지 한 가지 생각뿐이었다. '이제 앙리에타를 그만 만나야지.' 그녀의 광기를 부추기지 않으려면 조심해야 할 것 같았다. 갑자기 앙리에타가 무서워졌다. 그녀는 마치 꺼지지 않는 불 같은 열정으로 나를 삼켜버릴 것만 같은 여자였다.

11

이사벨라 왕녀와 2천 명의 하인이 함께 가려면 포르투갈 선박 여섯 대가 필요했다. 나는 그 배 중 한 척에 타게 되었다. 날씨가 좋지 않았지만 무조건 출발해야 했다. 역풍, 해적선, 거친 겨울 바다. 이번 항해를 위험하고 괴롭게 만드는 주범들이었다. 나는 어떻게 하든 이번 임무를 무사히 끝내야 한다는 생각밖에 없었다. 만일 이번 임무를 제대로 해내지 못한다면 필리프 공작은 더 이상 나를 브뤼헤 밖으로 내보내지 않을 것이 뻔했다. 바깥세상으로 나가면 브뤼헤가 그리워질 것은 분명했다. 내 마음은 정말 이중적이었다.

에클뤼즈에 도착하자 팡파레와 환호성이 우리를 맞이했다. 복잡한 인파 속에서 멋진 마차들이 황금색으로 빛나며 행진했다. 앞에서 마차를 끄는 말들도 하나같이 화려했다. 화려한 행렬로 즐거워진 마고가 걸으면서 연신 눈웃음을 지었다. 그녀가 담담하게 한스의 죽음을 알려주었다. 죽음을 기다리는 동안 한스는 신장결석 때문에 너무나 괴로운 나머지 비명을 질렀고 오히려 눈을 감으니 편안해 보였다고 했다. 나는 멍하니 그대로 있었다. 나무르 백작부인을 호위하는 기사들은 황금 장식이 달린 검은색 복장이었고, 에보라 주교의 하인들은 푸른색 복장이었다. 검은색 물결에 이어 푸른색 물결이 지나갔다. 사람들은 환호했다. 이사벨라 왕녀는 백마 두 마리가 끄는 화려한 비단 마차에 타고 있었다. 사람들은 이사벨라 왕녀를 자세히 보기 위해 아우성이었다. 궁정화가로 있으면서 어리석은 사람들, 무능력한 사람들, 허영심 많은 사람들과도 잘 알고 지내게 되었다. 이들과 반대로 한스는 완벽을 추구하며 열정을 불태운 사람이었다. 그 열정이 생전에 한스를 대단한 사람으로 만들어주었다.

그나마 위로가 되는 것은 내가 한스에게 애정어린 관심을 보냈다는 사실이었다. 충분하지는 않았지만……. 이제는 내가 병이 나는 것이 아닌가 하고 걱정이 되었다. 나는 한스를 존경했고 사랑했다. 한스도 그 사실을 알고 있었다. 그가 남기고 간 것은 채색화들뿐이었다. 얼마 후 나는 그 채색화들을 정성껏 분류하면서 한스를 추억했다. 그의 호리호리한 모습, 우리 어머니에게 갑자기 사랑을 고백했던 일, 라에에서 나와 한스가 재회했던 일, 늘 모범생처럼 살아온 한스의 모습이 주마등처럼 스쳐갔다. 행렬과 함께 진홍색 휘장이 흔들렸다. 4천 명의 사람들이 환호하며 박수를 쳤다. 하늘에서는 눈이 내리고 있었지만 분위기는 뜨거웠다. 아름답고 화려한 장면이었는데도 나는 한스의 죽음 때문에 슬프고 힘이 없었다.

필리프 공작과 이사벨라 왕녀의 결혼식은 공작의 궁전에서 열렸다. 결혼식에는 페르난도 왕자, 에보라 주교, 우렘 백작이 참석해 자리를 빛내주었다. 공작 부부는 그로부터 이틀 뒤에 브뤼헤에 도착했다. 화려한 입성이었다. 브뤼헤는 축제 분위기였다. 일주일 동안 사람들은 술을 마시며 즐거워했다. 겨울철이라 춥고 하루가 짧았지만 축제가 있어서 빛났다. 연회 때문에 사람들은 정신이 없었다. 공작의 화려한 결혼식과 연회…… 공작의 권력이 국왕 못지않게 막강하다는 것을 알 수 있었다. 황금 뿔이 달린 푸른색 양 그림이 그려진 거대한 파이가 연회 때 나왔다. 동물 가죽을 뒤집어쓴 거인이 사슬을 여러 개 빙빙 돌리는 공연에 이어 난쟁이 여자와 성행위하는 장면을 연기해 보였다. 브뤼셀 서재에서 내가 그렸던 스케치 중 하나에 나오는 기괴하고 외설스러운 장면 같았다. 내 스케치 중에는 요정이 유니콘에게 풀을 뜯게 하는 초원이 그려진 묘한 분위기의 작품도 있었다. 그 외 다양한 오락거리가 궁전의 흥을 돋우었다. 궁전은 지출한 만큼 계속 채워 넣어 품위를 유지했다.

광장의 분수마다 사람들이 와인 파티를 벌였다. 아조이아 와인은 새로운 것에 호기심 많은 브뤼헤 사람들이 좋아하는 와인이었다. 광장에는 횃불이 켜져 있어 저녁에도 따뜻했다. 사람들은 김이 모락모락 나는 소시지, 양배추와 양파 구이, 군밤, 무화과, 포도, 오렌지, 꿀, 달콤한 비스킷을 마음껏 먹었다. 파랑돌 무용, 임시 무도회도 셀 수 없이 열렸다. 공연과 지방 영주들의 파티에는 종악이 울리면서 연회가 마무리되었다. 대사를 통해 정식으로 소식을 듣는 각 유럽 왕실은 이번 연회 소식을 듣고 모두들 부러워했다. 발렌시아에서 온 사람들 중에 리비니아는 없었다. 리비니아를 꼭 만나고 싶었는데. 물론 그녀는 어떻게든 머리를 써서 브뤼헤 여행을 최대한 미뤘을 것이 분명했다. 리비니아가 브뤼헤로 오면 우린 또다시 절망적인 사랑에 빠져 괴로워할 것이 뻔했으니까. 가만히 있을 때에도 리비니아처럼 생긴 여자들만 보면 혹시 그녀가 아닐까하여 소스라치게 놀라곤 했다. 도시는 환희에 잠겼지만 우리 같은 공작의 화가들은 작업을 해야 했다. 연회의 장면을 화폭에 담아야 했기 때문이다. 영광스러운 순간은 그림으로 남겨야 했다. 역사가들도 영광스러운 순간은 양피지에 기록했다. 그나마 역사가들은 촛불을 켠 채 부르고뉴산 와인과 많은 요리에 둘러싸여 편하게 작업했다.

1월 10일 공작은 정치적인 야심과 기사도의 환상에 사로잡혔는지 황금 양털 기사단을 창단했다. 당시 나는 자리에 없었기 때문에 기사단의 목걸이 훈장은 그리지 못했다. 나는 황금 양털 기사단 창단식이 열리기 이틀 전에 그림을 플랑탱 세공사에게 넘겨주었다. 황금 양털에 관한 그리스 신화에 등장하는 주인공 이아손은 그림에서 제외했다. 너무 그리스적인 분위기가 났기 때문이다. 대신 기드온을 그림 속에 넣기로 했다. 최고로 귀족적인 분위기를 자아내는 소재도 그려 넣었다. 예를 들어 20여 명의 기사들이었다. 순간 내가 작위를 받을지도 모른다는 생각이 들었다. 내가 작위를 받는데 걸림돌이 되는 것은 아무것도 없었다. 황금 양털 기사단은 이교도들을 콘스탄티노플 밖으로 몰아내겠다고 맹세했다. 기사단은 콘스탄티노플을 수호하겠다는 의지로 사기가 최고조에 달해 있었다. 기사단에게 콘스탄티노플은 반드시 수호해야 할 장소가 되었다. 황금 양털 기사단은 벌써 원정에 나선 것처럼 흥분해 있었다. 하지만 나는 바이에른 요한 주교 밑에서 네덜란드 전쟁을 겪으면서 전쟁이 얼마나 비참한 것인지를 배웠다. 그래서 이 흥분된 분위기에 동참할 수가 없었다. 작위에 대한 미련도 없어졌다.

앙리에타는 자신의 매력을 마음껏 이용해 궁전 사람들과 함께 브뤼헤로 왔다. 그녀의 등장에 나는 너무나 걱정이 되었다. 그러나 앙리에타는 브뤼헤에 와서도 생각과 달리 자유롭게 행동할 수 없었다. 이자벨 드 수자와 이자벨의 유모에게 감시를 받았기 때문이다. 이자벨 유모의 감시는 필리파 부인의 감시 못지않게 엄격했다. ㅣ 이곳에서도 행동의 제약을 받게 되자 앙리에타는 리스본을 그리워했다. 나는 그녀가 감시를 받자 오히려 안심이 되었다. 그 덕분에 나와 마음대로 만나지 못했기 때문이다. 앞으로도 장애물이 나타나 그녀가 힘이 빠졌으면 좋겠다고 내심 바랐다. 곤잘레즈 백작에게 가벼운 인상을 주었다는 생각이 들면서 창피하기보다는 찝찝한 기분이 들었다(물론 곤잘레즈 백작의 무분별한 행동은 은근히 재미있었지만. 위고가 알았다면 웃었을 것이다). 내가 리스본을 떠나 브뤼헤로 돌아갔을 때 앙리에타의 나에 대한 관심은 이미 식어 있었다. 그녀의 미모는 왠지 소름이 끼쳤다. 상냥한 얼굴 뒤에는 사악한 마음과 음흉한 잔꾀가 숨어 있는 듯했다. 겉과 속이 다를 것 같은 그녀가 두려웠다. 마음이 복잡해 마르그리트에게는 나중에 청혼하기로 했다.

그해 잔느 라 퓌셀이 마침내 콩피에뉴에서 생포되었다. 그녀는 그 동안 시농, 오를레앙, 파타이, 랭스를 정복했고, 영국인들을 물리쳐 부르주의 국왕 샤를 7세의 권위를 높여주었다. 필리프 공작의 명령에 따라 장 드 뤽셈부르그는 잔느 라 퓌셀을 적들에게 넘겼다. 적들은 서둘러 잔느 라 퓌셀을 화형시킬 채비를 했다. 내가 런던에서 들었던 일이 실제로 일어났다. 공국은 영국인들의 전력을 막기 위해 거래가 필요했고, 결국 잔느 라 퓌셀은 화형당했다. 그녀는 자신이 신에게 선택받은 사람이라고 했지만 신도 그녀의 화형을 막지는 못했다.

4년째 〈어린 양에 대한 경배〉를 끝내지 못하고 있었다. 경쟁자들은 이런 그림 하나 제때 못 그리고 시간을 끄는 내 실력에 대해 겉으로는 안타까워했지만 속으로는 쾌재를 부르고 있었다. 겐트의 제단화 전체 구도를 비지-부룰뤼 부부에게 넘기면서 신학적인 관점에 대해 조언을 했다. 그러자 그들 부부는 이제야 안심을 하면서 구도는 아주 마음에 든다고 했다. 그들은 내게 영감을 준 신에게 감사드렸다. 그 전에 후베르트 형이 남긴 3부작을 윗부분으로 결정했다. 하느님, 성모 마리아, 세례 요한이 앉아 있는 모습이었다. 전반적으로 그림에서 무거운 부분을 조금 덜어내고 문장을 써넣고 옷의 주름 표현을 부드럽게 하면 좋을 것 같았다. 3부작 그림을 그리기 위해 패널이 두 개 필요했다. 패널의 각 모서리를 대패로 밀어 둥그렇게 다듬었다. 날개 없이 음악을 연주하고 노래하는 천사들을 그룹별로 그려서 붉은색, 푸른색, 짙은 녹색으로 표현하면 아래에 있는 기사들을 표현한 색과 잘 어울릴 것 같았다. 그리고 천사들이 입고 있는 비단 외투의 갈색을 띤 보라색이 은자들이 입은 외투의 갈색, 황록색 톤과 잘 어울릴 것 같았다. 비지-부룰뤼 부부도 내 의견에 동의했다. 그림 양쪽에는 아담과 이브를 각각 그려 넣은 좁은 판을 접이식으로 덧붙이면 좋겠다고 했다. 그런데 그들 부부는 아담과 이브를 하느님, 성모 마리아, 세례 요한, 천사들처럼 신화적인 느낌을 주는 것이 좋겠다고 했다. 나는 그렇게 생각하지 않았다. 오히려 아담과 이브는 구약성서에 나오는 인물들처럼 지극히 인간적으로 표현해야 했다. 이 부분만 결정하면 윗부분은 완성되는 셈이었다. 그리고 후베르트 형은 이미 자신의 상상력을 발휘해 성모 마리아와 세례 요한이 무릎을 꿇고 있지 않은 구도로 잡아놓았다. 아담과 이브가 옷을 홀딱 벗고 있는 사실적인 구도에 비지-부룰뤼는 깜짝 놀라기는 했지만 아무 말도 하지 않았다. 나는 기독교적인 교훈은 서민들에게나 강력하게 통할 것이라고 말하며 설득했다.

"창세기 3장 7절을 보면 이런 구절이 나옵니다. 아담과 이브가 눈을 떴을 때 자신들이 알몸인 것을 알았다."

이제 그림의 아랫부분을 살펴볼 차례였다. 아랫부분 중앙에 대해 후베르트 형은 패널 다섯 개를 기본 구조로 정해놓은 상태였다. 가운데 부분은 이미 색이 칠해져 있었고 나머지는 밑그림 상태였다. 비지-부룰뤼 부부는 비둘기를 그려 넣자고 했지만 나는 오히려 군더더기가 될 것 같아 반대했다. 삼위일체를 표현하려면 하느님, 어린 양. 십자가만으로 충분했다. 다만, 아름다움을 균형 있게 표현하는 것이 중요했다. 내가 배경에 나온 도시 풍경을 수정하겠다고 하자 그들 부부는 동의했다. 생명의 샘, 무릎을 꿇고 있는 사도들은 엄숙함을 풍겼는데 후베르트 형이 이미 색칠까지 해놓았기 때문에 그 부분은 손대지 않기로 했다. 솔직히 형은 전통 기법에 맞게 그린 것이지만 내 눈에는 케케묵어 보였다. 주위에 있는 날개 달린 천사들은 아직 밑그림 상태였다. 이 부분은 수정할 생각이었다. 형은 근엄한 표정으로 어린 양에게 경배하는 사람들을 빽빽하게 그려놓았다. 하단부의 왼편 패널에는 판관들과 그리스도의 군대들을 그려 넣고 싶었다. 그리고 그리자이유 화법으로 표현한 수태고지, 조각상들, 무릎을 꿇고 있는 신도들도 그려 넣기로 했다. 토론은 전혀 없었다. 여기서는 내가 절대적인 대가였다.

하지만 이 구성대로 그림을 완성하려면 시간, 안정, 맑은 정신이 필요했다. 그런데 내 바람과는 달리 일이 꼬여갔다. 내가 자리를 비운 동안 아틀리에는 엉망으로 돌아가고 있었다. 페트뤼스는 신비주의에 빠져 일도 거의 하지 않았다. 그림만으로는 만족해하지 않았다.

장은 개인 돈을 모으는데 혈안이 된 나머지 외주를 준 그림이 한두 점이 아니었다. 아르놀피니 부부의 하녀와 결혼한 이후 장은 화려하게 살고 싶다는 생각밖에 하지 않았다. 결국 장은 그렇게 돈, 돈 하더니 내 곁을 떠났다. 네덜란드 전쟁 때 내가 알고 있던 장 코안은 똑똑한 예술가였다. 그런 장이 탐욕적인 부르주아로 변해버리고 말았다. 한편, 도제들은 할 일이 없다고 뒤에서 투덜거렸지만 막상 뭘좀 시키면 싫어했다. 크리스토퍼는 밤마다 여자들과 어울리고 낮에는 피곤을 풀어야 한다며 잠만 잤다. 일을 바로잡느라 내 소중한 시간을 다 낭비해버렸다. 일이 어느 정도 바로잡히자 이번에는 손님들이 찾아와 귀찮게 했다. 손님들은 나에게만 작품을 의뢰하고 싶어했다. 피곤했다. 길드는 내 아틀리에가 벌어들이는 수입에 군침을 흘리고 있었다. 그래서 많은 수입을 빼앗아가지 못해 분해하고 있었다.

이제 마고는 가족이고 뭐고 관심이 없었다. 예전에 그녀는 나와 무슨 이야기든 비밀 없이 나누었지만 이젠 도통 입을 열지 않았다. 도대체 왜 그러는지 마고를 몰래 지켜보고 싶었지만 그러다가 들키면 내 꼴만 우스워질 것 같아 그만두었다. 그저 이런저런 추측만 할뿐이었다. 필리프 공작과 이사벨라 왕녀 부부의 행렬이 있었을 때 마고가 당당하게 한스의 죽음을 알려주던 기억이 났다. 그때는 축제 분위기에 들떠 있어서 미처 몰랐는데 다시 생각해보니 감정이 없던 마고의 태도가 이상했다. 그런데 나는 여유를 부릴 시간이 없었다. 그녀는 늦게 일어났고 일어나서도 목욕과 몸치장에만 신경 썼다. 화장도 너무 진했다. 그녀는 하녀에게 집안일을 맡겼다. 하녀는 우리 돈을 조금씩 빼돌리는 것 같았다. 하녀는 발을 동동 구르며 점심을 돕고는 외출해버렸다.

그림 그리는 일도 지루했다. 모든 것이 짜증났다. 마고는 모른 척했다. 저녁에 그녀는 식사를 하고 있었다. 내게는 관심도 두지 않았다. 나를 경멸하는 것 같았다. 뿐만 아니라 그녀는 질 뱅슈아가 무슨 말을 해도 하품만 했다. 나와 질이 체스 게임을 할 때 그녀는 가식적인 미소를 지으며 빙글빙글 돌았다. 마르그리트가 찾아오자 마고는 자기가 집에 없는 것으로 해달라고 했다. 가끔 그녀는 슬그머니 아틀리에에 와서 손님에게 무례하게 대했다. 브뤼헤는 좁은 곳이어서 무슨 일이 일어나는지 금방 알 수 있었다. 하지만 진실을 아는 것이 두려웠다. 분명 마고는 어느 귀족 놈 때문에 머리가 이상해진 것이 틀림없었다. 예전의 성실했던 마고의 모습은 찾아볼 수 없었다. 마치 그녀가 계약을 파기한 것 같은 기분이 들면서 배신감이 느껴졌다. 마고는 이상해졌고 냉담해졌다. 내 동생 마고를 잃어버렸다. 저녁에 와인을 내놓는 그녀의 모습은 음탕해 보였다. 마음이 좋지 않았다. 이제 마고도 서른 살이나 되었으니 나도 더 이상 어쩌지는 못했다. 마르그리트도 마고가 왜 그런지 모르겠다고 했다. 아마 사랑 때문이겠지.

필리프 공작은 나를 쉽게 내버려두지 않았다. 이번엔 그의 명에 따라 나는 릴로 가야 했다. 그곳에서 미키엘을 다시 만나 기뻤다. 미키엘의 일곱 딸 중 네 명만 보였다. 딸 셋은 결혼해서 아이들 때문에 정신이 없다고 했다. 시집간 딸들은 다들 멀리서 살고 있었다. 독일,

투렌……. 콜라 르 볼뢰르가 아파서 내가 대신 에스댕의 성을 보수해야 했다. 별장으로 사용되는 성이라 즐거웠다. 일을 마치고 돌아오자마자 필리프 공작은 나를 디종으로 보냈다. 디종은 먼 곳이었다. 앙리에타에게 먼 곳으로 간다고 친절하게 말해주었다. 솔직히 말하면 작별 인사를 하는 것이었다. 그녀는 열을 내면서 따졌고, 이어서 눈물을 흘렸다. 나는 작별 인사를 하면서 호색한 기질이 있는 필리프 공작을 조심하라고 충고했다. 앙리에타 같은 미모는 얼마 안 가 공작의 눈에 띌 수 있었다. 그렇게 되면 그녀는 공작의 궁전에 머물 수 있게 되겠지. 하지만 이자벨 공작부인에게 쫓겨날 일은 없었다. 공작부인은 참을성이 대단한 현모양처 같았다. 공작부인 앞에서는 예의만 잘 지키면 별 문제는 없을 것 같았다. 실제로 공작에게는 정부가 많았다.

생각보다 앙리에타는 공작의 눈에 빨리 띄었다. 여기에 내가 분노해야 정상인데 아무런 기분도 들지 않았다. 그녀는 부담스러운 양아버지의 콧대를 꺾어버릴 수 있게 되면 얼마나 즐거울지 목소리를 높이며 아무렇지도 않게 이야기했다. 앙리에타 일이 해결되어 마음이 편했다. 드디어 나는 마르그리트에게 청혼했다. 그녀는 수줍게 허락하며 기뻐했다. 그 모습을 보니 감동적이었다. 마르그리트에 대한 감정은 젊은 시절 다른 여자들에게서 느꼈던 일시적인 욕정이 아닌 우정, 이성, 존중이었다. 그녀와 결혼한 것은 정말로 현명한 결정이었다.

가을이 되자 단풍이 붉게 물들었고 부르고뉴에서는 포도 수확이

한창이었다. 여성의 몸매처럼 굴곡 있는 비탈길은 다채로운 빛을 띠었다. 정말 아름다웠다. 나는 생 뱅상에 도착했다. 비옥한 땅 덕분에 사람들은 행복하게 살고 있었다. 사람들은 이 모든 행복이 신의 자비 덕분이라고 했다. 작은 마을에 사는 가장 가난한 사람들도 어느 정도 만족해했다. 와인은 브뤼헤 생활과 집안 분위기를 아주 조금이나마 즐겁게 해주었다. 친구들과는 우정을 나누며 허심탄회하게 이야기했다. 주문은 늘어났다. 나쁜 일도 줄어들었다. 나쁜 일이 생겨도 작품 활동을 하다 보면 마음이 편해졌다. 롤랭 원장이 관리하는 시료원들에는 화려한 그림이 여러 점 있었다. 들리는 소문에는 롤랭 원장이 필리프 공작보다 부유하다고 하는데 헛소문은 아닌 듯했다. 저녁때 롤랭 원장과 식사를 했는데 프랑스 도시 본에서 온 귀족들이 그를 깍듯이 모셨다. 필리프 공작과 마찬가지로 롤랭 원장도 충성심을 불러일으키는 인물이었다. 충성심은 두려움도, 관심도, 숭배도 아닌 설명할 수 없는 감정이었다. 롤랭 원장은 우정에 환상을 갖지는 않았지만 우애를 다지는 일을 좋아했다. 그는 일도 능력 있게 잘 처리했지만 돈벌이에도 악착같았다. '혹시 롤랭 원장은 왕족 가문 출신인가?' 그는 군주처럼 정치적인 통찰력을 갖고 있었다. 한 마디로 보는 눈이 넓었다. 그리고 사치를 좋아했다. 롤랭 원장의 사치스러운 면을 좋게 보는 사람들도 있었고 비난하는 사람들도 있었다. 스승과 달리 그는 아내에게 만족하고 있었다. 그는 권력에 대한 야심이 강해 애정 없이 지금의 아내와 결혼했다. 그의 아내는 무뚝뚝하고 사려 깊지 못했다. 그가 필리프 공작 곁에서 대신 자리를 꿰차고 싶어하듯 원장 부인은 남편의 영토에 관심이 많았다. 롤랭 원장 부부는 과시하듯 신앙심을 내보였다. 롤랭의 지위와 재능 덕분에 부부가 편안히 살고 있었다. 신이 알고 있는지 모르겠다는 생각이 들었다. 하지만 가난한 사람들은 신앙심을 과시할 여유가 없었다. 롤랭 원장은 성모 마리아와 함께 있는 자신의 초상화를 그려달라고 주문했다. 우리는 이 작품에 대해 오랫동안 이야기를 했다. 그는 겐트의 제단화를 마련할 생각이었지만 내게는 아무 말도 하지 않았다. 이어서 나는 본을 떠났고 숲이 우거진 언덕을 따라 생 베르나르 소수도원으로 갔다. 수도원에서 보면 디종이 내려다 보였다. 특히 나는 샹몰에 있는 슬뤼터르의 〈모세의 우물〉을 보고 감탄했다.

이렇게 멀리 나오자 아틀리에에 대한 걱정도 조금 사라졌다. 그런데 밤이 되면 꿈 때문에 괴로웠다. 내가 완성해야 할 작품이 꿈속에 나타나 내 가슴을 짓눌렀다. 꿈속에서 내가 겐트의 제단화 〈어린 양에 대한 경배〉를 그릴수록 작품은 오히려 망가졌다. 불안감 때문에 잠에서 깨어났다. 일이 많기 때문에 이런 괴로움이 있는 것이었다. 작품을 끝내야 하지만 아직 완성을 하지 못해서 불안했던 것이다.

하지만 신에게 맹세했다. 죽어가던 후베르트 형에게 한 약속은 반드시 지켜 그림을 완성하겠다고. 뿐만 아니라 형 이름 옆에 내 이름을 부끄럽지 않게 적을 수 있는 작품을 완성하고 싶었다. 작품을 완성하기 전에 숨을 거두는 일만 없다면 형에게 한 약속을 지킬 수 있었다. 문제는 시간이었다. 시간이 최대의 적이었다. 초조했다. 마치 시간은 마음을 갉아먹는 괴물, 악마의 처벌, 신의 처벌 같았다. 작품이 지연되다 보니 괴로웠다. 압박감도 양심의 가책만큼 괴로웠다. 간혹 내가 얼마나 나약하고 허영심 덩어리인지 깨닫게 되었다. 순간 힘이 빠졌다. 예술가의 삶은 고독하고 험난했다. 에너지를 모두 쏟아부어야 하니까. 특히 생각과 달리 작품에 진전이 없을 때는 더욱 그랬다. 오로지 예술가들만이 나를 이해해줄 수 있으리라.

디종으로 가기 전에 〈어린 양에 대한 경배〉에 진전이 있었다. 다행이었다. 기사와 판사를 그린 부분이 완성되었다. 수태고지를 표현한 그리자이유 화법의 밑그림도 끝났고 데생은 연기했다. 디종으로 가서 필리프 공작의 궁전을 꾸몄다. 그리고 공작은 첫아이의 출생을 축하하는 파티를 열고 싶어했고, 그 때문에 접견실을 화려하게 꾸미고 싶어했다. 이 일도 내가 맡았다.

일이 끝나고 브뤼헤로 돌아왔다. 나의 결혼 발표 이후 준비할 일이 많았다. 결혼 준비는 마르그리트에게 모두 맡겼다. 마고는 전보다 마음이 나아졌는지 마르그리트를 정성껏 도왔다.

공작은 비단, 모피, 보석, 벨트, 장신구를 선물로 하사했다. 특히 보석은 미키엘이 나와 마르그리트를 위해서 특별히 만든 것이었다. 마르그리트는 태피스트리를 너무나 좋아했다. 그녀는 심플하지만 비싼 드레스를 주문했고 레이스, 냅킨을 사들이며 비싼 가구들, 침대에 달 커튼도 구입했다. 그녀는 평소와 다르게 사치를 부리며 즐거워했다. 그런 마르그리트를 보니 어리둥절했다. 그녀는 나와 결혼하게 되어 정말 신났던 것이다. 앞에서도 말했지만 마르그리트는 예쁘지 않았다. 그래도 그녀는 순수했다. 어떤 때는 그녀가 못생겨 보일 때도 있었다.

내 입장에서는 불공평했다! 오래도록 청혼하지 않는 나를 보면서 그녀는 얼마나 불안했을까? 그래도 그녀는 현명한 여자라 묵묵히 기다렸다. 어느 더운 5월, 과수원에서 마르그리트와 첫 데이트를 하자마자 그녀는 이렇게 말한 적이 있었다. 나 이외의 다른 남자와는 결혼할 생각조차 하지 않았다고. 여자가 원하는 일은 신이 원하는 일이기도 하다는 말이 있었다. 솔직히 오랜 세월 동안 나는 마르그리트와 결혼을 해야 할지 망설였는데, 그녀는 나와 결혼할 것이라고 확신했다니 놀라웠다. 도대체 마르그리트는 어떻게 이런 확신을 갖게 된 것일까? 사기꾼, 마녀의 속삭임이라도 들은 것일까? 나는 아무런 확신도 들지 않는데 그녀는 분명하게 확신을 하고 있었다니 신기했다. 10년 뒤 마르그리트의 초상화를 그렸는데, 결혼을 준비하던 시절 보였던 그녀의 미소는 온데간데없었다. 그보다 마르그리트는 근엄한 주부가 되어 있었다. 그림 속의 그녀는 성 제롬의 문구를 읽은 듯한 모습이었다. 나는 성 제롬의 문구를 적극적으로 따르지는 않았다. "독실한 남자는 신중함과 당당함으로 아내를 사랑해야 한다. 자신의 아내를 지나치게 열렬히 사랑하는 남자는 간통이기 때문이다." 그런데 마르그리트는 부부의 열정이 필요한 순간에도 신중하고 담담했다. 처음에는 그녀가 변하기를 기다렸지만 이제는 미지근한 그녀에게 익숙해졌다. 젊었을 때 다른 여자들과 열정을 불태웠을 때는 육체의 쾌락을 짜릿하게 느꼈지만 마르그리트와 살면서는 더 중요한 것을 얻게 되었다. 따뜻한 관심과 배려, 특히 완전한 자유와 안정감이었다. 마고는 조금씩 마음의 안정을 찾아갔다. 그녀는 세밀화를 편안하게 다시 그리기 시작했다. 마고의 존재만으로도 아틀리에는 편안한 분위기가 감돌았다. 7월 중순 시의원들이 시장과 함께 아틀리에를 방문해 작품 몇 점을 구경했다. 시의원들은 도제들에게 보너스를 주었다. 도제들은 신이 나서 어쩔 줄 몰라 했다. 정신없이 바쁜 여름이었다. 그림 주문도 많이 들어왔다. 수도사와 사법관들은 '정의'를 테마로 한 작품을 그려달라고 했다. 하지만 〈어린 양에 대한 경배〉를 끝내야 한다는 생각 때문에 머리가 어지러웠다. 알베르가티 추기경은 자신의 초상화를 그려달라고 주문했다. 하지만 추기경은 브뤼헤와 겐트를 왔다갔다하며 할 일이 많았기 때문에 초상화 포즈는 두 번밖에 서지 못했다. 나는 추기경의 친구가 되었다.

아담을 그리려면 모델이 필요했다. 마르그리트의 과수원을 돌보는 젊은이를 아담의 모델로 정했다. 젊은이의 검은색 머리를 길게 늘어뜨리게 했다. 그는 단순한 성격이어서 누드모델을 서도 창피해하지 않았다. 신을 섬기는 행동으로 생각했기 때문이다. 포즈를 취하다가 젊은이의 발이 선을 넘었다. 그는 마치 금지된 꽃이라도 보는 듯 재미있어 했다. 이브의 모델로는 베를 짜는 여자를 정했다. 신앙심은 있었지만 누드모델을 선다는 것 때문에 망설여했다. 나는 여자를 열심히 설득했다. 성경에 나왔듯이 인류의 어머니, 이브를 표현하며 포즈를 취하는 것이라고 했다. 이브로 분장하는 것이기 때문에 누드 차림으로 그림에 나와도 가족들과 기도하는 신도들에게 전혀 불쾌감을 주지 않는다고 설명했다. 오히려 신의 피조물로서 순수함 그 자체를 나타내며 동시에 인간성이 있고 원죄를 저지른 인간의 모습을 나타내는 것이라고 했다. 마침내 여자는 이브로 분해 포즈를 취하겠다고 했다.

한편, 필리프 공작에게 〈어린 양에 대한 경배〉를 끝내고 싶다고 했더니 그가 허락했다. 물론 여느 때와 다름없이 정확한 기한은 받지 않았다.

마르그리트가 임신했다. 아내의 불러오는 배를 보면서 돌아가신 어머니 생각이 났다. 어머니에 대한 사랑을 느꼈다. 마르그리트는 임신 중이긴 했지만 필리프 공작이 방문할 때를 대비해 집을 꾸밀 생각에 정신이 없었다.

마침내 나는 무거운 짐에서 벗어나게 되었다. 마르그리트와 마고가 신경을 써준 덕분에 나는 아틀리에의 자잘한 일에서 해방되어 겐트의 제단화 작업에만 몰두할 수 있었다. 아침부터 저녁까지 조용했다. 나는 몸도 돌보지 않고 오랫동안 작업했다. 저녁만 먹으면 잠자리에 들었다. 새벽에 일어나기 위해서였다. 낮 시간 일분일초가 아까웠다. 다행히 봄이라 해가 길었다. 투르네에서 위고와 시도해보았던 것처럼 다시 시간과의 싸움에 뛰어들었다. 시간이 어떻게 가는지 모를 정도로 몰두할수록 작품이 완성되어갔다. 완벽한 작품을 완성해야 한다는 강박관념에 사로잡혀 겐트의 제단화를 세밀한 부분까지 전체적으로 살펴봤다. 일종의 광기였다. 피곤했고 긴장감

또한 만만치 않았다. 이런 긴장감이 당분간은 오지 않을 것 같다는 생각이 들었다. 후베르트 형의 영혼, 아니면 내 수호천사가 나를 지켜봐주는 것 같았다. 겐트의 제단화를 완성해가면서 알 수 없는 존재, 보이지 않은 도움을 느꼈던 것이다. 루즈-클루아트르의 신비주의 신학자 로이스부르크처럼 되는 듯했다. 로이스부르크는 명상할 때 알 수 없는 느낌을 받는다고 한 적이 있었다. 말을 타고 신나게 달리던 겨울 해변이 떠올랐다. 나는 알고 있었다. 그때만큼 행복한 적이 없었다. 마르그리트는 느끼지 못하는 행복이었다. 오직 예술가만이 이해할 수 있는 기분이었다. 그림을 그릴 때 내가 대상을 변화시키고 나 역시 변하는 기분, 굳이 설명할 이유도 없었고 설명하고 싶지도 않았다.

봄이 되어 마침내 겐트의 제단화를 완성했다. 비지는 겐트의 제단화에 내 이름을 적으라고 했다. 이로써 후베르트 형에게 한 약속을 지키게 되었다. 그림에 이렇게 적어 넣었다. "최고의 예술가 후베르트, 그의 조수 얀." 실제로 형 덕분에 내 자신을 초월해 이렇게 뛰어난 작품을 완성할 수 있지 않았나? 내 흥분이 가시지 않은 그즈음 요스가 태어났다. 마르그리트와 나의 아이. 마치 경쟁이라도 하듯 겐트의 제단화가 완성되고 나서 아이가 태어나다니 대단히 재미있었다. 마침내 제단화를 갖고 겐트에 갈 수 있었다.

조만간 신도들이 작품 개관식을 열기로 했다. 작업 때문에 지칠 대로 지친 내 몰골은 말이 아니었다. 창백하고 비쩍 말라 있었다. 개관식에서 미사와 축하의 말, 설교가 완전히 낯설게 느껴졌다. 이번 제단화 작업은 특별했다. 이런 경험을 해본 적이 없었다. 기존의 내가 없어지고 새로운 사람으로 거듭나는 느낌이었다. 예전에 거지한 명이 내게 구걸하던 생각이 떠올라 밤에 그 광장으로 가보았다. 그런데 문득 내 미래가 불안했다. 헤이그 해변에서 내가 칼로 찔렀던 사기 도박꾼은 죽었을까? 그 일 때문에 마음이 편치 않았다. 후베르트 형에게 버림받은 일, 내 재능을 마음대로 펼치지 못했던 시절도 떠올랐다. 이제 나는 성공한 화가가 되었다. 그러나 씁쓸한 기분이 들었다. 다시 마음의 안정을 찾으려면 한 달 이상 걸릴 것 같았다. 알 수 없는 우울함이 밀려들었다. 내 기분을 아는지 아들 요스가 울어댔다. 아이의 울음소리를 들으니 이상하게도 슬펐다. 비지-부룔뤼 부부가 준 돈을 받자 다시 현실로 돌아온 기분이었다. 우리 가족은 새로운 집으로 이사했다. 마르그리트는 새집을 마음에 들어했다. 집은 쇼틴 문 맞은편, 성당에서 멀지 않은 곳에 있었다.

필리프 공작은 나를 정말로 아꼈다. 다시 돌아와 받는 그의 총애가 좋았다. 그는 내게 평생 360리브르를 지급하라는 명령을 내렸다. 돈은 3개월마다 지급되었다. 처음에는 50리브르를 받았는데 10년도 채 안 되어 보수가 일곱 배로 불어났다. 생활이 풍족해졌어도 내 생활은 거의 변하시 않았다. 아르놀피니 부부에게 하는 투자 금액을 늘렸다. 어쨌든 중요한 것은 돈이 아니었다. 마르그리트는 생활이 풍요로워지자 여인숙을 팔았고 장인어른을 모셨다. 갑자기 한가해진 장인어른은 당황했다. 나는 마고에게 지참금을 주며 신랑감을 알아봐주겠다고 했다. 하지만 마고는 괜찮다고 했다. 사실 그녀는 예전에 우리 어머니가 지나갔던 길을 따라 성 엘리자베스 베긴교단 여신도 수도원으로 갈 준비를 하고 있었다. 그녀는 자신의 패물과 모피, 보석을 팔아 그 돈을 여신도들에게 기부했다. 혹시 마고는 아틀리에에 처박혀 조용히 일만 해서 애인에게 버림을 받은 건 아니었을까? 그녀는 조카 요스를 보며 즐거워했다. 고모의 품에 안긴 요스는 편안한 미소를 지으며 잠이 들었다. 마고는 베긴교단의 여신도 수도원에서 자주 잠을 잤고, 어떤 날은 그곳에서 기도도 하고 조그마한 레이스를 뜨거나 요리를 했다. 그녀는 무엇을 바라는지 말해준 적이 없었다. 어쨌든 나는 언젠가는 그녀가 결혼하기를 바랐다.

나는 마고를 푸른색 옷을 입은 성모 마리아의 모습으로 그렸다. 그녀는 그 동안 혼자서만 뭔가를 고민했고 결국 베긴교단의 여신도 수도원에서 살기로 결심했다. 마고의 얼굴은 연민으로 빛났다. 성모 마리아도 방황하는 불쌍한 인간들에게 연민을 갖지 않았던가. 그녀와 나는 옛날처럼 조금씩 다시 가까워졌지만 달라진 것이 있었다. 좀더 조심스러워졌다는 것이다. 마치 조금만 잘못하면 묻어두었던 슬픔이 다시 살아날까 봐 두려운 사람들처럼 그렇게 우리는 조심했다.

12

11월 중순이 되었다. 평화롭던 우리 가정에 불행의 그림자가 다가오고 있었다. 아들 요스가 3일 동안 고열에 시달리며 경련을 일으켰다. 잠시 열이 떨어지자 요스는 잠이 들었고 마르그리트와 나도 잠을 잘 수 있었다. 갑자기 부스럭거리는 소리가 들렸다. 나는 깜짝 놀라 아기 침대로 달려갔다. 촛불을 든 마르그리트가 당황하며 아이를 품에 안을 생각도 하지 못하고 그대로 아이의 얼굴만 뚫어져라 바라보고 있었다. 요스는 배내옷이 답답한 듯 숨을 헐떡였다. 요스의 입술에서 피가 흘렀다. 피는 이따금씩 계속 흘렀다. 나는 의사와 사제를 부르기 위해 사람을 보냈다. 밖에는 소나기가 퍼붓고 있었다. 요스는 피를 흘리며 조금씩 조금씩 숨이 막혀왔다. 그런 요스

앞에서 우리는 아무것도 할 수 없었다. 요스는 죽음의 신과 힘겨운 싸움을 하고 있었다. 마르그리트가 '아베마리아'를 노래 부르다 멈췄다. 벽난로 불이 활활 타고 있었지만 그녀와 나는 몸이 떨렸다.

배를 움켜잡고 있던 마르그리트의 손이 조용하게 서서히 풀렸다. 그녀는 멍하니 위를 바라보았다. 요스가 숨을 거둔 것이었다. 거울에 비친 마르그리트의 모습을 통해 요스의 죽음을 분명히 알 수 있었다. 나는 요스의 얼굴 위로 작은 푸른색 이불을 덮었다. 마르그리트는 낮은 소리로 울며 아기 침대를 꼭 붙들고 있었다. 그녀는 아무도 아이를 빼앗아가지 못한다며 버텼고 사제와 의사의 도움으로 그녀를 아이에게서 떼어놓을 수 있었다.

마르그리트의 머리는 밤새 하얗게 되었다. 노파 같았다. 후베르트 형이 태어나고 10년 이상이 지나 내가 태어났다고 했지만 마르그리트에게는 전혀 위로가 되지 못했다.

"한 아이가 다른 아이를 대신할 수는 없어요. 요스는 영원히 내 가슴속에 살아있을 거예요."

마르그리트가 말했다.

그녀는 아무 생각 없이 아기 침대를 흔들었다. 마르그리트의 슬픔에 잠긴 목소리가 오랫동안 집안을 우울하게 했다. 그녀는 위험에 처한 요새보다 더 적대적이고 단단해졌다. 그녀의 신앙심이 흔들렸지만 이내 다시 제자리를 찾았다. 마르그리트는 슬픔에 잠겨 기도만 했다. 그녀에게 다가가기가 힘들었다. 다행히 마르그리트는 다시 임신을 했다. 인간의 육신은 일시적이었지만 작품의 생명력은 더 길다는 확신이 들었다. 그런 확신이 생기자 위안이 되었다. 물론 마르그리트에게 이런 이야기를 할 수는 없었다.

해야 할 일이 많았다. 우선 롤랭 원장이 성모 마리아와 함께 있는 초상화를 그려야 했다. 지난번 프랑스의 도시 본에 갔을 때 그에게서 주문받은 것이었다. 그리고 아르놀피니 부부의 결혼식을 담은 그림도 그려야 했다. 하지만 서둘러 일을 하지는 않았다. 전에 먼저 주문받은 작품들을 끝내야 하고, 필리프 공작의 명을 받들어야 한다는 핑계를 대면서 롤랭 원장의 초상화와 아르놀피니 부부의 초상화를 서두르지 않았다. 사실 나는 다른 것을 하고 싶었다. 내가 무엇을 원하는지 명확하게 정리하려면 운하를 산책해야 했다. 공작의 궁전에서 나는 총애받는 신하, 그 이상도 그 이하도 아니었다. 나의 존재는 무엇일까? 성당에서는 재능 있는 신도 중 하나였고, 고객들에게는 허영심을 만족시켜주는 그림쟁이였다. 도제들에게는 기분에 따라 존경과 증오를 동시에 받는 스승이었다. 내 서명이 들어간 작품을 많이 그렸지만 이것만으로는 내 자신이 누구이며 내가 어떻게 특별한지 알 수가 없었다. 오직 자화상을 통해서 확인해볼 수 있다는 생각이 들었다. 〈어린 양에 대한 경배〉로 점점 유명해지자 오만해진 화가, 그것이 나의 모습은 아니었을까? 신은 오만한 나를 용서했겠지만…….

북부 유럽과 이탈리아, 프랑스 아틀리에에서 나의 유화 기법을 무시하는 곳은 그 어디에도 없었다. 내 스스로 가장 뿌듯하게 느끼는 일은 로히어르 판 데르 베이던이 화가로 본격적인 진출을 할 때

영향을 준 것이었다. 로히어르 판 데르 베이던은 캉팽 선생의 아틀리에에서 나와 필리프 공작을 모시게 된 젊은 화가였다. 세계에서 확고한 위치를 차지한 나를 보며 많은 동료들은 기뻐했을 것이라는 생각이 들었다. 그러나 나, 반 에이크는 기쁘지 않았다. 내 자화상을 그리고 싶었다. 그 그림은 나의 시대를 잘 보여줄 것 같았다. 이번에는 내 자신이 그림이 되어보고 싶었다. 다른 사람들을 그리는 화가에서 벗어나 그림 속 모델이 되어보는 것이었다. 그래 대담한 시도다. 내게는 대담함이 필요했다. 허영이라고 비아냥거리는 사람들도 있겠지만. 이제까지 나는 자유로운 적이 없었다. 그렇지 않은가? 내 모습을 잘 그릴 수 있는 사람이 나 이외에 또 누가 있을까? 내 그림 실력이라면 자화상을 그릴 자격은 되지 않을까? 태어날 때부터 그런 자격을 갖고 있는 것은 아니지 않는가?

어느 날 아침, 비가 내려 하늘이 흐렸다. 플랑드르는 비가 자주 와 우울했다. 베네치아산 볼록 거울에 비친 내 모습을 제3자의 입장에서 바라보았다. 이미 고인이 된 많은 거장 화가들의 혼이 내게 용기를 북돋아주었다. 거장 화가들이 연륜으로 나를 이끌어주었다. 오랫동안 거울 속 내 모습을 바라보았다. 내 자신을 증오한 적은 없지만 그리 사랑한 적도 없었다. 거울로 보니 나도 나이를 먹었다는 걸 알 수 있었다. 젊었을 때 멋졌던 내 몸은 살이 붙었고 준수했던 내 얼굴은 여기저기 축 늘어졌다.

이렇게 나 자신의 모습을 자세하게 바라보니 끝없는 질문이 생겨났다. '지금 내가 보고 있는 사람이 나 맞아?', '이것이 진짜 내 모습인가?', '에이크에서 자란 어린 나, 투르네에서 선생님에게 맞서기 위해 잔꾀를 부리던 도제인 나, 부유하게 되어 이렇게 담담하게 거울 속 자신의 모습을 바라보는 나 사이에는 어떤 공통점이 있을까?' '젊은 시절도 흘러갔고 사랑도 모두 식었고, 환상도 사라져버린 지금 내게 남은 것은 무엇일까?' 거울 속 내 눈을 보니 죽음의 그림자와 세월의 잔인함을 느낄 수 있었다. 왜 자화상을 그리려는 걸까? 더 이상 얼굴이 일그러져가는 것을 막을 수 있다고 생각해서? 세월에 망가져가는 내 모습을 증거로 남기고 싶어서? 아들 요스를 잃으면서 더욱 딜레마에 빠진 느낌이었다. 머릿속 잡념을 쫓아냈다. 그리고 내 모습을 그리기 위해 준비했다.

갑자기 나의 맨 얼굴을 보여준다는 생각을 하자 부끄러웠다. 너무 지나친, 아니 정확히 말하자면 엉뚱한 시도였다. 좀더 편하게 내 모습을 그리기 위해 붉은 터번을 둘렀다. 터번은 평소보다 무겁고 주름도 많이 들어가게 했다. 담비 모피 차림의 상반신은 어둠 속에서 드러나는 구조로 정했다(마르그리트가 담비 모피로 하라고 했다. 안에 흰 셔츠를 입고 담비 모피를 걸쳐 모피를 강조했다. 마르그리트가 담비 모피로 하라고 한 건 나름대로 계산이 깔려있었다. 우리 부부가 세상을 떠나고 아이들도 죽으면 내 자화상이 이 집을 떠나 다른 사람들 손에 맡겨지거나 팔리거나 아니면 길드나 영주의 수집품이 될 수도 있다는 것이었다. 그녀의 허영심은 나날이 커졌다. 나도 그녀에게 점점 짜증이 났다). 수호성인의 도움 없이 스스로 관람객의 입장이 되어보기로 결심했다. 이제까지 나는 세상을 보며 평생을 보내지 않았는가? 내가 화가라는 생각은 버리기로 했다. 붓으로 자신의 손을 그린다고 생각하면 작품을 진전시킬 수가 없었다. 내 자화상으로 세상에 도전장을 던지고 싶었다.

자아도취에 사로잡히지 않으려면 나를 잊어야 했다. 그래야 제3자의 입장에서 객관적으로 나를 볼 수 있으니까……. 마치 다른 화가가 내 모습을 상세히 관찰하듯이. 거울에 비친 나의 모습이 낯설게 보였지만 정말 재미있는 실험이었다. 꺼지지 않는 호기심을 간직한 눈, 주름살, 무뚝뚝해 보이는 이목구비, 권위적인, 거의 인색한 느낌을 주는 얇은 입술, 보이는 그대로의 내 모습을 스케치했다. 그래도 나중에는 수정을 좀 하겠지만.

나의 본래 모습을 감추고 있으면서도 나타내주는 희한한 얼굴. 그 얼굴이 나에 대해 이야기를 들려주고 있다. 그러나 더욱 꾸준하고 신비한 뭔가가 얼굴에 있었다. 질 뱅슈아의 초상화, 알베르가티 추기경의 초상화를 그릴 때는 이목구비를 거의 실물과 똑같이 그렸다. 하지만 내 자화상은 실물 모습과 똑같이 그려야겠다는 강박관념에서 벗어나 얼굴에 드러나는 내면세계를 번뜩이는 느낌으로 그리고자 노력했다. 무덤덤하고 환멸을 느끼면서도 호기심을 간직한 모습, 세상에 대해서는 차분하지만 신에 대해서는 열정적인 모습. 내 모습을 이렇게 그리기로 했다. 내 모습 앞에서 이런저런 생각에 잠기며 플랑드르어의 문구 'Als ich can(내가 할 수 있는 대로)'를 따르기로 했다. 이 문구는 전통적인 기법의 그리스—비잔틴 양식 성화상 작품들 위에 적힌 문장들에서 영감을 받은 것이다. 그 문구들은 '그리스도는 승리자', '그리스도, 있는 그대로의 모습'이었다. 겉으로 보기에 나는 평범하지만 실제로는 오만하고(스스로 최고 화가의 반열에 올랐다고 생각하고 있지 않은가), 전통적이며(에이크의 참사원은 라틴어 작가들의 격언 '내가 원하는 대로가 아니라 내가 할 수 있는 대로'에서 작품의 영감을 받았다), 동시에 혁신적이었다(내 자신을 해석해서 자화상을 그리는 화가는 내가 처음 아닌가?). 나의 좌우명은 내 그림과 마찬가지로 한 번에 이해하기가 어려웠다. 내 좌우명과 그림이 모호하다는 생각에 절로 미소가 지어졌다. 마치 그리스의 아나그램 같다고나 할 수 있을까? 얀 반 에이크의 아나그램! 자, 어디 한 번 이해해보든가……. 한때는 작위를 받아 황금 양털 기사단에 들어갈 수 있을지도 모른다는 희망을 가졌지만 이젠 아니었다. 작위가 없어도 귀족 못지않게 좌우명을 가질 수 있으니까. 어쨌든 우리 가문과 나 자신도 이미 가훈과 문장을 가지고 있었다.

내 모습을 그리는 동안 옛사랑의 추억이 떠올랐다. 리비니아가 곁에 없다는 사실에 마음이 찢어질 듯 아팠다. 처음에 그녀가 없어서 받았던 상처가 다시 되살아났다. 발렌시아에서 만나 내 열정을 불태웠던 그녀. 리비니아와 만난 후 거의 4년이란 세월이 지났다. 마르그리트와 결혼한 후에는 희미해진 줄 알았는데 여전히 리비니아의 기억이 살아 있었다. 필리프 공작과 이사벨라 왕녀의 결혼식 축하 행진 때 그녀를 다시 만날까 두렵기도 했지만 내심 그녀와의 재회를 바라기도 했다. 리비니아에 대해 알아보아야 소용없는 짓이었다. 분명 그녀는 죽음을 맞는 순간에도 나를 사랑할 것이라는 생각이 들었다. 내가 그녀를 사랑하듯이. 만일 마르그리트가 딸을 낳는다면 이름을 리비니아로 지을 생각이었다. 평생 '리비니아' 라는 이름을 부를 수 있다면 얼마나 즐거울까? 순간 내가 낭만적인 소설을 상상하고 있다는 생각이 번쩍 들었다.

또 다른 씁쓸한 기억이 다시 떠올랐다. 샤를로트와의 추억, 그리고 해변가에서 내가 사기 도박꾼을 칼로 찔렀던 일. 갑자기 마르그리트가 들어오는 바람에 정신이 확 들었다.

"내 자화상을 끝낼 때까지는 아틀리에에 오지 말라고 했잖소?"

내가 말했다.

"알았어요. 다음에는 내 초상화도 그려줘요."

그녀가 말했다.

나는 그러겠다고 약속했다. 사실은 예의상 그러겠다고 한 것이었다.

또 다른 모습들이 상상 속에 등장했다. 별자리를 가리키는 에티엔 고조부의 검버섯이 핀 손, 포장도로, 캉팽 선생님의 아틀리에 앞에 떨어진 젖은 내 수첩들, 새벽에 투르네를 떠나 말을 타고 저 멀리 가던 후베르트 형, 검은색 옷과 흰색 옷이 물결을 이루는 연회에서 내게 다정하게 말하던 필리프 공작, 곤잘레즈 백작을 뚫어지게 바라보던 앙리에타의 사악한 눈, 불꽃 무늬를 그리느라 열중하는 한스, 다른 동료들보다 유독 내 마음속에 살아 있는 한스, 겐트의 제단화를 완성하기까지의 오랜 작업……. 수확물에 떨어지는 우박처럼 갖가지 장면들이 내 마음을 어지럽혔다.

안료로 색을 칠하고 명암 효과를 주면서 성숙미를 풍기는 나의 뺨과 자유분방한 느낌을 주는 턱을 그렸다. 내 모습을 그리면서 나에 대해 더 잘 볼 수 있게 되었다. 필리프 공작의 의사인 즈볼리는 궁전 상황이 어려워질 수 있다는 이야기를 해준 적이 있다. 그 동안 나는 얼마나 편하게 살았던가. 문득 나중에 나는 어떤 병으로 고생할지 궁금해졌다.

여러 가지 감정이 밀려들고 이런저런 생각을 하다 보니 내 자화상을 그리는 일이 어려워졌다. 화가이자 모델, 제3자의 입장이 되어 자화상을 작업하는 일이 보통 힘든 것이 아니었다. 겐트의 제단화만큼이나 힘들었다. 그래도 자화상은 개인적으로 그리는 것이니 그나마 나았다. 이렇게 나를 바라보며 그리다 보니 이런저런 꿈도 꾸었다. 바다처럼 넓은 강의 은빛 하구, 붉은 석양 속에 당당히 서 있는 여신들, 죽음을 앞두고 누워 있는 후베르트 형의 모습이 꿈에 나타났다. 꿈속에서 본 이 모습들은 왠지 아름다웠다. 아무리 잊고 보지 않으려 해도 초자연적인 현상은 실제로 존재했다. 고뇌하는 내 모습을 표현하고 싶어서 그림 속 얼굴은 면도를 제대로 하지 않은 모습이었다. 그나마 터번은 편안한 마음으로 그릴 수 있었다. 서둘러 터번을 그렸다. 터번은 피처럼 진한 붉은색으로 칠했다. 나의 태양자리에 어울리는 붉은색. 이어서 터번의 명암을 표현했다. 어서 내 자화상을 그려야겠다는 생각이 강하게 들자 손놀림도 빨라졌다.

자화상을 그리면서 각 개인도 그리스도처럼 세상에 하나밖에 없는 미스터리한 존재라는 사실을 알게 되었다. 그리스도 역시 인간적인 면과 불멸의 신으로서의 모습을 동시에 갖추고 있다. 이미 세상을 떠난 화가들의 영혼, 현재 살아 있는 화가들, 미래의 화가들에게 범상치 않은 한 인생의 힘을 그림을 통해 보여주었고, 보여주고 있으며 보여줄 생각이었다. 내 안에는 여러 가지가 있었다. 모래 언덕, 바람, 말, 브뤼헤에서 멀지 않는 해변에 있는 내 청춘의 바다가 느껴졌다. 내 개인 아틀리에에는 모든 아틀리에가 담겨져 있었다. 나의 자화상을 보니 흥분되었다. 자화상은 나의 그림 인생을 요약해 보여주는 것이었다. 내가 어떤 그림 인생을 살았든 간에……. 자화상을 그리면서 가볍고 자유로워졌다. 하지만 그 후로도 세속적인 것에 끝없이 관심이 갔다.

자화상에 내 이름을 써놓지 않으면 나중에 아무도 내 자화상인지 모를 수도 있다는 생각이 들었다. 우스웠다. 어쨌든 그림만으로는 충분하지 않았다! 제목 옆에 다음과 같은 문장을 적어 넣었다. "얀 반 에이크가 1433년 10월 21일에 자화상을 그렸다."

이날은 성 우르술라 축일이었다. 날은 추웠지만 창문을 열었다. 밖에서는 축하 행렬과 함께 신나는 트럼펫 소리와 북소리가 이어졌다.

브뤼헤 사람들이 필리프 공작에 대해 들고 일어났다. 기아가 도시를 휩쓸었다. 겨울은 너무나도 추웠다. 그래서 가난한 사람들을 위해 성당에서 불을 땠다.

마르그리트는 결국 사산을 하고 말았다. 죽은 아이는 아이 묘지 구석에 무덤을 만들어주었다. 눈이 내렸다. 그래도 나는 희망을 잃지 않았다. 언젠가는 딸이 태어나겠지. 마고가 베긴 수도원에서 밀

가루와 계란, 우유, 그리고 가끔 암탉을 가져왔다. 빙판으로 덮인 좁은 골목길로는 사람들이 마음대로 다닐 수 없었다. 운하도 얼어붙었고 배 한 척도 지나갈 수 없었다. 나는 작업을 계속 했다. 우리 집 식량은 점점 줄어들었다. 마르그리트가 여인숙에 식량을 납품하는 사람들과 연락해 먹을 것을 얻을 수 있긴 했지만 턱없이 부족했다. 봄에 아르놀피니 부부의 집에서 장 코안을 다시 만났다. 그는 아무리 아내가 펄펄 뛰고 반대해도 개를 잡아먹을 수밖에 없을 것 같다고 했다. 공작의 군대가 반란을 성공적으로 진압했다. 브뤼헤 시의 간부들이 셔츠와 맨발 차림으로 공작을 찾아와 용서를 구했다. 어수선한 이때, 나는 롤랭 원장의 초상화를 완성했다. 원장이 아치형 창문 세 곳 앞에서 무릎을 꿇고 성 모자에게 기도하며 자비를 내려달라는 장면이었다. 배경을 설명하자면 창문 세 곳으로 계곡이 하나 보이는데 계곡 주위에는 유적지들이 있다. 이 유적지들은 예전에 필리프 공작의 명을 받고 비밀 여행을 할 때 관찰했던 유물들을 바탕으로 한 것이었다. 전체 배경색은 푸른색이다. 롤랭 원장의 지위에 맞게 기도 장면도 화려하게 표현했다. 신앙심 깊은 그림의 분위기에 성모 마리아도 기뻐할 것 같았다. 하지만 나는 그림 외에 다른 것에는 관심이 없었다.

소녀티를 막 벗은 가냘픈 조반나에게 빠진 조반니 아르놀피니는 어서 초상화를 그려달라고 부탁했다. 두 사람 모두 루카 출신이라 봄에 올릴 결혼식 장소로 루카를 선택했다. 조반나는 임신 중이었다. 아이를 낳다가 죽을 수도 있다고 생각한 조반나는 부부임을 증명해줄 수 있는 초상화를 원했다. 초상화의 배경이 될 방은 조반니와 조반나가 부부 관계이며 아이가 태어날 것이라는 점을 증명해주는 곳이었다. 조반나를 가릴 수 있는 너저분한 소재는 깨끗이 없앴다. 임신으로 배가 불룩한 채 서 있는 조반나는 아름다운 젊음을 뽐내며 초록색 드레스를 입었고, 드레스 아랫부분을 살짝 들어 부푼 배를 왼손으로 가렸다. 바이에른 요한 주교가 의뢰한 세밀화를 작업했을 때 그림 속 성모 마리아도 사촌을 방문하는 장면에서 조반나와 같은 자세였다. 침대 둘레 커튼, 침대, 조반나의 나막신은 세밀화 때와 마찬가지로 모두 붉은색으로 표현했다. 그림 속에서 뻣뻣한 모피를 입고 모자를 쓴 조반니는 오른손을 들고 결혼에 동의한다. 이 장면은 여러 번 수정해서 그렸다. 그리고 조반니는 왼손으로는 조반나의 손을 잡고 있다. 실제 조반니는 결혼 선서를 끝냈다.

그림에서 조반니와 조반나는 서로 눈을 마주치지 않고 있다. 조반나는 임신한 여자답게 아무런 감정의 동요가 없다. 한편, 조반니는 조반나를 아내로 맞아들이는 진지한 모습이다. 조반나가 임산부의 수호 성녀 성 마르그리트의 보호를 받기 위해 켜놓은 촛불은 아이를 기다리는 마음을 표현하고 있다. 두 사람의 발밑에 있는 충성스러운 개, 나무로 된 나막신은 아늑한 분위기를 자아낸다. 안쪽 벽에는 동그란 볼록 거울을 그려놓았다. 거울에는 아르놀피니 부부의 모습과 붉은색 옷차림의 내 모습, 그리고 이번 그림 작업을 도와준 페트뤼스의 모습이 언뜻 비치게 표현했다.

거울 위의 벽에는 '요하네스가 여기에 있었노라, 1434' 라는 문구

260

를 적었다. 이 문구에는 두 가지 뜻이 숨어 있다. 우선 요하네스는 얀, 곧 나 얀 반 에이크를 의미한다. 내가 증인이자 이 그림을 그린 화가라는 의미다. 다르게 해석하면 조반나 뱃속에 '요하네스' 라는 이름의 아기가 신뢰와 평화의 순간인 부모의 결혼 선서식에 있다는 의미이기도 하다. 이렇게 해서 조반니와 조반나는 부부의 연을 맺었다. 볼록 거울의 반사광이나 정원 쪽으로 나 있는 창문도 이들을 가리지는 않는다. 나는 소실점 세 개를 이용해 전반적으로 그림의 입체감을 생생하게 살려냈다. 내 자화상도 아르놀피니 부부의 초상화와 마찬가지로 현재와 내세를 하나의 그림 속에 모두 표현하고자 애썼다.

조반나처럼 마르그리트도 임신했다. 마침내 3월, 마르그리트는 딸을 출산했다. 딸 이름은 리비니아로 지었다. 우리 딸 리비니아는 무사히 살아남았다. 하느님, 감사합니다. 다시 둘째가 태어났다. 아들인 주니어 얀이었다. 나는 여러 그림에서 우리 아들을 아기 예수의 모델로 삼았다. 악운이 떨어졌는지 마르그리트도 다시 예전의 모습으로 돌아왔다. 두 아이가 태어나면서 비로소 우리 집에 다시 평화가 찾아왔고, 덕분에 나는 정말로 오랜만에 자유를 누릴 수 있었다.

영국, 프랑스, 부르고뉴와의 끝없는 전쟁으로 필리프 공작은 금전적 어려움을 겪고 있었다. 공작은 쓸데없는 지출은 줄이라는 명령까지 내렸다. 그러나 내게 의뢰한 작품에 대한 비용은 즉시 지불하라고 명했다. 나는 이미 작품 값을 제때 달라고 강력하게 요구한적이 있었다. 공작의 명령도 있으니 이제는 걱정 없이 종교와 관계없는 여러 가지 주제를 테마로 한 작은 그림 작업에 몰두할 수 있었다. 가령 수달 사냥, 계산하고 있는 영주, 사랑의 정원, 목욕하다가 나오는 여러 나체의 여성들이 있는 목욕탕 장면, 얇은 속옷으로 가린 이들 여성들의 은밀한 부분을 그렸다. 가장 아름다운 여성이 동그란 가슴과 얼굴을 정면으로 보여주고 벽에 있는 거울을 통해서 뒷모습을 보여주는 장면이 특히 인상적이었다. 작은 방에서 나체로 화장하고 있는 여성과 옷을 입은 하녀를 등장시키는 그림도 그렸다. 투르네에 있을 때부터 목욕하는 여자들에게 관심이 있었고 늘 그림 소재로 생각했다. 또한 플랑드르 백작과 백작부인들의 조각상 색칠도 감독했다. 마르그리트 드 콘스탄티노플, 루이 드 말, 용담공 필리프, 마르그리트 드 말, 무겁공 장, 루이 드 느베르, 로베르 드 베튄, 기 드 당피에르 백작과 백작부인들이었다. 아울러 브뤼헤의 행정관들의 집 파사드를 꾸며주는 작업도 했다.

영국과의 전쟁은 1월에 끝이 났다. 르네 당주, 느베르 백작, 니콜라 롤랭의 조언으로 필리프 공작은 아라스 평화조약을 체결하기로 했다. 르네 당주는 샤를 7세 편을 들었다는 이유로 근 4년째 디종의 바르 탑에 갇혀 있었다. 영국인, 프랑스인, 부르고뉴인들은 자국의 외교관들과 축하를 벌였다. 총 1만 명이었다. 나도 여기에 참가했다. 도저히 평화조약 체결을 믿을 수가 없어서 참석해본 것이다. 필리프 공작은 평화조약으로 용서하는 의미에서 몇 가지를 요구했다. 우선 고인이 된 공작의 부친에 대한 미사와 몽트로 근처의 성당과 수도원을 요구했으며, 공정성을 위해 마코네와 오세루아 영토, 그리고 바르쉬르센 백작령과 퐁티유 백작령, 솜 도시를 요구했다.

하지만 평화조약에 반발하는 사람들도 있었다. 바로 해고된 군인들이었다. 이들은 소위 '도적떼'를 이루어 마을에서 약탈과 살육을 일삼았다. 전쟁터 같았다. 도적떼의 두목인 로드리그 드 빌랑드라도는 샤를리유를 차지해 은신처로 삼았다. 이곳에서 로드리그는 성대한 잔치를 열었다. 그의 부하들은 통째로 구운 양고기를 게걸스럽게 먹으며 즐겼다. 본에서 그리 멀지 않은 뉘생조르주에서 니콜라 롤랭은 로드리그 드 빌랑드라도 도적떼 무리를 소탕하는데 성공했다. "손 강과 두브 강은 도적떼의 시체들로 가득했다. 어부들이 물고기 대신 도적들의 시체를 강에서 건져올린 것이 한두 번이 아니었다. 시체들은 두 구씩, 세 구씩 함께 밧줄에 엮여 나왔다. 끔찍했다. 이처럼 끔찍한 사건은 그 후로도 여러 번 있었다. 35년에서 38년까지 창궐했던 페스트도 그런 사건 가운데 하나였다." 역사가 올리비에 드 라 마르슈는 이렇게 기록하고 있다.

그 다음 해 필리프 공작은 내게 연간 봉급을 두 배로 올려주었다. 그는 나를 다시 출장을 보냈다. 당시 공작은 콘스탄티노플 십자군 원정 계획을 준비하고 있었다. 공작의 결혼식 축하 행사 때 콘스탄티노플 십자군 원정 계획이 나오자 황금 양털 기사단은 열렬하게 환호했다. 기사단이 너무 열렬히 환영을 하는 바람에 공작은 막상 실행을 눈앞에 두고 신중한 입장을 보였다. 이번에 내가 맡은 일은 도로 지도와 도시 계획서 그리고 성지의 방어 시설 계획서를 개정하는 일이었다. 기진맥진해 집으로 돌아왔을 때는 그해 말이었다. 짐 가방에는 새로운 세계지도 제작에 쓸 자료가 가득했다.

돌아가신 아버지가 《전도서》의 글을 인용해 이렇게 말씀하신 적이 있다. "자기 일에 만족하는 장인이 행복한 거야!" 일은 어느 정도 술술 진행되었다. 마음도 안정되고 손 움직임도 빨라서 아무런 어려움이나 동요 없이 일에 몰두할 수 있었다. 막내 동생 람베르트가 도제 수업을 마쳤다. 다행히 그는 예의바른 성격이 되었다. 람베르트는 내 아틀리에에서 일하게 되었다. 나는 캄팽 선생님보다 신중한 스승이었다. 그래서 람베르트의 재능 하나하나를 개발해주려고 애썼다. 그런데 람베르트는 다른 집에서 자란 것처럼 후베르트 형을 닮지도, 나를 닮지도 않았다. 그는 화가보다는 상인이 더 적성에 맞았다. 페트뤼스가 람베르트보다 화가로서 열 배는 더 나았다.

필리프 공작은 변함없이 나를 총애했다. 몇 년의 세월이 흘렀다. 그 동안 특별한 일은 없었다. 행복한 시기여서 샘처럼 부드럽고 조용한 기쁨만 있을 뿐이었다. 신의 자비로움은 계속 되었다. 반 데르 파엘레가 의뢰한 성모 마리아 초상화 이외에도 장 드 루븐의 초상화, 여러 가지 성모 마리아 초상화, 3부작 그림, 마르그리트 초상화 등 할 일이 많았다. 일일이 내가 맡은 작품을 지루하게 이야기할 필요도 없고……. 작업을 계속 하다 보면 지루할 때가 있다. 그 지루함을 날려버리기 위해 한 가지 재미있는 것을 생각해냈다. 작업하는 그림에 모두 다음과 같은 문구를 써넣는 것이었다. "요하네스 반 에이크가 기뻐하고 완성하다." 이런 상상을 해보았다. 만일 그림 혹은 그림 속 대상이 이 문구를 읽는다면 문구는 살아 있는 것, 정신 같은 것으로 변하겠지……. 알베르가티 추기경에게 초대를 받아 베네치아에 갔다. 그리고 베네치아에서 돌아오는 길에 불량배들에게 당해 색깔을 보지 못하게 된 것이다.

색깔을 볼 수 없다니……. 도대체 왜 내게 이런 일이 일어난 걸까? 즈볼리 의사 선생이 분명 내 눈은 색깔을 볼 수 없게 되었다고 했다. 아무리 생각해봐야 나아지는 것은 없을 것이다. 옛날 일을 기억해가며 글을 쓰다 보니 고통스런 마음에서 잠시 벗어날 수 있었다. 하지만 절망감이 밀려와 펜을 놓을 때가 많았다. 펜을 놓으면 모든 기억이 사라지고 원고의 초반 부분을 다시 읽는다. 마치 외국인이 쓴 책을 읽은 것처럼. 이제 내 글도 끝을 맺을 때가 되었다. 내 눈을 이렇게 만든 그 불량배들에게 저주가 있기를! 좀도둑놈들! 경관들은 불량배들이 왜 가장 중요한 것은 훔쳐 달아나지 않았는지 의아하다고 했다. 당시 나는 필리프 공작에게 전할 민감한 내용의 베네치아 외교문서를 가지고 있었다. 그 문서는 철자가 전부 거꾸로 씌어져 있는 암호로 되어 있었다. 불량배들은 이 문서를 그냥 지나쳤던 것이다! 내 증상을 알게 된 이후 마르그리트는 나에게 로마나 성지로 가서 치료 방법을 찾아보자고 설득했다. 내 눈은 나을 증상이 아니었다. 루시 성녀에게 다가가는 순례를 하라고? 쓸데없는 짓이다. 하지만 마르그리트의 입을 막고 싶어서 로마나 성지로 순례를 떠나겠다고 말은 했다. 어쩌면, 그럴지도…….

이렇게 글을 쓴 이유는 색깔을 보지 못하는 고통을 진정시키고 싶어서였다. 메두사처럼 사악한 고통이다. 하지만 메두사가 이겼다!

마음이 너무 불안해서 잠을 설친다. 눈 속에 파묻혀 헉헉거리는 악몽을 자주 꾼다. 악몽으로 고통스러워하며 늘 잠에서 깬다. 아무 말도 나오지 않고, 눈물도 나오지 않는 흐느낌 같은 것이 계속 나를 뒤흔든다. 더 이상 그림을 그릴 수 없다니! 더 이상……. 아! 너무 잔인하다. 다시는 팔레트에 물감을 짜서 색칠하는 행복을 느낄 수 없단 말인가! 붓을 어루만지며 글라시 효과, 다양한 색조 효과를 더 이상 줄 수 없단 말인가!

그림에 빛의 효과를 살리기 위해 고민하던 즐거움도 이젠 끝이다. 필리프 공작에게 하사받았던 보석, 갑옷, 장식 휘장과도 이별이다. 아직 세상의 미스터리를 그림으로 풀어내지도 못했는데……. 안타까움이 쉴새없이 밀려든다. 작품 활동을 더 이상 할 수가 없다!

저주받은 운명이다! 도대체 내가 무슨 짓을 했기에 이런 벌을 받는가? 신에게 수도 없이 질문을 던졌다. 이 글에서 모든 이야기를 다 하지는 않았지만 중요한 것은 이것이다. 왜 하필 내게 이런 가혹한 운명이 찾아온 것일까? 글을 쓰면서 몇 가지 기억은 괴롭기도 했다. 글을 다 써가는 지금 내가 할 수 있는 것이 무엇일까? 체념하고 상황을 조용히 받아들이는 일? 신의 뜻이라 생각하고 담담하게 이 고통스런 운명을 견디는 일? 내게 모든 것을 주고 그 능력을 다 발휘하게 해주어 감사하다고 신에게 고백하는 일?

착한 한스처럼 캄캄한 아틀리에에 얌전히, 조용하게 앉아 기다리는 일? 머리가 어지럽고 괴롭다. 두 눈을 터뜨려버리고 싶은 끔찍한

266

생각도 든다. 예전의 내가 점점 희미해진다. 예전의 나를 찾으려고 안간힘을 쓰지만 매일 아침이 오면 저 멀리 달아나버린다. 글을 써도 고통에서 완전히 벗어날 수가 없다. 색깔이 보이지 않는 이 잔인한 고통을 얼마 동안이나 견뎌야 할까? 어떻게 해야 하지? 세상이 흑백으로 보여 괴로운데도 겉으로는 괜찮은 척해야 할까? 반 에이크도 이제는 끝인 것인가? 그래, 끝이다! 내가 할 수 있는 만큼! 잔인한 문구다. 광기, 독, 단검처럼 잔인하다. 이제는 한 가지 방법뿐이다. 눈앞에 베일이 어른거리는 상처 입은 황소마냥 미친 듯이 내 영혼을 쫓아간다. 뼛속까지 후려치는 괴로운 고통에서 이제 해방될 것이다. 내가 할 수 있는 만큼……. 갑자기 벼락을 맞은 듯 마음에 천천히, 그리고 강하게 동요가 인다. 그 동요 속에서 나는 죽음을 기다린다…….

1441년, 반 에이크가 쓰다.

반 에이크의 자화상

첫판 1쇄 펴낸날 2010년 5월 28일

지은이 | 엘리자베트 벨로르게
옮긴이 | 이주영
펴낸이 | 박남희
기획 · 편집 | 박남주
기획 · 마케팅 | 김영신
디자인 | Studio Bemine
제작 | 이희수
종이 | 화인페이퍼
인쇄 | 청아문화사
제본 | 정민제본

펴낸곳 | (주)뮤진트리
출판등록 | 2007년 11월 28일 제318-2007-000130호
주소 | 서울시 영등포구 양평동 2가 37-2 양평빌딩 301호
전화 | 02-2676-7117 팩스 02-2676-5261
E-mail | geist6@hanmail.net

ISBN 978-89-94015-09-5 03860

* 잘못된 책은 교환해드립니다.